在日朝鮮人文学論

【附　I　井上光晴文学と「朝鮮（人）」
II　「共苦」する魂――小林勝と「朝鮮」】

黒古一夫
Kuroko Kazuo

アーツアンドクラフツ

目次

装丁◉林 二朗

在日朝鮮人文学論

【附
Ⅰ　井上光晴文学と「朝鮮（人）」
Ⅱ　「共苦」する魂――小林勝と「朝鮮」】

序章　在日朝鮮人文学の現在（一九八七年）——〈在日する〉ことの意味

〈1〉〈在日する〉異邦人

在日朝鮮人・韓国人文学者の第三世代に当たる李良枝《イ・ヤンジ》の文壇デビュー作『ナビ・タリョン』（「群像」一九八二年十一月号）は、とりあえず、「家族」から、あるいは「男」からも逃げ続け、ようやくたどり着いた「ウリナラ＝祖国（韓国）」において、ついにおのれの実存の在り様を覚醒する人間（在日朝鮮人女性）の物語、と読むことができる。

「日本」にも怯え、「ウリナラ」（祖国——引用者注）にも怯え戸惑っている私は一体どこに行けば心おきなく伽耶琴を弾き、歌を歌うことができるのだろう。一方にウリナラに近づきたい、ウリナラを上手に使いこなしたい、という思いがあるかと思えば、在日同胞であることの奇妙な自尊心が首をもたげて、真似る、近づく、上手になる、というのが何か強制的な袋小路に押しやられたようで、こちら側はいつも不利でダメ、もともと何もないという立場が腹立たしくなる。何も好きこのんでこんなおかしな発音になったのではない。二十五年間日本に生まれて育ってきたという事実にたったどうしようもない結果なのだと息巻いてみる。だがやはり私は階段に座っている。おかしな発音が顔から火が出るほど恥ずかしく、階段に座りこんだままドアを開けるのを躊躇している。（『ナビ・タリョン』）

「朝鮮人である」ことを自覚すればするほど、逆に自分が生まれ育った「日本」からも拒絶され、同じように「ウリナラ」からも遠ざかっていく。この二律背反したような感覚と意識は、文学者で例えてみれば、自分が生を享けた父祖伝来の地＝朝鮮（韓国）に対して熱い望郷の念を消すことのできなかった金達寿や金石範ら在日朝鮮人一世、あるいは父母から故国への望郷の思いを聞かされ続けて育った李恢成や金鶴泳ら在日二世とも、明らかに異質なものであった。

自分は紛れもない「朝鮮人（韓国人）」でありながら、ほとんど「日本人」と変わらず生きてきたという事実、この二つの自分に関わる避けることのできない宿命的事実は、すべて「在日」という現実がもたらしたもので、そこから湧出してくる感覚も意識も「引き裂かれた」ものとして、常におのれの内部に居座り続ける。李良枝が同じ作品の中で、最後の拠り所と思いこまざるを得なかった「ウリナラ＝韓国」において、主人公の女性に「自分が『日本』の匂いをぷんぷんさせた裸体の奇妙な異邦人であることに気づくのに、そう時間はかからなかった」と内白させているのも、否応なく自分が「在日する」という事実を日々感じていたことの証左と言っていいだろう。

この『ナビ・タリョン』の主人公のように、「ウリナラ＝韓国」にも「日本」にも帰属意識を持つことができず、「二つの国」に引き裂かれた実存を生きざるを得ない「在日朝鮮人」第三世代の在り様は、「在日」することでおのれの内に芽生え、そして生長してきた逃れようのない「恨《ハン》」を、一世のように「（故郷の）遥かなる山河」への思いによって諦念と共に昇華させることも、また二世のように「祖国統一」や「革命（民主化闘争）」といった理念へと結晶させることもできず、ただひたすらおのれ内部の実存を凝視することで、何とかやり過ごそうとしているかのように見える。

ウリナラは生きている。風景は移り行く。私はその中で伽耶琴を弾き、パンソリ（口承芸能――引用者注）を歌い、そしてサルプリ（巫女舞――同）を踊っていく。私はそのあり様のままに生きていくしかない。生きていくことはどこにあっても変わらない。（同）

この部分からは、『ナビ・タリョン』の主人公のある種の「決意」を語っていると読めるのだが、「伽耶琴を弾き、パンソリを歌い、そしてサルプリを踊」る生活が本当に主人公の望んだものであったのか。主人公が「私はそのあり様のままに生きていくしかない」と、半ば諦めたような言葉を口にせざるを得なかったことを考え合わせると、『ナビ・タリョン』の主人公、つまり在日朝鮮人三世はそのような結論に辿り着く宿命にあった、と言っていることと同じだということになる。

　李良枝を在日朝鮮人作家の第三世代として明確に印象付けたやや長い作品『刻』（『群像』一九八四年八月号）には、ウリナラ（祖国）と生まれ育った国である「日本」とに引き裂かれた「在日」の現実を、そっくりそのまま引き受ける覚悟を持った女性（主人公）が出てくる。


「スニ、私もね、ウリナラがいとしいと思うわ」

「…………」

「在日って因果ね。韓国なんて何だ、なんて思う時もあるくせに、気になってしかたがないんだもの」

「そうね」

　私は素直に頷いた。言葉に初めて、チュンジャの身体、チュンジャの体臭を感じていた。彼女にも、無数の私、無数の一人称が絡みついているに違いない。（『刻』）

「私」（という個）に固執することで、あるがままの「私」を受け入れようとする主人公の姿勢は、「日本」にも「ウリナラ＝わが国（韓国）」にも同化＝一体化できない「異邦人」としての自分の在り方を覚悟している者の、究極の在り様と言ってよいだろう。しかしここで急いで注記しなければならないのだが、在日朝鮮人（韓国人）の第三世代が「異邦人」意識を持たざるを得ない理由の第一は、彼ら彼女らが「日本（人）」から差別され続けてきた結果にほかならなかったということである。と同時に、もう一方で在日朝鮮人（韓国人）は裡に「異邦人」意識が存在していたが故に、また強固な「民族」意識を持たざるを得なかったからでもあったことを了解する必要がある。大陸の東端に浮かぶ島国という地理的人文的条件が主たる理由なのか、はたまた「封建遺制」――儒教の影響が大きい身分制社会――を多分に残したまま急速に展開した近代化のせいなのか、「日本」は国内外において様々な「差別」を温存・再生産してきた。例えば、絶対主義天皇制と不可分であった建前上の「四民平等」によって温存されてきた「未解放部落」に対する差別や、福沢諭吉らの「脱亜入欧」論を背景とする中国人や朝鮮人に対する差別――中国人に対する別称「チャンコロ」を最初に自著の中で使ったのが福沢諭吉だということは、余り知られていない――は、その代表的なものであった。また、戦時中の「大東亜共栄圏」において当然盟主となるのは「優秀な大和民族」を代表する天皇であるといった論が象徴するように、日本では「歪んだ民族意識」も育まれていた。李良枝の『ナビ・タリョン』には、離婚裁判係争中の父母の生き方を嫌悪した高校生の主人公が、家出して働いていた京都の旅館をやめる時、旅館の若奥さんが「恩というもの知らんの、あんた」とか「チョーセンでも我慢して使うてきてやったんよ」という言葉を投げつける場面が出てくるが、李良枝はこの言葉を小説の中に取り入れることで、日本人の常態化した「差別」意識を告発した、と言える。

「朝鮮人」であるというだけで「差別」の対象になってしまうこの度し難い「日本」の精神風土は、「平和と民主主義」を標榜して出発したはずの戦後が四十年以上経った（本稿を書いたのは、一九八七年十一月である――引用者注）今日においても、何ら変化していない。つまり、明治以来の、特に戦前「三十六年間」にわたって朝鮮半島を植民地としてきた宗主国日本において育まれた「差別」意識は、「高度先進工業国」となった現在でも消えることなく、繰り返し再生産されてきたということである。一九八〇年代半ばに起こった「在日朝鮮人・韓国人」による「指紋押捺拒否運動」に対する日本政府の対応は、戦前から続く歴史的事実を敢えて無視したような「在日朝鮮人（韓国人）は、全て反日犯罪者である」とするような思想から生まれたものと言ってよく、「差別」を再生産するものであったと言えるほどに酷薄なものであった。李良枝が文壇的処女作『ナビ・タリョン』などの作品でのテーマとした「異邦人」意識は、まさにそのような日本（人）による差別によって生じたものにほかならなかった。

なお、李良枝とほぼ同世代と思われる李起昇《イ・ギスン》の群像新人文学賞受賞作品『ゼロはん』（一九八五年）も、李良枝と同じ「朝鮮人差別」を受けることから生まれた「異邦人」意識を裡に潜めたメンタリティによって書かれた作品と言える。自分が在日朝鮮人であることを意識することから生じる「鬱屈」を、バイクの暴走行為で解消させていた主人公は、朝鮮人の友人が衝突死したことをきっかけに「祖国＝韓国」訪問を決意する。そして、短い船旅を終えて祖国の土地を初めて目にした主人公が捉われた「感慨」は、次のようなものであった。

後部の広い甲板に人の影がある。横顔の高い位置が、光ってゆらゆら揺れている。そいつは壊れてスッと頬を伝う。また、少し盛り上り流れる。頬は銀に濡れ染まる。

英浩は涙を一つ拭った。

この国が無かったら、この土地が無かったら、「朝鮮」なんてものが無かったら、正大は、死ななかっただろう。慶子だって死ななかっただろう。そして俺だって、死ぬ事を望みながら生きつづける事もない。生まれたことを呪うこともないのだ。仇だ。この土地は仇だ。

しかしこの土地は、彼の唯一人の味方である母親を育んだ土地でもあった。憎しみに燃える英浩は、自分の心の片隅に間接的であれ、「朝鮮」に対する懐しさがあるとは知らなかった。(『ゼロはん』)

この小説の主人公も李良枝の作品と同じように、「日本」と「ウリナラ＝祖国」とに引き裂かれている。「母の国＝朝鮮」が魂の奥深いところで自分に共鳴(木霊《こだま》)することに気づきながら、「日本人」と同じように育った主人公は、自分がどこにも「同化」することのできない「異邦人」であることを自覚せざるを得ない。李起昇の小説の登場人物たちは、『ゼロはん』にしても、その次の作品『風が走る』(「群像」一九八六年十一月号)にしても、決して高度経済成長の成功がもたらした「豊かさ」の恩恵に浴した人々ではない。言うならば、「豊かさ」から取り残されて日本社会の底辺で生きざるを得ない「在日朝鮮人」である。例えば、『風が走る』の主人公の「人斬り耕平」という異名を持つ老ヤクザは、戦時中、軍属としてビルマ(現ミャンマー)戦線に強制連行された朝鮮人で、戦後の現在は細々とポルノビデオを製作販売して生活の糧を得ていて、ガンに冒されいつ死ぬかわからない境遇にある。また、耕平に保護されているソープ嬢陽子も、自分が在日朝鮮人であることの自覚もない少し「智恵足らず」の朝鮮人女性として作品に登場する。

おそらく、李起昇はこれら日本社会の下層でうごめく朝鮮人群像を、「豊かな日本」に拒絶された存在として描き出すことによって、未だに「差別」を温存することで成り立っている日本社会の暗部をえぐり出そうとしたものと思われる。それはまた、いつまで経っても在日朝鮮人・韓国人を「異邦人」としてしか認めない日本社会及び日本人への「告発」を意味するものであったと言っていいだろう。つまり、李起昇はアジア太平洋戦争に敗北してもなお「朝鮮人差別」や「中国人差別」が抜き難く存在する日本社会の現在を、小説表現を借りて抉り出そうとしたということである。それは、李起昇の内部に在日朝鮮人であるが故の「恨《ハン》」が根強く存在することを図らずも明らかにするものでもあった。つまり、李起昇は「朝鮮人差別」に対する「怒り＝恨」が「在日」一世や二世にはもちろんのこと、「豊かな」戦後日本社会に育った「在日」三世たちの内部にも確かに存在することを明らかにしたいという願望があって、創作に向かったということである。

しかし、別な言い方をすれば、李起昇や李良枝ら「在日」第三世代の文学は、「豊かな」日本における「朝鮮人差別」の現実について、またおのれの内部における「恨」について繰り返し語っても、在日一世の金達寿や金石範、金時鐘、二世の李恢成や金鶴泳の作品にみられる日本社会や歴史に対する怨念（ルサンチマン）をほとんど感じることができないのは何故か、ということがある。つまり、自分たちに対する「差別」に対する正面からの「糾弾」や「闘い」を彼らの作品から見出すことができない理由は何処にあるのか、ということである。言葉を換えれば、「在日朝鮮人差別」が現に存在する「日本（社会）」から逃げ出そうとする人間はいても、そのような「日本」の現実に立ち向かっていこうとする人物が作品にはほとんど登場しないのは何故か、ということでもある。「日本」で育った「朝鮮人」である自分の内部に湧出する「葛藤」や「疑問」は存在しても、「差別」を温存する「日本」に対して果敢に闘いを挑む在日の姿がほとんど見られないのが、在日朝鮮人文学第三世代の最大の特徴と言ってよいかも知れない。

この在日朝鮮人文学の第三世代に共通する傾向（特徴）は、日本の現代文学世界に次々と登場した例えば島田雅彦や小林恭二、あるいは村上春樹らが「世界」や「社会」や「革命」等と言った硬質な事柄に関心を向けず、もっぱら「内部の空虚感」や「虚無感＝無常意識」と馴れ合うことが文学のテーマだとする態度と見事に照応している——本稿よりちょっと前になるが、このような「在日」文学を含む若い現代文学の書き手に対して、大江健三郎は村上春樹をその典型例として取り上げ、「村上春樹の文学の特質は、社会に対して、あるいは個人生活のもっとも身近な環境に対してすらも、いっさい能動的な姿勢をとらぬという覚悟からなりたっています。その上で、風俗的な環境からの影響は抵抗せず受身で受け入れ、それもバック・グラウンド・ミュージックを聴きとるようにしてそうしながら、自分の内的な夢想の世界を破綻なくつむぎだす、それがかれの方法です」（講演録「戦後文学から今日の窮境まで」一九八六年）と喝破したが、けだし明晰な分析であったと言っていいだろう——。要するに、現在の自分を規定する「異邦人」性に依拠すること、言い方を換えれば在日朝鮮人文学の一種のレゾン・デートル（存在理由）と言っていい「民族」を、一世や二世の文学者たちと同じようにおのれの作品の中心に据えることで、辛うじて「文学主義＝芸術至上主義」への転落を免れている、と言っていいだろう。とは言え、台頭してきた日本の若い作家たちと同じように、いつ「歴史」や「政治」に背を向ける傾向を強めるかわからないという危うさを内包しているということも、見逃すわけにはいかない。現に、例えば、あれほど「異邦人」でしかない自分の在り様に対して苦しみ悩む主人公を造形した李良枝が、新作『来意』（「群像」一九八六年五月号）では、「わたし（ともひろ）」と「かずこ」、「Y」（女性）という三人の登場人物のいずれも、「在日」であることによって生起する「異邦人」性とはとりあえず関係ない物語を創り上げようとしているが、作者名が明記されていなければ、この作品を「在日」文学に括ることはできないのではないか、という「危うさ」をも持っていた。

その処女作『明後日の手記』（一九五一年）から「在日朝鮮人」を作品に登場させてきた小田実は、かつて李恢成との対談「文学者と祖国」（「群像」一九七二年五月号）の中で、「在日朝鮮人の文学を日本文学としてではなく、アジア文学のひとつとして見たほうがいいんじゃないかということを考え出したんです。つまりこれは韓国の文学にも還元できないし、共和国の文学にも還元できないし、何ものかが別のものとしてやっぱり存在し得るんじゃないか、してもいいんじゃないかという気がする」と発言していたが、現在の李良枝や李起昇の作品を読んでいると、小田実が言うような「民族の主体性」を通して「アジア文学＝世界文学」へ突き抜けるのではなく、「文学主義＝芸術至上主義」という文学論の内部に在日朝鮮人文学を溶解させる方向に向かっているのではないか、と思われて仕方がない。

そしてそれは、「祖国分断」という現実と悪戦苦闘しながら、それでも「在日」の現実を掘り下げることで作品を成り立たせてきた金達寿や金石範、李恢成ら在日一世、二世らの文学と較べると、どうしても「ひ弱い」という印象を受けてしまう性質のものである。

〈2〉「見果てぬ夢」＝自生的社会主義の実現に向けて

批評家竹田青嗣（本名：姜修次）は、その「李恢成論」（一九八三年『〈在日〉という根拠』所収）の結論部分で、「在日」二世の李恢成が目指し具現したものが何であったかについて、次のように書いた。

> 李恢成の成熟した理念が私たちに暗示しているのは、実は、日本の戦後社会が生み落とした社会意識そのものの問題である。彼の理念が、このような〈戦後〉（日本の）意識のパラダイムの中を生き続けており、ただ、あの「実在性」の欠落を埋めるために、「ファシズム」「民主主義」「民族」「祖国」「統一」という理念的〈社会〉を絶えず呼び寄せねばならなかったような、その変奏形態にほかならないことは、いまや明らかであろう。私たちがそこで目撃したのは、〈社会〉に対する「意味の欲望」を強いられ、それを生活意識に溶かし込むしぐさのうちに、成熟した「人間」たることの価値と意味とを見いだそうとする、私たち自身の生に対する欲望の形である。この欲望の形は、〈家〉――〈社会〉――〈家〉という生の範疇のただ中から現われ、「政治」や「文学」やその他諸々の

情熱の形態に閉じこもり、そして、時代的な言説の水位で対立の構図の中に投げ入れられてしまう。しかもこの情熱の内側では、この対立がひとつの虚構であり、しかも時代的な虚構にほかならぬことが見えないのだ、と私には思える。（傍点原文）

非常にわかりづらい「作家論＝李恢成論」であるが、要するに竹田は李恢成の文学の特質は、父親に象徴される「（儒教的な）家」意識との格闘の末に「民族」とか「祖国」といった「政治」的なパラダイムを呼び寄せるところにあり、それは李恢成自身が家庭を持った時に否応なく直面せざるを得なかったものであるとした。しかも、そのような李恢成の文学的軌跡は「平和と民主主義」及び「個人主義」に彩られた「虚構」の戦後理念とアナロジーである点にある、ということになる。解釈学者（ヘーゲリアン）の竹田らしい分析であるが、竹田の論理に従えば、「在日朝鮮人文学」はもちろんすべての戦後文学は「虚構」の戦後理念によって形成されたことになってしまう。だが、「虚構」でない「理念」というものが果たして存在するのかということを考え、更に私たちの生がいつでもそのような「虚構」の「理念＝観念」があってこそ維持され、その「理念」の最たる産物の一つが「文学」である事実を踏まえれば、竹田の「李恢成論」が「実作」の批評から離れ、「在日朝鮮人差別」を等閑《なおざり》にする批評でしかないことが判明するだろう。

それは、竹田の「李恢成論」が李恢成の「理念＝世界観」をすべて投入したところに成ったと言っていい大作『見果てぬ夢』（「群像」一九七六年七月号〜七九年四月号）に対する言及を微妙に避けている点に、よく現れている。つまり、戦時下の樺太（サハリン）に生まれ、日本がアジア太平洋戦争に敗北したことから北海道（札幌）に引揚げることになり、そこで最下層と言っていい労働を家族もろとも経験したことを下敷に、「在日朝鮮人作家」として登場してきた李恢成の経験と理念の全てが、『見果てぬ夢』には注ぎこまれていたことを等閑視しているということである。したがって、この労作をこそ「李恢成論」の中心に据えられなければならなかったにもかかわらず、何故か竹田は肝心のそこを回避したのである。言い方を換えれば、竹田の「李恢成論」は南北に分断されてきた祖国「朝鮮」の政治＝統一に関わる事柄を微妙に避けたところに成った作家論、ということになる。そうであるにもかかわらず、李恢成の文学が実現したものは「虚構」としか言えない戦後の理念とアナロジーであるというのは、余りにも観念的である。

そのようなことを踏まえて、李恢成が『見果てぬ夢』で実現しようとしたものは何かについて考えると、それは李恢成自身の言葉に従えば「自生的（土着）社会主義」の可能性についてであり、その実現に向かって闘う民衆像の形象であった。李恢成は、『見果てぬ夢』を書き終えた一年後に法政大学文学部で集中講義（一九八〇年五月〜七月）を行ない、その時の講義録を基に『青春と祖国』（一九八一年六月）を著し、その中で「自生的社会主義」について次のように語っていた。

さきほど「自生的社会主義」思想は、韓国の七十年代における現実の中から生まれてきた新しい社会主義思想であるとのべましたが、もうすこし具体的にいうと、南北朝鮮の政治経済社会的状況を踏まえ、革命運動を推進するために生まれてきた思想であるといってよいかと思います。とりわけこの思想の所有者は、南における地域革命を勝利させるために、これまでの朝鮮革命のあり方を批判的に総括し――まなぶべき点を摂り入れるのはいうにおよびませんが――生きた行動指針にしようとするものです。

「自生的社会主義」思想は、マルクス・レーニン主義を基本原理としております。唯物弁証法の見方によって世の中の出来事を判断し、史的唯物論の見方に立って歴史の発展をみる立場をとります。とはいっても、マルクス・レーニン主義の古典的命題によりかかって、なんでもかんでも解釈しようというのじゃありません。それだと、クツのサイズに足を合わせるのと同じで、どうしても無理が生じる。どんなにマルクスやレーニンがえらい人間であっても、現在の世界状況までは予見できない歴史的制限性があるわけですから、その原理を踏まえながら創造すべきところは創造し、現実に合った実践の指針をつくり出していこうというわけです。

さらにその上で、「自生的社会主義者（李恢成自身と言っていいだろう）が考えている南朝鮮（韓国）の革命の基本的任務は何なのか」、次の二点を挙げる。

第一には、全斗煥に代表される「維新残党」勢力をたおし、民主主義を確立させ、政治・経済・社会・文化のあらゆる分野に民主主義を定着させることです。

第二には、その民主主義に徹底的に依拠しながら、経済の社会主義化をめざすことです。

そして、さらに続けて次のように言う。

韓国革命の歴史的課題として自生的社会主義者はこのように考えているのです。ごらんのとおり、この革命は二段階をへる継続革命の方法にたっています。かつてレーニンは「政治的民主主義の道を通らずに別の道を通って社会主義に進もうとする者は、かならず経済的な意味でも政治的な意味でも、愚劣で反動的な結論に達する」とのべておりますが、韓国における政治的・社会的な諸事情、たとえば労働者階級の成熟度合いや農民の自覚ていどを考えてみましても、いきなり軍事独裁政権にたいする社会主義革命を主張するのは無理があるでしょう。

この「韓国革命」に至る道筋が、どれほど韓国の国内事情に沿ったものであるかどうかは不明だが、引用部分に関して言えば、李恢成の主張する「自生的社会主義」なるものが、戦前にコミンテルン（第三インターナショナル）が発した「日本に於ける情勢と日本共産党の任務に関するテーゼ」（いわゆる「三二テーゼ」一九三二年）を想起させるもので、決して「新しい社会主義革命」論の提出ではなかった――コミンテルンから発せられた「日本革命」に関する「三二テーゼ」は、当面は絶対主義天皇制の打倒を目的とする「民主主義革命」であり、「プロレタリア革命」はその次の段階であるとする「二段階革命」を提起したものであった――。否、むしろオーソドックスな「革命論」と言った方がいいだろう。しかし、ここで李恢成の「自生的社会主義」の是非について論議してもさほど意味のあることではない。問題は、「北であれ南であれ、我が祖国」と言い続けてきた李恢成が、「北朝鮮」の金日成が唱える「チュチェ思想（主体思想）」に基づく革命に与することでも、かと言って、当然のことだが「韓国」の軍事政権も容認せず、独自な「朝鮮半島」における革命論を展開しているということである。つまり、李恢成の「自生的社会主義」論は、「在日」することで「差別」的にしか日本で遇されてこなかったおのれをいかに「解放」するかを底意に持つ「革命論」だった、ということである。

李恢成は、「自生的社会主義」を語るに際して、まずは「民主主義」社会を実現することの大切さを強調している。このような李恢成の論理展開が先に指摘したコミンテルン（三二テーゼ）の「二段階革命論」の影響を受けてのものだということは明確だが、もう少し視野を広げて戦後の冷戦構造下における「平和共存論」――一九五六年二月のソ連共産党二〇回大会で、フルシチョフ首相が唱えた「東＝共産主義国」と「西＝自由主義国」とが共存しなければ、やがて第三次世界大戦が不可避となるとする考え方――や、同時に世界中に巻き起こった「反スターリン主義」思想や運動を考慮すると、この李恢成の「自生的社会主義」は、未だこの地上に実現していない「人間の顔をした社会主義」（戦後に小田切秀雄が唱えた社会主義論）と相似な思想であった、と言っても過言ではないだろう。その一つの証が、「自生的社会主義」を目指した壮大な実験とも言える『見果てぬ夢』の主人公たち、具体的には主人公の趙南植や朴采浩たちが、いずれも「理想」に燃える「すばらしい人間」として造形されており、もし韓国に「自生的社会主義」が実現したら、さぞかし一人一人の人間を大切にする指導者になったであろうと思わせる人物として造形されているところにある。「民主主義」社会とはほど遠い軍事政権下の「韓国＝祖国」において、「人間＝個人」が大切にされる社会の実現を目指して闘う人々の存在を前面に押し出した『見果てぬ夢』、この大作が明らかにしているのは「自生的社会主義」の実現＝革命への道がいかに困難と忍苦に満ち満ちたものであるか、ということにほかならない。そして、それはまた李恢成の「革命＝人間解放」への願望がいかに強いものであったかを物語るものでもあった、ということでもあった。

樺太（サハリン）の南半分が「日本」の領土（植民地）となったのは、日露戦争後に締結されたポーツマス条約（一九〇五年）によってである。その樺太で一九三五（昭和十）年二月二十六日に生を享け、以後一貫して「在日朝鮮人」として生きなければならなかった李恢成にしてみれば、群像新人文学賞を受賞した処女作『またふたたびの道』（一九六九年）や映画化された『伽耶子のために』（一九七〇年）、芥川賞受賞作『砧をうつ女』（一九七一年）、更には『人面の大岩』（一九七二年）等の作品に明らかな「家」や「父・母」、「サハリン」、「貧困」などといった主題群もまた、すべて「自生的社会主義」の実現という自身に課した大命題へと至る道だったのではないか。つまり、「在日朝鮮人」である自己及び故国朝鮮の「解放＝革命」という目標があってこその主題設定だったのではないか、ということである。もちろん、それだけではなく、多くの「在日」青年と同じように大学時代から青年期にかけて熱心に加担した「朝鮮総連」（北朝鮮）系の政治運動体験、つまり「在日朝鮮人」の解放運動に加わってきた経験も、「自生的社会主義」論構築に色濃く影を落としていたことも大いに留意しなければならない。

しかし、「北であれ南であれ、我が祖国」という変化せざるを得ない故国（国家）像を超えて、「民族解放」という普遍を目指した李恢成の「自生的社会主義」は、「祖国韓国・祖国共和国（北朝鮮）」を共に止揚する「祖国朝鮮の統一」へと結晶することで、「在日朝鮮人」である自分自身の現前する課題となった、と言っていいのではないか。『見果てぬ夢』の主人公の一人趙南植が「在日朝鮮人」であり、物語の大半を政治犯として獄中で過ごすという設定を考えると、李恢成の内部では、「在日」する自分たちが背負わなければならなかった諸々の困難や忍苦からの解放は、「祖国統一」なくしては有り得ない、という強い思いがあったのではないか。講談社文庫の『見果てぬ夢』に「強権に《確執を醸す》文学」と題する解説を書いた小笠原克は、ロシア革命におけるナロードニキの運動を象徴する「ヴ・ナロード」（人民の中へ）に夢を託した石川啄木と『見果てぬ夢』の李恢成をアナロジカルに考察して、「啄木の想望した『文学』像は、李恢成の存立をダイナミックに指顧しているのであって、近年は死語となった〈革命＝政治〉小説への夢を、勁く、素樸に取り戻すかのようにも見える」と書いたが、この大作のモチベーションを的確に指摘していると言っていいだろう。つまり、李恢成は『見果てぬ夢』で、この大作の舞台となった韓国に限定することなく、この地上の全ての地域でどうしたら「自生的社会主義」が実現可能となるかを、真摯に追求したということである。

〈3〉もう一つの〈見果てぬ夢＝済州島解放〉

「在日」一世の金石範が営々と書き継いでいる『火山島』（第一部　一九七六年二月〜八一年八月、第二部「海嘯」と題して一九八六年六月より「文學界」で連載再開）は、作者が物心のついた十四歳の時（一九三九年）に訪れた故郷済州島で一九四八年四月三日に起こった「四・三済州島蜂起」事件を巡る物語である。未だ完結していない——一九九七年九月、一万二〇〇〇枚を費やした『火山島』全七巻は完結し、文藝春秋社より刊行される。その後『火山島』の続編と考えていい『地底の太陽』（二〇〇六年）や『海の底から』（二〇二〇年）の二作も書かれたが、しかし、この大長編が「在日朝鮮人文学」を論じる際に欠かすことのできない重要な作品であるのは間違いない。後に（第六章で）詳細に論じることになるが、本稿執筆時にはまだ完結していなかった。——大河小説の第一部だけを取り上げて論ずるのは不用意との誹りを免れないかもしれない。しかし、金石範は李恢成が『見果てぬ夢』で試みたのと同じように、『火山島』（第一部）四五〇〇枚で「朝鮮半島革命」の可能性を求めて、全力を注ぎこんでいた。別な言い方をすれば、最終的には「四・三蜂起」に敗北したゲリラ（パルチザン）側の人間の在り様や関係、あるいは心理について微に入り細に入って描き出している『火山島』は、「革命」の不可能性や革命運動や社会運動が不可避とする「転向」の問題をえぐり出そうとした大長編だということになる。

というのも、周知のように金石範がその作家としての出発を告げた短編集『鴉の死』（一九六九年九月新興書房刊）には、表題作の他、「四・三済州島蜂起」事件の周辺に起こった出来事に取材した連作である『看守朴書房』、『糞と自由と』、『観徳亭』の四編が収められているが、これらの短編に描かれているのはパルチザン側の敗北が明らかになりつつあった時代についての、権力と民衆との関係の洞察である。例えば、「済州警察監房では『釈放！』と虐殺は同義語であった」（『看守朴書房』）という言葉が意味するものは何であったのか。金石範は、敗北過程で過酷な状況を強いられたパルチザン（蜂起軍）の生き様を、「革命＝蜂起」の主体ではない看守（朴書房）や「でんぼう爺い」（『観徳亭』）や「スパイ」（『鴉の死』）の姿を通して描き出すことで、「四・三済州島蜂起」がどのようなものであったのかを浮かび上がらせようとしたものと思われる。

別な観点から言えば、おそらく金石範は『鴉の死』所収の一連の短編を通して、「革命＝蜂起」の敗北過程で浮かび上がってくる人間や歴史の「真実」を描こうとしたということになる。「故郷＝済州島」は、「在日」作家金石範にとって、いつまでも変わらず「理想＝夢」を育むものとして存在しなければならなかった。ところが、その故郷（済州島）ではアメリカ軍とその傀儡政権である李承晩政府によって、島民の「解放＝独立」を求める行動が理不尽にも圧殺されてしまった。しかもそれは、同じ「民族」が血で血を洗うような苛烈なもので、「非人間」的な暴力によって支配されるものであった。そこでは「人間」が悲しみの裸形を曝け出し、「平和」な日本では考えられないような光景が繰り出されていた。「四・三済州島蜂起」に直接参加しなかった金石範は、日本へ逃げてきた（亡命してきた）済州島民から得た乏しい情報をかき集めて作品集『鴉の死』に収録した作品を書いたものと思われるが、その時の金石範の眼差しは、苛烈な状況を強いられた済州島民（パルチザン）に対する「慈しみ」に満ちたもの、と言っていいだろう。「怒り」よりも「悲哀」を、これらの初期短編からは感じることができる。例えば、「鴉の死」の最終部分、パルチザン側のスパイ丁基俊は、軍政庁の構内に放置されているパルチザンの死体を狙っている鴉を自分のピストルで撃ったことを上司から見咎められるが、その後の場面には作者金石範の「哀しみ」が如実に刻印されていた。

轟然耳を聾する火花が閃めいた。
基俊は一歩前に踏みだして、なお静かに三発つづけていたいけな少女の胸に撃ちこんだ。基俊はどうして部長を狙ったはずの弾丸が少女の上に火をふいたかわからなかった。よかった！　と本能的に感じとっただけであった。わが胸に撃ちこんだようなその不幸な弾丸は、少女の乳房の肉深く喰い入って血をほとばしらせた。

もちろん、『鴉の死』などの「四・三済州島蜂起」に取材した連作に通底する「悲哀」の基調は、金石範のこれら連作で明らかなもう一つの創作意図と言っていい「民衆のしたたかさ＝勁さ」を描くことと、いささかも矛盾するものではない。パルチザン・ゲリラと熾烈な戦闘を展開している済州島の警察官になって、自分の行動の意味もあり方も理解しないまま処刑されることになってしまった看守朴百善の「ユーモア」さえ感じさせる人物造形（『看守朴書房』）や、町の人々から小馬鹿にされながらも人々が難儀している腫物を自分の口で吸って治すという「民間医療」を続ける「でんぼう爺い」（『観徳亭』）の存在は、金石範がいかに「民衆」の側に身を寄せ、そこから発語＝表現することを心掛けてきたかを如実に物語っている。因みに、金石範の初期作品にみられる「民衆」の描き方と魯迅の『阿Q正伝』との近似については、すでに多くの論者が指摘してきたことだが、それはそれとして金石範初期作品における「民衆」が、悲哀としたたかさとを併せ持った存在として造形されていることは、繰り返し強調しておきたい。

しかもそれは、次のような『観徳亭』の「譚・民話」的な終わり方に見られるような、「民衆」の在り方をとことんまで知った者の創作方法として現れるものであった。

その冬のある日、アメリカの将校と兵隊が役人と警官に案内されて観徳亭にやってきた。赤く錆びついた大錠前が外され、カンヌキが引き抜かれて、何年ぶりかに朱色の大扉がゆっくり開かれた。相変わらずアメリカ兵はカメラを向け、フラッシュをたいた。何時間かして、本堂からいくつかの荷造られた箱がだいじそうにはこびだされるのを、人びとは黙って遠巻きにみた。

人びとはまた久しぶりにでんぼう爺いを思いだした。あの観徳亭の下で死んでいるのだと固く信じている人が多かったが、それよりもっともらしい噂がこの日になって人々の口にのぼった。老人は漢拏山の向う側につまり南側のあたたかい西帰浦にいるということであった。そこで「でんぼう爺い」をしながら、人間というものはどんなことがあっても「警察」につとめてはならぬと、人びとにいいきかせているということだった。

では、済州島出身の両親の下「大阪」で生まれ、「八・一五解放」後には何度か故郷の済州島に帰ったことのある「在日」作家金石範の「民衆」像は、どこから生み出されてきたものなのか。そこで思い出されるのが、一九五八年、東京小松川で起こった「女子高校生殺人事件」の犯人李珍宇をモデルとした小説『祭司なき祭り』(一九八一年　集英社刊)で示した、「普通の民衆」としか呼べない「在日朝鮮人」の生き様である。この長編で金石範は、まずそれまでの李珍宇像に決定的な影響を与えていた秋山駿の「(特別な)内部の人間である」とするイメージを払拭し、李珍宇を普通の「在日」青年として捉え直し、「在日朝鮮人」ならば誰でも「殺人者・李珍宇」に成り得るということを強く押し出したのである。「在日朝鮮人」特有の「貧困」「差別」「故郷喪失」といった「負の連鎖」に耐えきれなかった青年に対する作者の優しく温かい眼差しは、『鴉の死』連作で示したものと同じものであった。

「したたかな民衆」と「四・三済州島蜂起」へのこだわり、これは「在日朝鮮人」という現実の中で作家としてのアイデンティティを獲得しなければならなかった金石範の宿命のようなものであった、と言っていいかも知れない。『火山島』第一部に示された「八・一五解放」後に日本からやってきたゲリラ戦士南承之、役所の公務員でありながら最終的にはパルチザンに身を投じる梁俊午、中学校の教員をしながら南労党（南朝鮮労働党）の党員として活動している柳達鉉などの活動や考え方をきめ細かく描きながら、物語が日本留学中に思想運動をして逮捕され、ソウルの刑務所にも入ったことのある「ニヒリスト（リアリスト）」李芳根の眼を通して物語が展開しているのも、単なる創作手法の枠を超えて、金石範の「民衆」や「革命」へのこだわりの質を示すものとして留意しなければならない。金石範は、李芳根を「革命」の内部の観察者としての位置に置くことで、自分が未来に渡って民衆と共に「見果てぬ夢」を見る者であるとの決意を示したと言っていいかもしれない。

金石範は、「『在日』の虚構」というエッセイの中で、『新約聖書』の「ルカ伝」の「死者をして死者を葬らしめ、汝は行きて神の国をひろめよ」の言葉を引いて、「基督教徒でない私は、神の国を私なりに『革命』と見」て、『火山島』を書き継ぐ際の励ましにした、と書いていた。全ての人間が「人間の顔」をして生活することのできる「神の国」の建設＝「革命」の実現、それは「虚構と革命をテーマとする」（座談会「在日朝鮮人文学をめぐって」）と断言していた金石範の熱い希求であった、と言っていいだろう。

〈4〉「分断」の悲劇

金石範や李恢成に先行する「在日」一世作家金達寿は、一九八一年三月、三十七年ぶりに故郷＝韓国を訪問する。一九三〇年「日本」に向けて出境した時から数えれば、五十一年ぶりの帰郷である。

この「帰郷」に関して、金達寿はどれほどの思いを持っていたか。戦前は同人誌「文藝首都」に、また戦後は朝鮮総連系の「民主朝鮮」や戦前のプロレタリア文学運動の流れを汲む「新日本文学」に拠って創作してきた金達寿は、長編『後裔の街』（一九四八年　朝鮮文芸社刊）で文壇に認められるようになると、その後は長編の『玄界灘』（一九五四年）や『太白山脈』（一九六九年）、長編の『朴達の裁判』（一九五八年）や短編の『公僕異聞』（一九六五年）などにおいて、更には朝鮮総連＝北朝鮮の知識人たちが集まって創った雑誌「三千里」の中心人物として活動し、戦前から戦後にかけての「在日朝鮮人」の生き様を描き続けてきた。そして、それらの作品が明らかにしていたのは、初期の金達寿が日本共産党―朝鮮総連の活動家・作家であったということであった。

ところが、その金達寿が突然、全斗煥軍事独裁政権が支配する「韓国」へ墓参目的で訪問したのである。祖先や親族を大事にする朝鮮人の民族意識――それは、「族譜」を守り続けることが家長の務めであるとする意識によく現れている――を考えれば、老境に入った金達寿が元気なうちに「故郷」を訪問したいというのは、人情としてよく理解できる。特に「在日朝鮮人」にとっては、李恢成の『サハリンへの旅』（一九八三年）などにも共通するもので、金達寿の故郷訪問記『故国まで』（一九八二年）に収められた「順天から故郷まで」等の文章に現れた「故郷」を思う心情は感動的ですらある。

しかし、金達寿が三十七年ぶりの韓国訪問を果たすおよそ一年前の一九八〇年五月、十八年間にわたる朴正熙大統領が暗殺されたことから軍事政権の終焉が期待されながら、全斗煥将軍が全権を掌握したことによる軍事政権の復活を危惧した市民・学生らが、「民主化」を求めて全土で運動を展開した反政府運動――全羅南道光州市では死者一五四人、行方不明者七〇名、負傷者一六二八人を出す「光州事件」が起こった――に対する金達寿のそっけなさは、彼の戦後の華々しい活躍を知る者にとっては、驚きであった。もちろん、『故国まで』に収録されている「あの光州まで」には、日本の新聞や雑誌記事で知り得るようなレベルの「光州事件」に関する見解も書かれている。しかし、金達寿がこの章で書いているのは、「光州事件」の遠因になっているのは朝鮮半島（韓国）固有の「地域格差」なのではないかというもので、全体の基調は、以下のようなものであった。

やがて私たちのマイクロバスは、湖南高速道路の光州インターチェンジを出て光州市内に入った。わたしはあの「光州事件」の起こった光州市街の一部を目にしただけで、つーんとしたものが胸に迫るのを感じたが、バスは北へ向きを変えて高台へ登って行ったかとみると、そこにそびえ立っている国立公衆博物館前に着いた。
私はバスをおりてからも、きょとんとしたような目になったまま、その博物館を見まわしたものだった。私はそれまでは、光州といえば前年五月の「光州事件」で、その博物館はそこに「新安海底文物」が陳列されている、ということしか知らなかった。ところが、その博物館自体がまず私にはおどろきだったのである。

もちろん、朝鮮総連系の文学者・文化人である金達寿の三十七年ぶりの韓国訪問は、全斗煥軍事政権の「許可」を得てのことであり、その意味では全斗煥軍事政権に対する「批判」を公言出来ないということも理解できなくはない。しかし、「光州事件」が「四・三済州島蜂起」（一九四八年）など韓国民主化（革命）運動の歴史に連なるものであるとの言及も一切ないのは、何故か。ここに、「故郷＝韓国」を訪問することを全斗煥軍事政権に「許可」された金達寿の思想転回を見ることも可能だが、それよりも「祖国＝朝鮮半島」が分断しているが故に南と北に引き裂かれてしまう「在日朝鮮人」の弱さや悲劇がここから窺える、と考えた方が自然だろう。もし「全体主義的独裁国家」↕「反共軍事独裁国家」という形で、南と北に「祖国＝朝鮮」が分断されていなかったら、金達寿が演じたような悲劇は在り得なかったはずである。第二次世界大戦後の世界構造（冷戦構造）がもたらしたものとはいえ、何ともやりきれないことである――金達寿文学の全体については、第四章の「金達寿論――『根を植える人』」を参照して欲しい。

金達寿とは全く異なるケースであるが、李恢成と同じ「在日」二世の作家金鶴泳の場合も、「祖国分断」という現実によって悲劇を余儀なくされた典型的な例と言っていいだろう。金鶴泳の文学の特徴については、従来からその文学的出発を告知した吃音者を主人公にした『凍える口』（一九六六年文藝賞受賞作）の特徴ある作風によって、「在日朝鮮人」の現実よりも「吃音」という個人的な問題の方に重点が置かれている、というようなことが言われてきた。例えば、前述した竹田青嗣は、「金鶴泳のような作家では、吃音に由来する〈不遇の意識〉が、朝鮮人であることからくるそれを圧倒し、排除してしまっていたように見える」（『〈在日〉という根拠』）とまで言い切っていた。どのような「読み」

をしたら竹田のような論理を引き出せるのかよくわからないが、金鶴泳の場合、「在日朝鮮人」であることと「吃音」との関係で言えば、ベクトルは全く逆で、「父親・朝鮮人・差別・貧困」といった「在日朝鮮人」を取り巻く「負荷」としか言いようがない環境（生活実態）を全身で受け止めざるを得なかった感受性豊かな金鶴泳少年は、「吃音」にならざるを得ず、そこから表現者＝小説家への転身を余儀なくされたということである。初期作品の『錯迷』（一九七一年）、『あるこーるらんぷ』（一九七三年）、『石の道』（同）などを読めば、この金鶴泳が小説家にならざるを得なかった事情は明らかである。

しかも、初期作品の主題の一つである「父親」との確執は、父親が「北」の共和国を支持する、つまり朝鮮総連の下部活動家であることから、「北」の体制に懐疑する息子という関係から生まれたもので、「祖国分断」という現実が「在日」作家の金鶴泳を直撃し、葛藤するところに生み出されたということである。したがって、金鶴泳の文学を論ずる際に「内部」を重要視する方法（例えば竹田青嗣）は、基本的に錯誤を呼び寄せてしまうのではないかと思われる。「吃音」をもたらす「内面」がどのようにして醸成されていったか、その原因として考えられるのは南北に分断された現実を生きざるを得ない「在日」である自分と「父親＝家族」の存在しかない。つまり、「在日朝鮮人」の現実を抜きに「問題としての内面」（竹田）などと言っても、そこに浮上してくるのはせいぜい近代的自我の変奏でしかない。

「在日」するという現実は、金達寿や金石範、李恢成らの例で見てきたように、一世二世の文学者に、否応なく「政治」への関与を余儀なくさせた。一般的に金鶴泳は「政治」から一番遠い世界に生きてきた作家であると言われてきたが、彼とて例外でないことは、自死する二年前に書いた唯一の長編『郷愁は終り、そしてわれらは――』(一九八三年)を見れば歴然とする。この長編は、北朝鮮のスパイとして韓国に渡る男の「苦悩」や「生き様」を描いたものであるが、このような物語設定を見ただけでも、晩年の金鶴泳が一歩も二歩も「政治」に踏み込み、自分を「民団」(在日本大韓民国民団)系の文学者として自己規定した作品、と考えることもできる。「年譜」(『金鶴泳作品集成』一九八六年一月　作品社刊)を見ると分かるのだが、金鶴泳の作家活動の後半は、「民団」系の新聞「統一日報」に書かれたものが大半で、この『郷愁は終り、そしてわれらは――』の背後に見え隠れする「政治」への暗い情念――それは「父親」の存在に象徴される北朝鮮への憎悪、と言い換えることもできる――を読み取れば、「大義名分やイデオロギーに、自分の思想の繋留地点の一つを求めることを頑なに拒否したのは、金鶴泳の含羞である」(桶谷秀昭「金鶴泳の死に想ふ」『金鶴泳作品集成』付録)などと気取っているわけにはいかない――同じ文章の中で桶谷は、日清戦争(一八九四〈明治二十七〉年)を「義戦」と捉え、日露戦争(一九〇四〈明治三十七〉年〜〇五〈明治三十八〉年)後の日韓併合(一九一〇〈明治四十三〉年)を欧米帝国主義列強への対抗上「やむを得なかった」というような立場を表明しているが、土着思想に拘泥するあまり「国粋主義」へと傾斜していった桶谷の「金鶴泳論」に見られる「脱(嫌)政治」は、金鶴泳が「統一日報」の常連執筆者となって、「北」と対立する「南=韓国・民団」へのシンパシーを表明していた現実と相容れないのではないか――。

ともあれ、金鶴泳をして「政治」へと向かわせしめたもの、それは紛れもなく「朝鮮」が分断されている現実にほかならなかった。主人公が「北朝鮮のスパイ」という扇情的な設定は、結論的に言えば、それまでのあくまでも「在日」であるおのれを凝視する姿勢からの一大転回であり、そのような転回をしたが故に、金鶴泳は四十六歳という若さで自死せざるを得なかったのではないか。そして、この金鶴泳の自死に、祖国（朝鮮）が分断されている現実が「在日朝鮮人」に強いた悲劇の典型を見るのも、あながち間違いではないだろう。

また、「祖国分断」の固定化は、「北」との国交を拒否し、「南」との関係をますます強化してきた日韓条約締結（一九六五年）以後の日本で生活する「在日朝鮮人」すべてに、李良枝の作品が明らかにした「異邦人」性を強いることになった、とも言える。そして、昨今の日本は「異邦人」であることさえ認めず、「同化（帰化）」を強いるような指紋押捺などといった野蛮を強制している。そんな「日本」の中で今後「在日朝鮮人」はどのような歩みをしていくのだろうか。

第一章　「日本」を撃つ尹健次の思想――「在日」・「民族」・「政治」・「天皇制」

〈1〉「在日」へのこだわり

映画監督の崔洋一は、「『在日』の居場所は今」という特集を組んだ「論座」（一九九八年八月号）の中の、作家宮崎学との対談「『在日』も文化も混在すればもっと面白くなる」において、対談と同じ年に刊行された『血と骨』の作者梁石日《ヤン・ソギル》に関して次のような発言をしていた。

「月はどっちに出ている」の原作は梁さんの『タクシー狂想曲』で、僕がそれを手にしたのは十四年ほど前です。その時分から梁さんはとっくに自分で自分を勝手に解放していたと思いますね。

在日の作家は「負の歴史」とでもいうのかな、民族と個人、社会という枠組みのなかでの悲哀と、自我を追求する観念的な私小説を書く人がまだ多い気がする。でも梁さんは「そういうの、もういいよ。おれ、うまいもの好きだし、女も好きだし、男気のあるやつも好きだし。それを追いかけておかしいか」ってはっきり打ち出した。

さらに梁さんは、絆と共同体はどっちが先で、どっちがより大切かという問題にもこだわり続けていて、非常に明解で説得力ある答えを持っている。もっと早くから読まれていい作家だったと思います。

対談の表題「『在日』も文化も混在すればもっと面白くなる」というのは、同じく崔洋一が「『在日』はもう飽きた」と言うことの意味、縮めて言うと「『もっと先のことを考えたい』ということです。」と言った後、次のように「民族」を前面に押し出した「在日」の在り方を批判的に捉えたところから導かれたものではないか、と考えていいだろう。

在日の問題を語るとき、今も往々にして観念的な要素が入り込み、精神的・物質的な交流史や正史として語られがちです。そこに危機感が加わると、在日の実態が希薄化し、代わって観念としての幻の祖国がつくり上げられていく。この〝病理〟は世代を超えていて、若い人がある日突然、本名を名乗って民族主義者に変身してしまう。僕はそういう人たちと何度か接触していますが、その急進性には危機感を持っているんです。

この引用から分かるように、在日二世の崔洋一は、在日朝鮮人（主に一世・二世たち）が在日の「歴史」や日本との関係、あるいは自分たちの「民族」性にこだわることについて疑義を提出している。特に、若い人たちが「ある日突然、本名を名乗って民族主義者に変身してしまう」その「急進性」に危機感を持っている、とも言っていた。

このような崔洋一の在り方・思想は、崔自身が「僕は、植民地や日帝時代の七十年に及ぶ在日のこれまでの歴史や、在日が運動で積み重ねてきたもろもろを消去しろと言っているのではない」と言ってはいるが、その本質は日本への「同化」「帰化」を陰に陽に促し続けてきた日本（国家・権力）の考え方、あるいはそのような「日本」の策謀に同意する（した）勢力により近接していくものではなかったか。つまり、崔洋一の語る「在日」に関する思想は、対談相手の宮崎学が「これからの在日は韓国籍・朝鮮籍・日本籍などにとらわれず、クレオール、つまり混在文化をつくりだす必要がある」と主張していることに同意したことからも分かる。つまり、このような言説は「韓国籍・朝鮮籍」を持つ在日朝鮮人を「日本」へ溶解させることを促すものにほかならなかった、ということである。さらに言えば、「クレオール（混在文化）」という耳に心地よい言葉は、元々は植民地宗主国の文化人類学が生み出したものであることを考えれば、これまでの韓国・北朝鮮と日本との関係史を辿ればすぐに判明するように、こと「在日」に関しては「民族」を通過しないことによって、「帰化」を含む全ての在日朝鮮人を「日本」に同化させる（混在させる）ことを狙った権力（日本政府）の、「外国人」対策の考え方に通底するものであったと言っていいだろう。

なお、この崔洋一と宮崎学の対談が載った「論座」には、いかにも版元が朝日新聞らしく、「路線が違うのはなぜですか」というタイトルで朝鮮大学校教授の呉圭祥と韓国民団宣伝局長の裵哲恩へのインタビュー「何より大切なのは民族性の保持と継承だ」「日本社会への参加と権利拡大は時代の流れ」が載っているが、このタイトルが如実に示すように、インタビュアーに応える二人の見解は、それぞれ当時の北朝鮮（朝鮮総連）と韓国（民団）の「公式」的な立場を反映したものであった。そして明確だったのは、この二人の間に横たわるものは紛れもなく「分断国家」の現実によってもたらされた「政治」だった、ということである。また、この「在日」に関わる「政治」に関して先の崔洋一と宮崎学の対談にこだわるならば、彼らは「民族」と同じように「政治」をも意識して避けているように思えて仕方がなかった、ということがある。

もっとも、第四章「金達寿論――根を植える人」のところで詳述するが、「民族」も「政治」も日本社会の表層からは消えてしまったかのように見える二〇世紀末（戦後社会）にあっては、宮崎学や崔洋一だけでなく、「在日」を含んでこの現実を生きる全ての人間がこの「民族」や「政治」に関して、アパシー（無関心）を装わざるを得なくなっているのかも知れない。しかし、苦闘・苦悶の末に朝鮮籍から韓国籍へと移った李恢成が次のように言わざるを得なかった精神の窮境こそ、また「在日」の現実であることを私たちは忘れるわけにはいかないだろう。

今は二十一世紀の初頭です。この百年間、世界はどうなっていくのか？　アジアは？　日本は？

そして南北朝鮮半島は？　今は、とりあえず次のことを確認しておきたいと思います。祖国があってこそ「在日」も存在する。「在日」や海外六百万同胞の力によって祖国が大きくなる。この考え方に従えば、南北祖国が、「連合」であれ「連邦」であれ、統一への道をすすめばすすむほど海外同胞の希望も大きくなり、可能性もふくらむはずです。

　ぼくはそのように考えています。ただし、このことは「在日」が「祖国」に従属する、ということではありません。二十世紀の従来のあり方から脱皮せねば、「在日」の明日はないでしょう。総連も、民団も、このことを深く認識してほしいものです。「在日」の存在価値を南北祖国はもっと深く認識すべきであります。「在日」の知識人・文化人は権威のあるシンク・タンクをつくり、南北政権にたいする提言をなし、同胞の権益擁護のためにも公平な立場からプランづくりをすべきでしょう。（講演録「可能性としての『在日』」二〇〇一年五月）

　かつて李恢成は、朝鮮籍のまま「軍事政権下」の韓国行きを敢行した経験をふまえて、「北であれ南であれ、わが祖国」（一九七二年）という言い方で、「在日」が強いられた特殊な「民族」性を表現していた。しかし、引用部分が「東アジア共同体の夢」という段落であったことを踏まえると、この「可能性としての『在日』」が収められている講談社文芸文庫（二〇〇二年年四月刊）の「著者から読者へ二十一世紀の、『在日』の生命力」に、次のような言葉が書き付けられていたことの意味を考える必要がある。

これまでの道は決して平坦ではなかった。七二年に、「北であれ南であれ　わが祖国」を発表した前後から、どうやら私は「在日」の体制組織や在野の知識人の一部――右であれ左であれ――から異端とみなされるようになったようだ。「異端」、おおいにけっこう。当時の私には、南北両政権が、それぞれにつけているコロモはちがっていても、コインの表と裏をなす独裁政権だとしか思えなかった。それゆえ、「左」の組織を離れた。人権を擁護しない社会主義は虚偽であり、共和国とは呼びがたい。他方、人権を守らない自由民主主義というのも偽善でしかない。したがって、私は分断両政権の前近代的体質を批判する立場にたつしか道はなかった。私たちはイデオロギーを絶対化する立場をこえ、何より人権の普遍性について考える時代に生きている。

例えば、スーダンやアフガニスタン、イラクに「人権」を口実の一部分にして大量の軍隊を投入（侵略）しているアメリカが、中国のウイグル族やチベット族などへの「人権抑圧」を批判してきたその在り様を見たりしていると、果たして「人権の普遍性」という言い方で「分断両政権の前近代的体質を批判する」ことができるかどうか。何故なら、「人権」という言葉は近代社会が手にした「幻想」の一部なのではないか、と思うからである。とは言え、もちろん、ここに示されている「人権思想」は李恢成の立論の根拠に関わることなので蔑ろにすることはできないが、そのことはさておき、現実の問題として朝鮮半島が「北」と「南」に分断され、それぞれに体制の異なる国家として六十年以上の年月を経ている事実をどう考えるか、さらにそのような分断国家の「歴史」と深い関係を持つ「在日」の存在をどのように位置付けるか、そこには朝鮮半島と日本との関係を考える際の最大の難問（アポリア）が横たわっていると言っていいのではないか。

なお、李恢成の講演録「可能性としての『在日』」の締め括りは、先にも記したように「東アジア共同体の夢」という、それこそ「見果てぬ夢」を語るものであったが、二〇〇八年十一月六日付の東京新聞文化欄「韓国の詩人・高銀さんに聞く」は、見出しが「東アジア共同体を目指して」になっており、奇しくも高銀《コ・ウン》の「目指すもの＝夢」と李恢成の「夢」とが七年の時空を経て重なりあうことになった。高銀は、インタビューに答えて委員長を務める『母国民族語辞典』の南北共同編纂委員会のことに関連させ、次のように語っていた。

「（北をテロ支援国家に指定していたアメリカ寄りの）李政権下でも（『母国民族語辞典』の編纂など南北統一に関わる諸活動を——引用者注）進めています。金（正日——同）総書記の健康不安もありますが、絶望していません。統一は点ではなくて線。ベルリンの壁崩壊のような劇的な事件ではなく過程、百年の事業です。」

「南北の統一は、民族だけでなく地域的な意味があるとともに、世界史の問題でもある。」

「東アジアは難しい。戦後処理がされていないから。しかし夢は捨てられません。中国、日本、韓国に、西欧的普遍性とは違う普遍性を創造する使命を持たせる環境がつくられていくと思うからです。新しい普遍性を持った共同体は、グローバル化や市場経済の独占を調整する役割を果たすでしょう。」

この高銀の「東アジア共同体」構想に、李恢成のように「在日」の存在が組み込まれているかどうか、そのことはこの際問題ではないだろう。戦後から今日まで、六〇年余りの長きにわたって「分断」を余儀なくされてきた朝鮮民族の「統一への夢＝悲願」が、ここに至って「東アジア共同体」という形で実現へ向けて具体的道筋を描くことができるようになった、そのことが重要である。

〈2〉「尹健次」という存在

というのも、高銀及び李恢成の「東アジア共同体」構想は、「在日」の思想家・尹健次《ユン・コオンチャ》がその思考の原点＝立脚点としている「植民地支配の所産である在日朝鮮人は、日本そして南北朝鮮の三つの国家のはざまで、過去もそして現在も、基本的には一貫して、苦難の生活を余儀なくされてきた」（『思想体験の交錯――日本・韓国・在日　1945年以後』岩波書店　二〇〇八年七月刊の「はじめに」他、各種著作の各所で同様の言葉を書き付けている）状況から解放＝脱却される一つの可能性を示唆しているのではないか、と思われるからである――後に詳述するが、現に尹健次は『思想体験の交錯』の「むすびにかえて――記憶とまなざし、そして思想を語ることの意味」の中で、「東アジア共同体」の実現可能性について触れている。

もちろん、現実政治の世界における「東アジア」が、中国、北朝鮮、韓国、日本（在日を含む）の体制一つとっても大きな差違があり過ぎ、「ユーロ」によって結ばれた欧州共同体のようには現実化しにくいということは、誰でも承知していることと言っていい。また、未だに日本と北朝鮮との間に国交が樹立しておらず、お互いが「仮想敵国」として対峙している現実があり、「仮想敵国」ということであれば、中国もロシアも自衛隊（日本の軍隊）が警戒を怠らないという対象として存在し、「東アジア共同体」の実現がまさに「夢」としてしか語れない状況にあるという現実もある。

しかし、見方を変え、高銀や李恢成が文学者（詩人・小説家）であり、大江健三郎が言うように「文学の役割は——人間が歴史的な生きものである以上、当然に——過去と未来をふくみこんだ同時代と、そこに生きる人間のモデルをつくり出すことです」（講演録「戦後文学から新しい文化の理論を通過して」一九八六年九月）ということを承認するならば、分断国家や「在日」が戦後の六十余年間（あるいはそれ以前の植民地時代を含む「近代」以降の全ての時間）に強いられ続けてきた窮境からの脱出＝解放の「夢」が、「東アジア共同体」を構想することへと帰結するのは、必然であったのかも知れない。このことは、尹健次が先に記した最新刊の『思想体験の交錯』の第一章から「むすびにかえて」までの全七章の随所（肝心な個所と言えばいいか）に、およそ思想書らしくなく、沈熏《シム・フン》や供命熹《ホン・ミヨンヒ》をはじめとする韓国の詩人、金時鐘《キム・シジョン》や許南麒《ホ・ナムギ》などの「在日」詩人たち、中野重治や小野十三郎、谷川俊太郎といった日本の詩人たちの作品が収録され、それらの詩作品への尹健次の解釈（分析）が綴られていることに通底しているのではないか、と思われる。その取り上げられた詩の数全部で「六十八」、『思想体験の交錯』は、あたかも文学書（文芸批評書）であるかのような様相を呈する書物になっている。

何故か。一つ考えられるのは、「在日」に関わる根源的な事柄に関する書が現実にこれまで多くの詩人や小説家、批評家といった文学者によって書かれてきたから、と尹健次（だけでなく、多くの「在日」の知識人たち）が考えてきたのではないか、ということである。近代の黎明期からかなり長い間（あのアジア太平洋戦争に敗北するまで）、日本において小説家や詩人たちの言動が「思想」シーンの前線・一翼を担ってきたのと同じように、である。先に記した李恢成の『可能性としての「在日」』はもちろん、金達寿の『朝鮮――民族・歴史・文化』（一九五八年）や『日本の中の朝鮮文化』（一九七一年〜）など小説以外の諸作、金石範の『ことばの呪縛』（一九七二年）や『「在日」の思想』（一九八一年）、竹田青嗣（姜修次）の『〈在日〉という根拠――李恢成・金石範・金鶴泳』（一九八三年）、金時鐘の『「在日」のはざまで』（一九八六年）、等々が明らかにするように、「在日」文学者たちは竹田青嗣ではないが「在日」することの根拠（アイデンティティ）を求めて、悪戦を強いられてきた。自らのホームページに「詩作と批評の場」を持っている尹健次もまた、在日朝鮮人文学者と同じメンタリティを持っていると考えられる。

例えば、金石範は前記した書に収められている『『在日』の思想』（一九八一年）の中で、次のような言葉を記している。

いま在日朝鮮人の状況は、それを肯定的に見るにしろ否定的に見るにしろ、事実としてすでに大きな曲り角にきているといえるだろう。一九八〇年代は七〇万在日朝鮮人の世代交代がだいたい終る時期であって、同時に在日朝鮮人の質的な変容が遂げられるものと考えられるのである。

われわれは、紛れもなく、いま「在日」する時代の転機に立っている。そこから「〝在日〟とは何か」、「〝在日〟を生きる根拠とは……」、「これからどうすればいいか？」などといった問いが出され、模索が続けられる。

だいたい、人生をいかに生きるかとか、人生を生きる根拠、あるいは思想とか人生論的な論議ならともかく、「在日」を生きるとか、その根拠云々といった設問の仕方は、一般にもそして朝鮮人の私にもあまり馴染まぬのだが、しかし事態は一つの趨勢としてそうなって来た。それだけに、在日朝鮮人の全面に登場してきた二、三世たちの問題意識をそこに読み取ることができる。若い世代にとって、「在日」を生きるとは、人生を、現実をいかに生きるかとかと同義語になっているといえるだろう。

これは、尹健次の『「在日」を生きるとは』（一九九二年　同題の評論集に収録）の次のような結語へ繋がる考え方と言っていいだろう。

すなわち、「在日」を生きるということが、人生を現実にどう生きるかということとすでに同義語となっているなかで、その核心は「不遇の意識」から出発しながらも、いかにして自己変革、思想変革をなしとげて、世界につうじる普遍性を獲得するかである。そこでは「在日」という人間存在の「不確実性・暫定性」（ニーチェ）を積極的に受け入れるとともに、民族意識と市民意識の結合によって、より高次の民族的アイデンティティと、〝内外人平等〟という日本基準の一種の「閉鎖性」をも乗り越える市民的権利獲得への意欲が求められる。しかも、その基底には、植民地人としての歴史性からして階級的視座があってしかるべきであり、また分断を克服する「統一祖国」への希求があって当然である。その意味において、「在日」とは、実践への意欲、変革への意欲を内に秘めたイデオロギーであり、世界の普遍性に至る意志でもある。

これより先、尹健次は同じ文章の中で次のように書いていた。

「在日」はそれ自体政治的な存在であり、その政治を欠落させた議論は不毛であるばかりか、危険でもある。当然、南北分断の現実を配した「在日」の議論も、「在日」の未来を照らし出しはしない。実際、「在日」は『三つの国家』（韓国・北朝鮮・日本――引用者注）にとって、政治の題材であり、治安の対象であり、少なからず利用物でもある。こうしたなかで、「在日」が「朝鮮人」ないしは「韓国人」として生きようとするとき、日本の国家権力とともに、南北朝鮮の権力による統制を受け、また「帰化」して「日本人」になろうとしても、「日本的」な名前を強要され、他者排除の日本の自民族中心主義に加担することを余儀なくされる。

この二つの引用からも明らかなのは、尹健次が冒頭に紹介した崔洋一と宮崎学との対談で提言された、「これからの在日は韓国籍・朝鮮籍・日本籍などにとらわれず、クレオール、つまり混在文化をつくりだす必要がある」という考え方（思想）に真っ向から対立する思想を持っている、ということである。つまり、「政治」や「民族」を捨象した「在日」に関わる議論は、「不毛であるばかりか、危険でもある」という尹健次の立ち位置が私たちに開示しているのは、紛れもなく「実践への意欲、変革への意欲」である。

さらに言うならば、この『「在日」を生きるとは』に集約されているような尹健次の思想の「強固さ」は、『異質との共存――戦後日本の教育・思想・民族論』（一九八七年）から今日の『思想体験の交錯』まで一貫して変わっていないその歴史認識・世界観（東アジア観）・民族意識に由来するものと言っていいだろう。その論考が「論壇」で注目されるようになった時期の、一九八六年に発表された「『在日』における民族と国家」（前掲『異質との共存』所収）の中に、次のような文章がある。

在日朝鮮人は、その存在からして、権力をもたない民衆的存在である。しかし、これまで、「在日」の生活・言動がつねに民衆的であったわけではなく、ややもすると、自らの主体性を分断国家のいずれかに依存ないしは委託するという、没主体的態度をとることも少なくなかった。「在日」の主体性は、何よりも、北と南に相対的な関係を維持しつつ、自らの生の充実、分断の克服、祖国の統一に参加することによって確立される。「在日」にとって、自らの未来を切り開きつつ、祖国統一の事業に参加していくことこそ、創造的生き方の発見となり、主体的力量の蓄積となる。

この文章の意味する思想が二十年余を経ていかに進展・深化していったか、尹健次は先にも記した長大な『思想体験の交錯』の「むすびにかえて——記憶とまなざし、そして思想を語ることの意味」において、「日本と韓国に横たわる深い溝を埋める特効薬はない。そのためには、かすかな記憶を忘れ去ることなく、赦しや和解の言葉を安易に口にせず、薄皮を一枚いちまい剝がすように、ひたむきに努力すること、——それが現在そして今後に求められる姿勢ではないかと思われる」と書き、彼が到達した思想を如実に示す以下のような「八つの提言」を行なっている（以下の引用では、便宜的に各提言に①〜⑧の番号をふり、箇条書きにした——引用者）。

①なによりも、これまでの日本／韓国の政治家や知識人、市民らによる努力や連帯・共闘の蓄積を大事に扱うこと。
②民族や国家を念頭に置きつつも、個や周囲の小さな場から声を発するのを大切にすること。
③赦しや和解を声高に語らず、それを出発点にも、最終目標にもしないこと。
④相手の非を唱えるよりは、日本／南北朝鮮を含む東アジアでの共同体的な感覚を育てること。

⑤韓国の側についていうなら、日本に反省と謝罪を求めつづけるとしても、それが成就されることを期待しないこと。
⑥許すこと、和解することよりは、自らの立ち振る舞いを正し、南北の平和的統一をなしとげ、豊かで穏やかで爽やかな姿を見せること。
⑦日本の側についていうなら、歴史の事実を知る努力を積み重ねること、とくに若者の歴史認識を再構成するのに力を注ぐこと。
⑧在日朝鮮人の人権擁護と南北の融和・南北統一を手助けすること、つまり朝鮮半島をひとつのものとして考える思考を重視すること。

尹健次は、「こう書きながらも、率直にいうと、わたし自身、そう自信があるわけではない」と謙遜しているが、この八項目にわたる尹健次の「提言」の意味は決して小さくはない。特に、「在日」の問題を等閑視し、かつ「拉致問題」とアメリカへの追随が明らかな「核疑惑」を前面に押し出して仮想敵国・北朝鮮を批難し続けることで、南北分断国家の固定化を目論むネオ・ナショナリストを気取る政治家や論客がこの国で大手をふるっている状況を考えれば、尹健次の「提言」がいかに重要であるかは歴然としている。

また、紙幅の関係で触れることができなかったが、尹健次の立ち位置を考える際に忘れてならないものに、「天皇制」の問題がある。その著『孤絶の歴史意識——日本国家と日本人』（一九九〇年）や『民族幻想の蹉跌――日本人の自己像』（一九九四年）をはじめとする全ての著作から通奏低音のように響いてくる、「『日本人として自覚』が天皇制反対、〝共和制〟の実現という方向に向かわないかぎり、ナショナリズムはつねに悪であり、日本人はナショナリズム抜きの、したがって『過去』を引き受けようとしない『市民』になるしかないのではなかろうか」（『思想体験の交錯』）という尹健次の思想、これは「在日」という存在が天皇制を中心に置く近代日本の政治や歴史によってつくり出されたものであるとの認識から生み出されたものである。しかし、この「日本を撃つ」思想に日本人としてどう応えるか。戦後七十余年間、「象徴天皇制」を容認してきた私たち日本人の全てが今問われていると言っても過言ではない。

特に、二十一世紀にはいって顕著になった在特会（在日特権を許さない市民の会）や「そよ風」によるヘイト行動の根っこに、「民族主義（レイシズム）」が存在することを考えると、尹健次の「朝鮮人差別」と天皇制が深い関係にあるという洞察は、さらに注目されてしかるべきなのではないか、と思われる。

第二章　アイデンティティー・クライシス——「在日」文学の今日的在り様

〈1〉「日本」との距離

外交官の父親とともに、台湾や香港で幼少年時代を過ごし、プリンストン大学の大学院を出た後、万葉集の研究者として母校のプリンストン大学や名門（アイビー・リーグ）のスタンフォード大学に勤め、来日してからは法政大学国際文化学科の教授となり、現在は「日本語」で小説も書いているユダヤ系アメリカ人リービ英雄は、「プリンストンの豊かな淋しさ」（『アイデンティティーズ』一九九七年　講談社刊）というエッセイの中で、現在のおのれの「在り様＝アイデンティティー」について非常におもしろいことを記している。

日本から帰るところはいつもプリンストンだった、と書いたら、「事実」にはまちがいない。しかし日本から「帰る」という感じではなかった。むしろ一つの「在日」が終わって、渋々と日本を離れてしまったときに、離れた後の旅先にはいつもプリンストンがあった、と書いた方が体験的には正確である。もしぼくにも「アイデンティティー」があったとすれば、その「アイデンティティー」はたぶん、繰り返し繰り返しの、日本への渡来と日本からの離別という二つの動きの中にあったのだろう。その動きは、たとえば李良枝が到達した「日本へ帰る、韓国にも帰る」という「肯定的」な二重所属とはまた違っていた。ぼくの場合、「日本に帰る」ことの客観的な裏付けはなかったし、ぼくの「アメリカ」であったプリンストンの一角に対しては「帰ろう」という主観的な動機はまったく欠けていた。とにかく二十年にわたって、日本への渡来と日本からの離別を数え切れないほど経験してしまった。渡来はいつもうれしくて離別はいつも悲しかった。日本やアメリカの定住者たちから見ればそんな人生はコッケイに思われるに違いない。移動ばかりしている者には、常に定住者たちの笑い声が聞こえる。ぼくも心のどこかでは日米両国の定住者たちを軽蔑していたのかもしれない。（傍点原文）

リービは、「日本への渡来」と「日本からの離別」という「動き」にこそ、自分の「アイデンティティー」はあると言うが、この述懐からはアメリカという「多民族国家」にユダヤ系アメリカ人として生まれ、さらに父親の仕事の関係で幼い頃から台湾や香港、日本という「外国」で暮らし、かつ「外国文学（日本古典文学＝万葉集）」の研究者及び「日本語」で表現する作家として、「移動」を繰り返してきた「コスモポリタン（流浪者）」の悲哀と自負とを感受することができる。しかし、その悲哀と自負は、「定住者」に対して自分を「非定住者＝コスモポリタン」と規定するところから生まれたもので、その意味ではこのエッセイで引き合いに出されている李良枝《イ・ヤンジ》たち「在日」作家たちとは、全く位相が異なると言わなければならない。李良枝についてリービは、「李良枝が到達した『日本に帰る、韓国にも帰る』という『肯定的』な二重所属とはまったく違っていた」（傍点引用者）と言っているが、果たして本当に李良枝は「日本に帰る、韓国にも帰る」という「肯定的」な立場（心境）に到達していたのだろうか。もし本当にそのような心境に到達していたのであれば、李良枝は何故「緩慢な自殺」（李恢成の言）と称されるような「死」に至らねばならなかったのか。「在日」の場合、一見リービが言うように「国家・国境」を超えた（意に介さない）「コスモポリタン（流浪者）」のように見えるかも知れないが、「定住者—非定住者」というような図式では解けない問題がそこには横たわっていたと言わねばならない。「歴史」の問題と言えばいいのか、あるいは「日本（人）社会」との関係から生まれた在日朝鮮人・韓国人に特有な意識と言えばいいのか、はたまた「日本」との距離の取り方と言えばいいのか、「個」の意識だけでは解決できない問題を背負っているのが、「在日」朝鮮人・韓国人の在り様なのである。特に「在日」二世・三世・四世たちにとって、これらの問題は深刻である。

　その著『愛国の作法』（二〇〇六年十月　朝日新書）の「はじめに」の中で、「在日」二世の社会学者姜尚中《カン・サンジュン》は、あるカルチャーセンターでの講義が終わった後で、参加者の一人から「姜さん、姜さんは日本が好きですか。日本を愛していらっしゃいますか」と聞かれ、「好きも嫌いもありません。愛するも愛さないもありません。わたしは日本という国で生まれ、日本語という母語で育ち、その言語で感じたことや考えたことを表現してきました。その意味では、日本という国の言葉と文化、その風土はわたしにとって運命のようなものです」（傍点引用者）と答えたというが、この「運命」という言葉にこそ同じ「外国人」でありながら、リービとは異なる「在日朝鮮人・韓国人」——主に二世・三世——たちの「日本」に対する特別な思いが込められていると言っていいだろう。現に姜尚中は、その自伝『在日』（二〇〇四年三月　講談社刊）で、その「運命」について次のように書いていた。

> 吃音は、自分のいる社会からつねに、「在日」という理由で受け入れてもらえないのではないかという不安と、どこかで共振していたように思えるのだ。自分は社会を求めているのに、社会は私を拒絶している。そんな違和感がわたしを苦しめていた。
> 　その不調が言語行為にあらわれ、吃音になったのではないか。
> 　小林秀雄《こばやしひでお》は日本人とは日本語という母胎にくるまれた存在で、その母胎を通じて日本的な美意識の世界を形づくってきたという趣旨のことを述べているが、わたしはある意味でその母胎となる共同体から拒絶されている感覚を持ち続けざるをえなかったのである。そのはじき出されるような違和感が、身体化され、吃音となって表出したのではないか。うがち過ぎかもしれないが、わたしには思えたのである。（ルビ原文、傍点引用者）

姜尚中が吃音になったのは中学生の時であり、その後高校にはいると直ったということだが、姜尚中が育ったのが熊本県という「地方」であったことを思うと、彼と同じように群馬県（高崎市）という「地方」で育ち、少年時代からずっと吃音で苦しんできた『凍える口』（一九六六年）の「在日」二世金鶴泳《キム・ハギョン》のことを考えなければならない。あるいは、四国の山村で育った大江健三郎が作家となって講演する際に「吃音」を生じさせたという事例も、ここで付け加えておく必要があるかも知れない。姜尚中、金鶴泳、大江健三郎に共通するのは、彼らがいずれも封建遺制の残存する「地方」で育っているということである。このことは、「吃音」が現在でも「地方」において、その生活の細部に大きな影響を与えている「共同体」（ムラ意識）による個人への抑圧（違和・軋轢）によって生み出されたのではないか、という推測を可能にする。「異者」――小田実は、その講義録『異者としての文学』（一九九二年九月　河合文化教育研究所刊）の中で、「異者」を「異質なもの」「未知なるもの」と言っている――を許容しない・排除する「共同体」の有形無形の圧力が身体に影響を及ぼしたとき、その「共同体」を基底で支えている「ことば＝日本語」がスムーズに口から出なくなることを指摘していたが、「吃音」とはまさに「共同体」から排除されているという意識が生みだしたものと言っていいのではないか。そして、小田実は「共同体」（ムラ意識）は「地方」にだけではなく、「異者」を意識した者にしてみれば「日本」のあらゆるところに存在する、とも主張していた。金鶴泳の『凍える口』は、その一端を伝えている。

ぼくをして息苦しい緊張と心理的葛藤に打ち沈めるのは、そういったものではなく、じつは、研究室で一緒に実験している、同僚たちなのである。息苦しい雰囲気を醸成するのは、さまざまな実験装置や、試薬の臭いが微妙に入り混じった独特の臭気や、あるいはドラフトやモーターの音などではなく、ぼくの周囲でぼくと同じように実験している、同僚たちなのである。しかし、むろん、彼らの醸す雰囲気は、ぼくにとってのみ息苦しいというのであって、他の連中にとっては、むしろ楽しい、居心地の良い空気であるかも知れない。といって、また彼らが共同して、意識的にぼくを苦しめているわけでもない。ただ、ぼくが一人で、勝手に苦しんでいるだけなのである。彼らがそこに存在していること、そして、彼らと一日中一緒に居合わせていなければならないということ、それがたまらなくぼくを息苦しくするのである。（『凍える口』）

「年譜」によれば、金鶴泳は東大理科一類に入学した一九五八年から本姓の「金」（名は「廣正」）を使用するようになり、一九六三年に進学した大学院（博士課程中退）では合成化学を専攻する。この文藝賞を受賞した作品『凍える口』は、作者自身の経験に基づいて書かれたと考えられるから、当然高度経済成長期のとば口における東大大学院の「研究室」における「同僚たち」のほとんどは、「日本人」であったと言っていい。エリート集団（ムラ＝共同体）の中の「異者」、『凍える口』の主人公が「息苦しさ」を覚え、「吃音」を矯正することができなかったのは、至極当然のことであった。その意味で、「在日朝鮮人」にとって「吃音」は消極的自己防衛の結果であったと言っていいかも知れない。

〈2〉「帰化」という脱出口

ところで、金鶴泳とほぼ同年齢（一歳年上）の松本富生（旧姓金富生）が、姜尚中や金鶴泳と同じように青少年期に痛感していた「息苦しさ」や「居心地の悪さ」、あるいは「苦しみ」から逃れるためにとった方法は、「日本」に同化＝帰化することであった。松本富生の自伝的長編『恩愛の絆』（二〇〇六年十二月　勉誠出版刊）の「プロローグ」に、「帰化」手続きを行う主人公（松本富生）の心境が次のように綴られている。

私は六ヶ月ほど前に書いた帰化の理由を頭の中で連ねていた。子供達の将来の為、日本の風土や文化が好き、既に日本の社会に馴染《なじ》み温もっている、韓国人として生きて行くことに懐疑的である、韓国に移り住むことは全くあり得ない等々と反芻し、どう答えれば良いのか迷っていた。そのあげくに、

「日本の風土や文化が好きなんです」

と、抽象的とも、あるいは無難とも思える答えを出してしまった。正直な思い入れでもあったが強いてというほどのことではなく、又、そのほかのことを言っても心の中の上澄みのようなもので、もっと底にはどろりと澱んでいるものがあったのだ。母の死と、その後の父の再婚による不和は私

の帰化に少なからぬ影響を与えていたのだ。

松本富生は、一九三七（昭和十二）年七月、韓国慶尚南道三千浦市に生まれ、五歳の時父母とともに日本に渡ってきたということだから、父母は純粋な「在日」一世として、松本自身は「在日」一世とも二世とも言える過ごし方を「日本で」してきたと考えていいだろう。その松本が、逡巡の末とはいえ、「帰化」の第一の理由として「日本の風土と文化が好き」と言い切る。一般的に、例えそれが建前であっても、「帰化」の理由として掲げられるのは、松本も引用の中で言っているように、「子供達の将来の為」とか「仕事（商売）上、不都合があるから」、「既に日本社会の中にとけ込んでいるから」というようなことである。その意味では、「日本の風土や文化が好き」という松本の理由は、どうしても「帰化」しなければならない理由があったとしても、一種「異様」（独特）な印象を与えると同時に、不自然でもある。何故なら、「在日朝鮮人」としての自分及び自分の家族や親戚・知り合いが、日本でどのような生活や環境を強いられたか、さらに言えばどのように「差別」されてきたのかが、捨象されているからである。つまり、「差別」されてきたが故に「帰化」の申請に踏み切った、その間の事情が『恩愛の絆』には如何ほども書かれていないということである。

確かに、松本の場合、『恩愛の絆』によれば、「美しい日本語というものの世界に溺れてしまって」、日本語の伝統的韻律である「七・五調（五・七調）」を基本とする短歌表現に長い間魅せられてきて、多くの短歌作品を作ってきたという歴史を自分は持つということが縷々記されている。しかし、「短歌」

表現が松本の言う「日本の風土や文化」を最もよく体現しているものであるかは今問わないとしても、歌人としてよく知られている「在日」一世の金夏日（一九二六年、韓国慶尚北道生まれ、代表的歌集『無窮花』）や二世の李正子（一九四七年生まれ、代表的歌集『鳳仙花のうた』）が、「短歌」が「日本の風土や文化をよく体現している表現形式」だから作歌を続けてきた、とは一言も言っていない。このことを考えると、それぞれ「在日」している事情は異なるとは言え、松本の「短歌」が体現している「日本の風土や文化が好き」だから「帰化」したというのは、果たして本音なのか、帰化者として「建前」でそのように言わざるを得なかったのではないか、という疑念を拭い去ることができない。というのも、松本の「帰化」に関する言説には、「単一民族」幻想や「神話」に呪縛されたかつての「宗主国」日本という国家＝権力の存在、換言すれば日朝関係の「歴史」、例えば「日韓併合」によってあからさまになった「支配・差別」の実態と共に捨象されているのではないか、と思えるからにほかならない。具体的には、松本が「帰化」した一九七二年から五年ほど経った時点における日本政府の「帰化」（促進）思想について、「在日」一世の金石範は「在日朝鮮青年の人間宣言――帰化とアイデンティティ」（『「在日」の思想』一九八一年十二月　筑摩書房刊）の中で次のように言っていたことを、松本はどのように考えてきたのかという問題が存在するということである。

　この上さらに、帰化後は「日本式氏名」に改めねばならない。つまり日本に住む朝鮮系市民ではなしに、〝朝鮮人〟を、その民族性を抹殺した全くの〝日本人〟への同化である。そして〝模範的〟

な、いわば〝毒のないまじめ（日本人）〟として体制のなかに取り入れられる。まるで講和条約で戦勝国の一方的な条件を全面屈服してのみ込むに等しい。いわば日本国家意志の一方的な貫徹であって（たとえ帰化が当人の意思による選択であっても）、まっとうな市民権獲得といったものではないだろう。（傍点引用者）

思想の科学研究会編による『転向』（上中下　一九五九、一九六〇、一九六二年　平凡社刊）は、転向を基本的には「権力によって強制されたためにおこる思想の変化」（鶴見俊輔）と定義し、しかもその「権力による強制」には、暴力を伴うものから「自発」的なものまで様々なヴァリエーションが存在したことを明らかにしたが、「在日」朝鮮人・韓国人の「帰化」の問題も、金石範が言うように、そこには有形無形の権力＝日本国家・政府による「強制」、つまり「その民族性を抹殺した全くの〝日本人〟への同化」作用の結果であったという意味で、十五年戦争（アジア太平洋戦争）下で起こった「転向」と似ていなくはない。「非転向＝帰化を拒絶して在日朝鮮人・韓国人であり続けることを決意した」者から「完全転向＝全く日本人に同化した」者まで、何れを選択したとしても、そこに強力に介在しているのは、どのように強弁しようが、「日本国家＝権力」以外の何者でもない。そして、日本国家＝権力に全き「屈服」した者にも、「日本人」になった松本富生がその作品『恩愛の絆』の副題に「無窮花《ムグンファ》の国から」としたように、心の底から「朝鮮人・韓国人」という原籍を消すことができないということがある――因みに、「無窮花《ムグンファ》」は、韓国の国花である。

文化人類学者の原尻英樹が著した『「在日」としてのコリアン』（一九九八年七月　講談社現代新書）には、「帰化」した著名人のその後の内面生活を報告した部分がある。例えば、プロレス界で英雄視されてきた力道山（一九二三年、朝鮮咸鏡南道生まれ、朝鮮名「金信洛」、日本名「百田光浩」、一九六三年十二月十五日、暴力団員に刺されて死亡。力道山は、咸鏡南道がある北朝鮮では、今でも英雄視されている）は、「帰化」した後も自宅の一室に朝鮮各地の文物を置き、激しいプロレスの闘いで疲れた心を癒していたという。また、力道山と同世代の『空手バカ一代』（劇画　梶原一騎）の主人公に模されている大山倍達（一九二三年、朝鮮全羅北道生まれ、朝鮮名「崔永宜」、極真空手の創始者）は、朝鮮語（ハングル）を知っている者なら誰でもすぐわかる朝鮮民族を意味する「倍達（ペダル）」という言葉を日本名とすることで、自らの出自に関わる複雑な心境を表明していたのだという。

さらに言えば、一九七〇年前後の「政治の季節＝学生叛乱の時代（全共闘運動の時代）」を過ごした多くの者に記憶されている「山村正明」（一九四五年、山口県生まれ）が、小学生の時に「帰化」していたが故に、同胞（在日朝鮮人・韓国人）から「半日本人（パンチョッパリ）」としてしか扱われないおのれの在り様に苦しみ自死したこと、あるいは自民党所属の帰化日本人代議士新井将敬の「唐突」としか思えない自死（一九九八年二月十九日）をどのように考えるか。これらの「帰化」に関する事例は、たとえ「帰化」して「日本人」になったとしても、同調圧力が強く「異質」な存在を排除しがちな日本社会にあっては、かつて「差別」の対象であった「朝鮮人・韓国人」であったという事実がどれほどの苦しみ・悲しみをもたらすかの一端を証している。「帰化」した朝鮮人・韓国人が日本社会やかっての同胞社会からどのようにみられているか、原尻は先の著書の中で次のように書いている。

ここで「パンチョッパリ」について説明しなければならない。本来は「蹄の割れた獣の足」という意味である。植民地時代の朝鮮では日本に媚び、半分日本人になった朝鮮人の意味で使われたようだが、その意味がさらに他の意味に変えられていった。例えば、本国の韓国人が「在日」一般に対して「パンチョッパリ」を使うときがある。これは「韓国語も知らない日本人化された韓国人」の意味である。「在日」社会では、「混血者」に対する「血」の差別のほかに、ここ（山村正明の事例――引用者注）で見られるように、「民族への裏切り者」として「日本国籍の『在日』」に使われることもある。

この「パンチョッパリ」問題は、表層的としか思えなかった映画やドラマ、ポップス界における「韓流ブーム」とは裏腹に、植民地時代から未だに続く「朝鮮」に対する日本人の深層心理＝差別意識を顕かにするものと言っていいだろう。それは例えば、保守政治家に利用され続けている、北朝鮮による「拉致問題」が顕在化させた「ネオ・ナショナリズム」思想に基づく「朝鮮人（韓国人）差別」に連動している。一九四五年八月十五日の「朝鮮解放」から半世紀以上が経つというのに、朝鮮学校周辺や在日朝鮮人・韓国人が多く居住する地域で横行する「ヘイト・スピーチ」、あるいは昨今の出版界における「嫌韓・反韓」ブームが象徴するように、「朝鮮人差別」「韓国人差別」はなくならない。

また、作家である石原慎太郎が東京都知事時代に在日朝鮮人や中国人に対して「第三国人」という差別的・侮蔑的な言辞を恥ずかしげもなく発したことは、まさに未だに日本人の中に「朝鮮人差別」が根強く残っていることの証である――石原慎太郎東京都知事（当時）は、一九九八年二月十九日に自衛隊練馬駐屯地で開かれた「創隊記念式典」で、「三国人、外国人が凶悪な犯罪を繰り返しており、大きな災害では騒擾事件すら想定される。警察の力に限りがあるので、みなさんに出動していただき、治安の維持も大きな目的として遂行して欲しい」と発言していた――。

そのような現実が存在するが故に、金石範や金時鐘といった「在日」一世の文学者や二世の李恢成や梁石日などは、一〇万人を超す「在日」同胞が「帰化」してきた現実に抗して、「民族」にこだわりつづけ、そのこだわりを根拠に発語＝表現してきたのではないか。ただ、この「民族」へのこだわりが、実は「帰化」するかしないかに関わらず、個々の「在日」朝鮮人・韓国人にとって「足枷」のようなものとして存在する事実も指摘しておかなければならない。例えば、立原正秋（一九二六年、韓国慶尚北道生まれ、本名金胤奎《キム・ユンキュ》）は亡くなるまで自分が朝鮮人（韓国人）であったことを隠し続け、日本名の「立原正秋」にこだわり、日本文化を象徴する「能」や古典芸能に精通することで自分の出自を「日本人」であると主張し続けたが、この「歪んだ感情」は、どこから生まれたのか。立原正秋の場合、晩年には「帰化」が認められ、それまではペンネームであった「立原正秋」が「本名」となったにもかかわらず、最期までおのれの出自を隠し続けたというメンタリティを考える時、立原正秋がそれだけ「民族（朝鮮人）」を意識し続けてきた証左ということになるだろう。そして、そこには社会的・歴史的な「差別」を中心とした「日本」と「朝鮮・韓国」との非正常な関係が反映されているということになる。

　ところで、多くの「在日」文学者たちがこだわり続けてきた「民族」に関してだが、「帰化」問題と不可欠な関係にあると言っていいこの言葉が意味すること＝思想・考え方については、別な個所（第四章「金達寿論」参照）で私見をいくらか述べたが、戦後の日本文学史を考える時、特別な意味が付与されるのではないかと思われる。というのも、「明治維新」を経て日本が近代国家として世界史（アジア史）の中で重要な位置を占めるようになって以後、アジア太平洋戦争（十五年戦争）に敗北するまで、「民族」という言葉＝思想は、「大和民族の優秀性」とか「日本が大東亜の盟主となる」などと言った「幻想」的な修辞と共に、日清戦争（一八九四〈明治二十七〉年）から本格化した対外侵略戦争や国内の秩序維持のために利用されてきたという事実＝歴史があったからである。そのため「平和（反戦）と民主主義」を基底に表現を行ってきた戦後の文学者たちは、一般的に「民族」という言葉＝概念を自らの表現や言説に使わないようにしてきた。「ナショナリスト＝日本主義者」と誹られることを嫌ったため、「民族」、あるいは「祖国」という言葉＝思想は、「羹に懲りて、膾を吹く」類の扱いを戦後文学者たちから受けてきた、と言っていいかもしれない。もちろん例外的に、戦前とは異なる「ナショナリズム」の意味を模索し、それを根拠に言葉を紡ぎ出した竹内好のような思想家・文学者もいないわけではなかった。

　言葉を換えれば、戦後文学者たちは「戦後民主主義」思想をバックボーンに、「痛い目」にあった「民族」や「祖国」よりも「個人」に重きを置いた文学の在り様を求め続け、時あたかも戦後日本に襲来したサルトル流の「実存主義」とあいまって、それを戦後思想の主流となしたが、その傾向は現在まで続いているということである。そのことを前提に「戦後文学」と「在日文学」との関係を考えれば、そんな「個人」を重視する「戦後文学」の在り様に対して、いかなる場合にも「民族」と切り離すことができない宿命を負っていたが故に、「在日朝鮮人文学」は「民族」や「祖国」という言葉が象徴する思想もまた「表現の根拠」＝武器足り得ることを明らかにするものだった、と言えるかもしれない。そのような観点を視野に戦後文学史を見直すとき、「在日朝鮮人」文学者たち、特に二世、三世が直面している「民族」問題＝帰化問題は、松本富生や立原正秋のように「日本の風土や文化」への同化を望んだ（ように仮装した）場合は別にして、「民族」問題を等閑視してきた戦後文学・現代文学の当事者たちに、「歴史修正主義者＝保守派・国粋主義者」による簒奪を警戒すれば、「民族」問題もまた「新たな主題」となり得る、と「異議申し立て」をしたものと考えることができる。

〈3〉「帰化」——アイデンティティー・クライシス

ということを前置きに、現在「在日朝鮮人」二世・三世たちに降りかかっている「民族」問題、就中「帰化」問題を考える時、例えば「在日」一世あるいは二世の親が「帰化」し、自分はそのとき子供であったが故に「自動的」に帰化せざるを得なかったという「事実」が存在することを等閑視するわけにはいかない。両親らとの家族ぐるみの「帰化」の結果、長じて自らの出自が「朝鮮人」であったことを知ることとなり、その時から生じた「アイデンティティー喪失」に、現在「在日二世・三世」たちが苦しみ悩むという形で「在日」に関わる問題は顕現しているように見える。その一つの典型的な例を第二三回新日本文学賞特別賞を受賞した深沢夏衣の『夜の子供』（一九九二年作）に見ることができる。作者は、一九四三年生まれで、幼児の時に親が帰化したために元の韓国名については知らないまま育ち、そのことが「苦」として現在に至るという経歴の持ち主である。『夜の子供』は、作者と同じように「帰化者」として生きることを決意した主人公の女性が、「在日」社会向けの雑誌の編集を頼まれたことから、その雑誌や編集部にあつまる「在日」の若者たちとの距離の取り方に悩み続けるという物語である。この「在日」の若者たちと主人公とがどのような距離を保てばいいのか悩むというのは、主人公もまた彼らを鏡としておのれのアイデンティティーについて懐疑し続けてきたことを意味し、それは「在日」の若者たちには明確な「コトバ」があるのに、自分にはその「コトバ」がないという形で具体的に語られるものであった。

ウチョルがさっき一等とか二等とか言ったけれど、三等までの在日朝鮮人は少なくとも自分を語るコトバがある。主体性であれ、それがたとえ見苦しい反目を生むとしても反目する程の主張があるわね。しかし帰化者には主張するコトバがないのよ。自分を後悔したり否定していたら、衰弱していくだけだわ。かといって、帰化を肯定するコトバも見つけにくい。ただわたしは、これまでの在日のコトバで帰化を括ることだけはしたくないと考えているの。それは、自分を否定するか、土下座して仲間に入れてもらうか、どちらでしかない。そんなのゴメンだわ。

あなたたちが自分のコトバを見つけ出したように、わたしも自分のコトバを見つけ出したい。だから今は、自分が誰であるか決めることができないし、決めたくないのよ。ペ・ミョンジャじゃなく羽山という名前にこだわったのは、そんな理由もあったからなの……

ここに出てくる「コトバ」が、「論理＝思想」とほぼ同じ意味で使われていることを考えると、「帰化者」である主人公の女性が日本社会ではもちろん在日同胞社会にあってもおのれの拠って立つ場、すなわちアイデンティティーを獲得できないことに苛立ち苦しんでいる現実が、この引用から浮かび上がってくる。次の引用は、同じ「在日」関係の雑誌に関わる若者としてよく話すようになったウチョルが、「俺は自分の名前、国籍に特別の思いを抱いてきたんですよ。この不当に差別され貶められてきた国籍と名前、息も絶え絶えのこいつを掌で温め、俺の熱い息を吹き込み、血を通わせて守ってきたんですよ」と言ったのを受けた主人公の考えと、絶えず内部に湧出してくる思いを記したものである。

「たしかに多くの朝鮮人がこのクニで不遇のままに、悲惨に死んでいったわ。国を奪われ土地を盗られ、名前も言葉も奪われた。その憎むべきクニにわたしたちは生きている。本来ならわたしたちは一人も残らず引き揚げているべきだった。しかしさまざまな事情でここに残らざるを得なかった。一世たちがどんなにニッポンを憎んで生きてきたか、言ってしまえば一世たちはニホンジンへの憎しみがあったからこそ生きてこられたのかもしれないわね。（中略）

でも、しかし、そういう考え方は弱いのではないかしら。現実逃避の弱い生き方だとわたしは思う。この歴史と、この現実が在日に与えられた条件なのよ。別なコトバでいえば運命なのよ。運命を認めるとか認めないとかいうのは五歳の子供の言うことだわ。もっと冷静に現実を認め、受け入れる態度が必要なのよ。そしてその条件を生き抜いてやろうという強さを持たなければ、在日はいつまでたっても宙吊りのままいきていくしかないわ」

「宙吊り……」

そう言ったきりウチョルは沈黙した。（中略）

在日朝鮮人は、祖国の〝影〟なのかもしれないと明子は思った。祖国や民族というものに寄り添って、初めて輪郭を結ぶ存在なのかもしれない。ならばこの自分は何だろう。影ですらない。誰に寄り添っても自分の輪郭など結ぶはずもない。名づけようもない存在、それが私……。

「誰に寄り添っても自分の輪郭など結ぶはずもない。名づけようもない存在、それが私……」とは、何とも辛く悲しい言葉であるが、反面「帰化」に特別な意味を持たせようとする者（例えば、『夜の子供』の作者・深沢夏衣）を揶揄するような「勁さ」もまた垣間見せている。

深沢夏衣は、『夜の子供』刊行（講談社）から三年を経た一九九五年の「新日本文学」六月号「特集在日文学へのアプローチ」に「『帰化』というコトバ」というエッセイを寄せていて、その中で『夜の子供』の執筆動機について、次のように書いていた。

私は初めて書いた小説『夜の子供』で、葉山明子という「帰化」した女性を主人公に置いた。それはなにも「帰化」二世の苦悩を描くことが目的ではない。日本社会の傍流である在日社会、その在日社会で信じられている生き方や価値観をほんの少し揺るがしてみたかった。そのためには、在日社会のさらなる傍流である「帰化者」の視点を借りる必要があったからである。

「帰化者」と「非帰化者」の間に横たわる無意味としか思えない対立や怨念（ルサンチマン）をいかに相対化するか、深沢夏衣はそれを「在日社会で信じられている生き方や価値観をほんの少し揺るがしてみたかった」という言い方で表現している。しかし、深沢自身が「帰化」した自分のことを「帰化者」と言わず「日本国籍取得者」と言っていることを鑑みると、「帰化」が意味する「民族」性を捨象して「（日本への）同化」を企図することになる問題をどう心的処理するか、このことは依然として解決しないのではないか。

金真須美（一九六一年生まれ、父・原寛〈梁元福〉、母・富子〈朴玟秀〉共に在日二世）の『羅聖《ナソン》の空』（二〇〇一年）は、医学研究者として研究のためにアメリカ西海岸（ロサンゼルス）の大学に留学した夫とともに渡米した女性が、あくまでも「日本人」であることを求める夫（帰化者）と、自分の「出自」（韓国）にこだわることから生じた夫との軋轢や、ロスでの同胞や日本人との付き合いから、次第におのれのアイデンティティーを喪失していく様を描いた中編である。具体的には、「何よりも握り飯とキムチがすきな癖に、汚染された海のようなベーコンをのせたサンドウィッチで、白人の教授達と昼食をとり、帰化する前の自分の国籍をひた隠しに隠す夫」は、日本へ帰国すれば関西の大学医学部に教授として迎えられることが約束されているエリートとして、妻にはひたすら自分への奉仕を強要する。それが「夫婦愛」だと夫は思っているようだが、妻の内心は「多民族国家」のアメリカに渡りコリアン・タウンやリトル・トーキョーで暮らす朝鮮人（韓国人）と付き合ううちに「揺れ動き」、アイデンティティーの「危機」に見舞われる、という話である。ここでは、「帰化」がどのような過程で行われ、その時主人公（菜良――この女性の名前は音読みすれば「ナラ」となり、その「ナラ」は「祖国」を意味する韓国語〈ハングル〉である。この「菜良」には特別な意味が付与されている、と考えていいのではないか）が感じた「漠然とした不安」や「身体化した苦」とがどんなものであったか、次の引用にそれは明らかにされている。

菜良が日舞の名取になった時も、歌舞伎座で弁当を配ったのは正明（菜良の父親、帰化者――引用者注）だ。だが、日本名で育てられた菜良が、自身の出自を知ったのは、小学校二年生のことである。区域の小学校で、同級生から出自を言われた。意味を父に尋ねたが答えはなく、代わりに私学への転校となった。「生涯、自分の出自を名乗ってはならんぞ。それさえ明かさなければ、ニホンジンとして何不自由なく生きられるのだ」正明の口癖だった、但し、帰化は許さない。また、結婚も同胞以外は認めないといわれた。

達夫は、父も文句なく気にいった相手だった。その夫が、父の死を待っていたかのように、帰化した。仕事の便宜上というのが理由だった。菜良もまた、父の三回忌の後申請手続きを出した。漠然とした迷いはあったものの、迷いが何であるかは説明できなかった。（中略）

結局、夫が日本人になった以上、子供ができれば話は一層複雑になるというのが理由になった。その頃から、難聴や多汗が始まった。症状がひどくなり、夜中に不安神経症の発作がでたのは、渡米後のことである。

「生涯、自分の出自を名乗ってはならんぞ」という父親の言葉から、近代文学作品としては初めて「部落差別」について正面から取り組んだ、島崎藤村の小説『破戒』（一九〇六年）の主人公瀬川丑松の父親の文字通り「戒めの言葉」を想起するが、そこからこの金真須美の『羅聖の空』の背景には「帰化」問題に象徴される日本社会に根強い「差別（朝鮮人差別）」の問題が横たわっていることがわかる。小説の最後は、華々しい研究成果を手にして「日本」に凱旋する夫への「さようならパーティー」で、着物を着て日本舞踊を踊ることになった菜良が、その踊りの最後にロサンゼルスに住むようになってから習い始めた韓国舞踊を海岸で踊ることで終わる。菜良は、自らの出自を夫の同僚教授たちにそれとなく知らせようとして韓国舞踏を踊るのだが、そんな菜良の「必死の思い」も、彼女が日常的に「ニホンジン」として振る舞ってきたが故に、アメリカ人＝外部の人間には決して理解できることではなかった。菜良は、そのことを韓国舞踊を踊りながら思い知らされる。


ドンタキタキタク！（朝鮮の打楽器「チャング」の音――引用者注）

ドンタキタキタク！

ドンタキタキタク！

黒人の助手が、波間を走ってきた。菜良を強い力で抱擁した彼女は、

「ワンダフル！　イッツ・ソー・ファニー・ユー・アー」

「ユー・アー？」熱い接吻を受けたまま、菜良は琥珀色の瞳を見つめた。

「ユー・アー・リアル・ジャパニーズ・ウーマン！」

菜良はスゴン（手巾・ハンカチ――引用者注）の行方を案じることもなく、ただ大空を見あげていった。

「……イエス・アイ・アム」


この『羅聖の空』の最終場面から浮かび上がってくるのは、「帰化」に関わって不安神経症の発作が起こる程に苦しみ悩んでいる主人公の「内面」など、アメリカ人は固より「ニホンジン」となった

夫も、また主人公に韓国舞踊を教えてくれた在米僑胞（朝鮮人）も、さらに言えば主人公自身も十分に理解できていない「差別」の奥深さということにほかならない。その意味で、『羅聖の空』は、「帰化者」が抱えた根源的な、その裏側に横たわる「差別」の問題、言い方を換えれば「帰化者」を含む「在日朝鮮人」のアイデンティティーに関わる本質的な問題を提起した作品、と言えるだろう。

よく知られているように、三十七歳の若さで亡くなった芥川賞作家（受賞作『由熙』一九八九年）の李良枝（日本名「田中淑枝」）は、リービ英雄が「乖離と『アイデンティティ』――『在日』を見直す」（一九九三年『日本語を書く部屋』二〇〇一年　岩波書店刊）というエッセイの中で、「きわめて新鮮なスタイルをもった在日体験の『告白』から出発した李良枝が、韓国への『帰国』について書きはじめたところ、現代のワールド・フィクションにも十分通じる新しい領域に踏み入った」と高く評価していた若年の作家である。しかし、現実の李良枝はリービが言うのとは裏腹に、帰化者が「日本」からも「韓国・朝鮮」からも拒絶され、「異邦人」としてしか扱われない現実がもたらしたアイデンティティー・クライシスに対して全身で格闘し、そしてそのクライシス＝危機からの脱出方法を見つけ出せないまま中途で斃れてしまった者である。彼女の具体的な苦闘の様については、第一章「在日朝鮮人文学の現在」で詳論したが、深沢夏衣の『夜の子供』や金真須美の『羅聖の空』、あるいは彼女の一九九五年に文藝賞を受賞した『メソッド』などに接すると、李良枝を襲ったクライシスが今もなお、「帰化者」だけでなく「在日」二世や三世たちの間にも存在していることがわかる。

なお、この在日朝鮮人・韓国人の「帰化」に関する事柄について、大学生になるまで自分に韓国人の「血」が流れていることを知らなかった鷺沢萌（父方の祖父母が韓国籍）に、『君はこの国を好きか』（一九九七年）という作品があり、様々な問題を提起してくれている。例えば、この作品の最後は、韓国留学中に親しくなった韓国人の男子学生から主人公が「君はこの国が好きか？」と問われ、「好き」とも「嫌い」とも答えられない場面で終わっているが、この主人公の友人からの問いに何も答えられない在り様にこそ、作者鷺沢萌の「本音」が現れていると言える。もっとも主人公の女子留学生は、日本にいる時「理不尽」としか思えない様々な「差別」を受けながら、「それはあくまでも日本という国と国の制度に向けられる『腹立ち』であって、ウチが韓国人だから、というように内側に向かう『恥』には決してならなかった」と思うような人物として設定されている。ものの見方や考え方に大きな影響を与える「歴史」が主人公の認識から抜け落ちているというのは、何も「在日」の若者だけの特徴ではなく、日本人の若者たちの多くにもアジア史や世界史から遠ざかったところで自国と他国との関係を見るという傾向にあるのと似ている。南京大虐殺事件や従軍慰安婦（日本軍の性奴隷制度）などを「無かったもの」にするところで成立する「嫌韓」や「嫌中」思想が、長期保守政権の下で蔓延してきていることを見れば、「君はこの国を好きか」と問われた帰化女子留学生が、留学先の韓国で「この国（韓国）が好きだ」と即答できなかったことも首肯できる。

この『君はこの国を好きか』の主人公が見せた逡巡は、「帰化」を既定のものとして受け入れて育ってきたと思われる鷺沢萌の「本音」が反映していると言っていいだろう。しかし、とは言え、この作品を発表してから七年後の二〇〇四年、鷺沢萌が三十五歳の若さで自死したことを思うと、韓国人学生から「君はこの国が好きか？」と問われ、イエスともノートも即答できなかった帰化者の孫＝在日三世鷺沢萌の、韓国でも日本でも「異邦人」としてしか存在し得ない現実が醸し出す「哀しみ」をそこに読み取ることができる。

このように、深沢夏衣も、金真須美も、そして鷺沢萌も、それぞれ形は違っても「帰化者」として日々向き合わざるを得ない「内面」と格闘することで、自らが背負った（招いた）アイデンティティー・クライシスを乗り越えようとしてきた、と言っていいだろう。しかし、果たしてそれは可能だったか。また、その在り様は、「民族」や「祖国」、あるいは「差別」にこだわって発語＝表現してきた「在日」一世・二世たちとの「共生」を目指したものであったか。さらに言えば、そのようなアイデンティティー・クライシスに直面してきた自分たちの文学は、日本（人）の文学者たちに対してどのような「異化」作用をもたらすものとなったのか。いずれにせよ、現代の若い作家たちを中心とした「在日」文学が、「民族」の回路などどこかへ置き忘れたような日本の現代文学を相対化する契機を孕んだ文学であることに変わりはない。

第三章　〈在日〉文学の現在とその行方

――「民族」と「言葉＝日本語」の問題を乗り越えて……

〈1〉〈在日〉文学の「変容」

〈在日〉文学をどのように定義するか。作家であり、長い間「在日朝鮮人文学を読む会」（雑誌「架橋」）を主宰し、〈在日〉文学に関して多く発言してきた磯貝治良は、その「変容と継承――〈在日〉文学の七十年」（「社会文学」二六号　二〇〇七年六月、二〇一五年補筆）で、次のように〈在日〉文学（「在日朝鮮人文学」）を定義している。

在日朝鮮人の日本語文学は解放後＝戦後にはじまり、七十年近くをむかえた。日帝時代にも朝鮮人による日本語作品は多く書かれたが、ひとにぎりの例外を除き、それは「植民地文学」と呼ばれるべきものだろう。植民地支配の国策が背景にあって、いわば強いられた日本語文学だったからである。

在日朝鮮人文学は七十年を経て大きく変容しつつある。文学が〈外部世界〉との拮抗によって成り立つ以上、在日朝鮮人文学のみが変容を遂げてきたわけではない。そのうえで在日朝鮮人文学は祖国・民族とのかかわりとか、政治状況とか、社会・生活とか、世代交替とかの変化をヨリ直截に反映しているように思える。これは在日朝鮮人文学が〈外部世界〉との緊張関係を強いられながら、夢物語をゆるされない〈リアリズム〉を文学的出自としてきたことによる。

磯貝は、この冒頭の〈在日〉文学の定義に基づき、戦後に始まる〈在日〉文学の七十年に及ぶ歴史＝変遷を「変容と継承」をキーワードに、「植民地体験の克服と政治の季節――一九四五年～一九六〇年代前半」、「民族主体の探求から高揚期へ――一九六〇年代後半から一九八〇年」、「在日朝鮮人文学から〈在日〉文学へ――一九九〇年代以降」の三期に別けて概括する（ほかに、「女性作家の登場とあらたな物語」の章を設けている）。この磯貝の概括の中で特記しなければならないのは、「変容と継承」が著しい一九九〇年代以降の〈在日〉文学について、次のようにその特徴をまとめている点である。

一九八〇年代末から九〇年代以降、在日朝鮮人社会の価値観の多様化はいっそう顕著になる。第三世代の台頭があり、八五年に日本の国籍法が父系主義から父母両系主義に改訂されて日本籍取得者が増加し、それにともなって前世代をふくむ生活・意識様態の変化が加速した。そんな社会的変化を背景に、祖国志向が後退する一方、日本社会への同質化がすすみ、「在日を生きる」という立ち位置も定着する。〈在日〉社会が根《ね》生《お》いの存在となる一方で、意識相や価値観が一種のエネルギーを孕んだカオスの様相を呈する。そんな転形期にあって活路を求め、さまざまなアイデンティティの模索が始まる。民族意思を存在の根拠にする人、日本社会における市民として自己定立を図ろうとする人、あらたな存在のオルタナティブを求める人――などである。「民族を超える」という言説が登場するのもこの時期であり、「想像の共同体」＝国民国家を拒否して、ボーダーレス志向や〈個我〉の絶対性に活路を見出そうとする思考にもあらわれる。

　この磯貝による〈在日〉文学の歴史の概括と一九九〇年代以降に顕著となったその「変容」についての記述は、二〇〇六年、磯貝との共編で『〈在日〉文学全集』（全一八巻　勉誠出版刊）の刊行に携わった者として、概ね首肯できるものである。しかし、このような〈在日〉文学について、これまでに多くの〈在日〉文学に関して発言してきた川村湊は、先の「社会文学」第二六号の「特集『在日』文学――過去・現在・未来」に寄せた「分断から離散へ――『在日朝鮮人文学』の行方――」の中で、在日朝鮮人文学は本質的に「ディアスポラ（離散）文学」であり、それは近い将来「歴史的産物」として評価されるのではないかとして、次のように書いていた。

> 私はかつて、「在日朝鮮人文学」は終わったと発言した。文学というものは、個々の作品があるだけであって、それを歴史的にとりまとめる時に、何々文学といった呼称や名称が生み出される。「在日朝鮮人文学」という呼び方もそうであって、そうした呼称が文学史的に認められるということは、すでにそのジャンル、あるいはカテゴリーが、生産性や創作性を失っている時なのだ。「神話」や「物語」が「神話文学」や「物語文学」と名指しされた時に、すでにその創作活動を終えていたということは、これと別なものではない。（傍点引用者）

確かに、「文学論」一般としては、川村の言い方は間違っていないと言っていいだろう。しかし、格別な特徴を示すある種の文学ジャンルやカテゴリーに対して、「何々文学」、つまり「転向文学」とか「原爆文学」などと名付けるのは、果たして「そうした呼称が文学史的に認められるということは、すでにそのジャンル、あるいはカテゴリーが、生産性や創作性を失っている時」と言っていいのか、どうか。例えば、ヒロシマ・ナガサキの体験を基点にして戦後文学史の中に定置してきた「原爆文学」は、チェルノブイリ原発の事故、フクシマの経験に関わる「原発文学」をその一部とすることで、今後もずっと書き継がれていくだろうと推察できるし、「過去の文学」として処理することはできないのではないか。このことは、非被爆者（被爆二世）の長崎在住の芥川賞作家青来有一が、「長崎原爆」について書き継いでいることを考えれば、歴然としている。

その意味で、「在日朝鮮人文学／〈在日〉文学」は、その歴史性が霧散してしまうような遠い未来においても、〈在日〉する表現者（作家や詩人、批評家、歌人たち）が自らの「出自・来歴」を「朝鮮半島」だと意識する限り、言い換えればその「民族性」を意識して創作に関わる限り、終焉を迎えることはないのではないかということである。磯貝が先の文章のタイトルに「変容と継承」を用いたのも、「在日朝鮮人文学／〈在日〉文学」に「終わり」はない、と確信しているからだと思われる。磯貝の「〈在日〉文学」論を受けた形で「変容概念としての在日性——在日朝鮮人文学／在日文学を考える——」（前掲「社会文学」第二六号）を書いた尹健次は、その文章を次のように締めくくっている。

実際、今日、「在日性」、つまり「在日」のアイデンティティはさまざまな要素をもった複合的なものであるとしても、なによりも自らの出自・来歴を確認する歴史への省察がもっとも重要な意味をもつ。血縁（血）ではなく出自・来歴の自覚、つまり日本と朝鮮の不幸な関係のなかで織りなされてきた歴史への省察、そして現在と未来を「ともに生きる」ために不可欠な、「ともに闘う」ための新たなアイデンティティの獲得。それはもちろん、「コスモポリタン」といった言葉で表現されるものではない。平たくいうと、「ルーツ」という言葉と重なりあうものであるが、在日朝鮮人文学／在日文学を成り立たせる根幹はその自覚、あるいは探求、ないしはこだわりにあるのではないかと考えられる。たとえ、その出発が無意識的・無自覚的なものであったとしても。（傍点引用者）

なお、この「変容」著しい一九九〇年代以降の「第三文学世代」について、私は第二章「アイデンティティ・クライシス――「在日」文学の今日的在り様」（初出・「社会文学」）と題する文章で、『夜の子供』（一九九二年）の深沢夏衣や『羅聖の空』（二〇〇一年）の金真須美ら第三文学世代に属する表現者たちが、「自分の居場所」を探して危機的な状況にあるのではないか、そしてそのような危機的状況を描き出すことによって、日本の現代文学を「異化＝相対化」する役割を果たしているのではないか、と問題提起したことがある。

では、磯貝が先の文章の冒頭部分で「在日朝鮮人文学」の特徴として指摘した、「祖国・民族とのかかわりとか、政治状況とか、社会・生活とか、世代交替とかの変化をヨリ直截に反映している」は、現在どのような形で「変容」し「継承」されているのか。「在日」第三世代に属する柳美里と黄英治の在り方を中心に、その点について見ていこう。

〈2〉「在日」することの意味――柳美里・黄英治の作品から

まず、磯貝が〈在日〉文学の一般的特徴と指摘する「在日朝鮮人文学が〈外部世界〉との緊張関係を強いられながら、夢物語をゆるされない〈リアリズム〉を文学的出自としてきた」ということと、先の尹健次が「なによりも自らの出自・来歴を確認する歴史への省察がもっとも重要な意味をもつ。血縁（血）ではなく出自・来歴の自覚、つまり日本と朝鮮の不幸な関係のなかで織りなされてきた歴史への省察、そして現在と未来を『ともに生きる』ために不可欠な、『ともに闘う』ための新たなアイデンティティの獲得」という言葉とを重ね、柳美里と黄英治という第三文学世代に属する作家の特徴を考えると、そこからは「民族」意識と「言葉＝日本語及び朝鮮語（ハングル）」の問題が浮上してくる。

まず「在日朝鮮人文学／〈在日〉文学」において大きな意味を持つ「民族」あるいは「祖国」についてであるが、第一文学世代や第二文学世代が「分断国家」がもたらす「政治」と格闘しつつ真摯に向き合った「民族」や「祖国」は、戦前への「痛切」な悔恨と反省から出発した日本の戦後文学が「敢えて避けていた問題」、つまり日本近代文学における「天皇制＝超国家主義的政治体制」の思想的維持装置であったが故に「タブー」となっていた「民族」や「祖国」という問題に、新たな光を当てる役割を果たしてきた、ということがある。後の第四章「金達寿論――根を植える人」で詳しく見るように、「民族」「故郷・故国」は在日朝鮮人文学者にとって、必須の要件であった。さらに言えば、最近では「在日朝鮮人文学／〈在日〉文学」に内在する「民族」や「祖国（故郷）」意識は、文学のグローバル化（世界文学化）に伴って盛んに言われるようになった「ディアスポラ（離散）文学」とか「エグザイル（脱出）文学」との関連・側面から考察の対象となっている、ということもある。

例えば、「第三文学世代」を代表する女性作家柳美里の作品などを読んでも、私たちは「第二文学世代」と「第三文学世代」の間に位置していた李良枝の作品からは、創作の原点（モチーフ）とし、生涯抱え込まざるを得なかった「日本生まれの半日本人《パンチョッパリ》」という意識、つまり「ディアスポラ（離散）」や「エグザイル（脱出）」といった意識に収斂する問題を感じることがないということがある。つまり、柳美里は、「祖国＝韓国」にも、また「生まれ育った場＝日本」にも帰属できない「異邦人」として苦悩しなければならない「内部」など、端から持ち合わせていないように思えるのである。「序章　在日朝鮮人文学の現在」の冒頭にも記したが、李良枝はその文壇デビュー作『ナビ・タリョン』（一九八二年）で、作家自身とほぼ重なる履歴を持つ主人公に、次のような「内白」をさせていた。

「日本」にも怯え、「ウリナラ」にも怯え戸惑っている私は一体どこへ行けば心おきなく伽耶琴を弾き、歌を歌うことができるのだろう。一方にウリナラに近づきたい、ウリマルを上手に使いこなしたい、という思いがあるかと思えば、在日同胞であることとの奇妙な自尊心が首をもたげて、真似る、近づく、上手になる、というのが何か強制的な袋小路に押しやられたようで、こちら側はいつも不利でダメ、もともと何もないという立場が腹立たしくなる。何も好きこのんでこんなおかしな発音になったのではない。二十五年間日本に生まれて育ってきたという事実にたったどうしようもない結果なのだと息巻いてみる。だがやはり私は階段に座っている。おかしな発音が顔から火が出るほど恥ずかしく、階段に坐りこんだままドアを開けるのを躊躇している。

このような「韓国（朝鮮）」と「日本（語）」に引き裂かれているところから生じた李良枝の「苦悩」と並べて、例えば柳美里の評価が高かった一七〇〇枚にも及ぶ長編『8月の果て』（二〇〇四年）の、「柳美里」なる語り手（主人公）が「ルーツ」を求めて「祖国＝韓国」の親戚や関係者を訪ねる物語を置いた時、主人公が「在日」で、作品の主舞台が「韓国」であるにもかかわらず、『8月の果て』には「祖国＝韓国」がアプリオリなものとして存在していて、主人公の内面に自分は「韓国人（朝鮮人）」なのか、それとも「日本人」なのかといった問い（葛藤）を感じることがない、ということがある。「朝鮮民主主義人民共和国、耳に良く響く美しい国名――、わたしにとっては幻の祖国なのだ」といとも簡単に言い切ってしまえる感性を「唯一の武器」に、小学生の息子と同居している若い男と一緒に「北朝鮮」で夏休みを過ごした時の柳美里の紀行文集『ピョンヤンの夏休み――わたしが見た「北朝鮮」』（二〇一一年）に、次のような言葉がある。

わたしは、四世五世も誕生しはじめている昨今、帰化する在日韓国・朝鮮人が続出している現状を考えてみた。（中略）

わが家も、わたしの両親は韓国籍を保っているが、妹と二人の弟は日本人と結婚して帰化をしている。

私自身は、一度も帰化を考えたことはない。日本における「不自由」「不都合」「不平等」を解消するために帰化することはできない。「不自由」「不都合」「不平等」な立場を強いられつづけている限り、日本はわたしにとって「故郷」ではなく「生まれた土地」に過ぎないからだ。

ここからは、柳美里と同じ「第三文学世代」に属すると言っていい先に取り上げた女性作家の深沢夏衣や金真須美、鷺沢萌などが抱えていた「異邦人」意識を感受することができない。このことは、「半日本人《ハン・チョッパリ》」である李良枝が「ウリマル（母国語・ハングル）」で話す時に、「おかしな発音が顔から火が出るほど恥ずかしい」と感じたのに比して、柳美里が自分の使う「言葉」に対して、次のように言っていることとの違いによく現れているだろう。

記者会見のたびに、「何故、ウリマル（わたしたちの言葉）を勉強しないんですか？」と詰め寄られる。

「わたしは日本人でも韓国人でもありません。日本語にも韓国語にも違和感をおぼえてきました。その違和感、言葉に対する過剰な意識こそが、わたしを書くことに向かわせているんです」と語ってきたのだが、正直に言うと、自国の言葉を他国語のように学習するという屈辱を味わいたくないがためにプライドという固い殻をかぶっていただけなのかもしれない。

その殻は、二〇〇八年十月に、朝鮮民主主義共和国を訪問したときに、いとも容易く壊れた。日本に戻ったわたしは、朝鮮語の個人レッスンをしてくれる先生を探し、週一回のペースで先生のお宅に通っている。（『ピョンヤンの夏休み』）

このように躊躇なく「日本語にも韓国語にも違和感をおぼえてきました」と言いながら、同じ文章の続きで「自分は生まれついてのデラシネ（根無し草）だ」が、「こころが祖国に根を生やしている」

と言う柳美里の心性とは、一体どんなものなのか。「生まれた土地＝日本」でもなく、また「父祖の地＝韓国」でもない北朝鮮（朝鮮民主主義人民共和国）を「祖国」と感じる、その「こころ（心性）」の複雑さ、それこそが柳美里の小説や戯曲（芝居）を支えている原動力なのかも知れない。しかし、彼女の『ピョンヤンの夏休み』からは、一九四五年八月十五日の「解放」後の冷戦構造下で「分断国家」を強いられ、朝鮮戦争（一九五〇～五三年）において、強大国アメリカとこれに支援された「南朝鮮」の同胞（同族）と苛烈な戦いを行い、以後今日まで「南北」に対立したまま、その「分断」が「在日」にまで及んでいる現実がすっぽり抜け落ちているのではないか。確かに、現在の北朝鮮には、かつて「凍土の共和国」――一九五〇年代から八四年まで続いた在日朝鮮人の「帰還（帰国）事業」の関係者でもある金元祚（仮名）が、『凍土の共和国――北朝鮮幻滅紀行』（一九八四年）において、帰還事業中に「北朝鮮は〈地上の楽園〉」と喧伝されていたが、それは「偽り」であったと暴露したことに由来する北朝鮮への別称（蔑称）――と言われていた時代の面影を見付けることはできないだろう。

しかし、そのような北朝鮮の現実――しかも、その「現実」はピョンヤンのそれであって地方都市や農村部のそれではない――を直に見聞したからといって、果たして「こころが祖国（北朝鮮）に根を生やしている」とも言ってしまえるものかどうか。この柳美里の言葉は、一九七二年に第二文学世代を代表する李恢成が発した「北であれ南であれ、わが祖国」と同レベルの思想から発せられたかどうかは別にして、このような柳美里の「民族」意識が、先にも記したように「母語＝韓国語（ハングル）」の習得を経由しないものであることは、確かである。

この柳美里の「民族」意識と「言葉」感覚は、おそらく「プライバシー侵害」裁判を引き起こした処女作『石に泳ぐ魚』（「新潮」一九九四年九月号）や芥川賞を受賞した『家族シネマ』（一九九六年）、あるいは『命』四部作（『命』二〇〇〇年、『魂』二〇〇一年、『生』同、『声』二〇〇二年）などの作品が象徴している、彼女の「私小説」的創作方法と深く関係している、と言っていいかもしれない。「書くことは、ひたすら自分と対《む》き合《あ》うことである」（『ピョンヤンの夏休み』）と言い、自作（『家族シネマ』と『水辺のゆりかご』一九九七年）のサイン会が右翼を名乗る人物の脅迫によって中止させられたことから、先鋭的な社会的・政治的発言をするようになった時期に、次のように言っていても、である。

文芸評論家の竹田青嗣氏はこう言っている。

「新しい文学世代における『社会』から『私的感性』へという一種の〝解体〟過程は顕著なものだが、しかしこういった現代文学の動きは、どのような意味と方向性を持っているだろうか」（『恋愛というテクスト』）

私は新しい文学世代の末席に連なる者だが、これまで小説を書くとき「公的なるもの」について考えるなど思いもよらなかった。だがいったい、「公的なものから剝離した〈私〉」という存在があり得るのだろうか？　〈私的感性〉だけで隠喩的に世界を表現するにしても、公的なるものを一切排除してリアリティを獲得出来るとは思えない。また〈私的感性〉が、〈社会〉の影響から逃れることが可能だという確信も持てないのである。作家だけが〈仮面〉を免れ、社会から剝離されて特権的に存在出来るとも思えなければ、言葉を現実と接触しないで済ませ、公的なるものを素通りして文学だけの領土に立て籠もれるはずもない。（『仮面の国』一九九八年）

ここで柳美里が言う「公的なるもの」は、明らかに在日朝鮮人を「差別」する日本社会全体であり、確かに彼女の作品の根底にはこの「差別」への非和解的な「怒り」がある。その意味では、一見すると「私小説」的創作方法と異なる方法によって書かれたように見える『タイル』（一九九七年）や『ゴールドラッシュ』（一九九八年）、『女学生の友』（一九九九年）なども、「在日朝鮮人」作家が内在化している「民族」意識や「言葉」感覚から生まれたもの、と考えることもできる。しかし、このような「民族」意識や「言葉」に関する感覚は、「北朝鮮は、（我が）祖国」と言い切り、「日本語にも韓国語にも違和感を持ってきた」と言ってしまう感性と、どのような整合性を持つのか。その点で、柳美里をして「変容する在日朝鮮人文学」を代表する作家とするには少々無理があり、彼女は「自己矛盾」の只中を生きているのではないか、と思わざるを得ない。

そんな柳美里の在り方やその文学に較べると、出発は遅いのだが、柳美里と同じ第三文学世代に属する黄英治の作品は、その「民族」意識についても、また「言葉＝日本語（ハングル）」に対する感覚についても、「第一文学世代」や「第二文学世代」のそれを意識的に踏襲しようとしているところに成ったもの、と言っていいかも知れない。例えば、二〇〇四年に「労働者文学賞」を受賞した『記憶の火葬』を読むと、この「私小説」としか言いようがない短編が、作者の父親とおぼしき在日朝鮮人とその家族が内部に抱え込まざるを得なかった、先の尹健次が言うところの「自らの出自・来歴を確認する歴史への省察」、つまり「民族」性の確認と「言葉＝日本語・韓国語（ハングル）」の問題と真摯に向き合うところから成っていることがわかる。そのことは、例えば次のような作中の「黄英治」が発する言葉を読めば、一目瞭然である。

〈在日朝鮮人は地球上のどこへいこうとも絶対的にマイノリティである。〉

私たち兄弟は、これに規定されて、そこから始め、アイデンティティと、それに基づく人生を選ぶしかなかったのだ。

確かにだれしも、偶然に投げ込まれた時間と場所から人生を始めるしかない。しかし、在日朝鮮人は偶然にではなく、日本帝国主義―植民地主義体制によって、ほんの百年前にこの地球上に生みだされた存在である。この大きく普遍的な偶然と、歴史の必然の作用を、ともに背負う在日朝鮮人ひとりひとりの選択は、したがって、一筋縄ではゆかない。そして、日本で生まれ育った在日朝鮮人に、本当の選択があったかどうかは、だから、わからない。

ここから感受できるのは、必死になって「民族」意識や「言葉＝日本語・韓国語（ハングル）」がもたらす感覚と格闘している作家の姿である。黄英治が、軍事政権下の韓国を訪問中に無実のスパイ容疑で逮捕され、死刑判決を受けた父親を救出すべく奮闘する娘の活動を描いた連作集『あの壁まで』（二〇一三年）を書き、最新長編の『前夜』（二〇一五年）で在日に対する「ヘイト・スピーチ」問題と果敢に取り組んでいるのも、「従軍慰安婦」問題に集約されている日本の保守政権やその同調者たちの拝外主義的ウルトラ・ナショナリズムの横行に対して、強固な「反（叛）・恨」の意識があるから、と思われる。『前夜』には二人の主人公が登場するが、その一人、後にヘイト・スピーチ団体の構成員になる「帰化家族」の次男でパートで働いている若者は、次のように「ヘイト・スピーチ」を肯定する心境を吐露する。

おれの根っこに朝鮮があり、朝鮮の血が流れている。それが不安で不快だ。みんなが朝鮮人を嫌っているのがわかる。親父とお袋が拉致やミサイルで北朝鮮がニュースになるたび、口を極めて罵りながら、あんな国は潰れなきゃダメだ、と言い合っているのをよく聞いていた。それでもお袋は「冬のソナタ」以来、韓流ドラマに熱中している。でも基本、朝鮮・韓国を見下している。それを横目で身ながら、日本中のみんながそうなんだ、とおれには思える。だって、少し前まで、おれも無意識にそう思っていた。だからおれは、おれが日本人だ、と言い切れないことが、不安で不快で、耐えられない。

おれは、おれが日本人であり、朝鮮人でない根拠を、ネットに求めた。ネットには朝鮮人の、在日の、おれがこれまでまったく知らなかった悪行や、ねつ造された強制連行、従軍慰安婦問題がわかりやすく説明されていた。紛れもなく日本人でしかないおれが、日本人であるためには、韓国を、朝鮮を否定しなければならない。だんだんとそんな風に思うようになった。とくに朝鮮人の特徴であるという粗暴さ、暴力の権化のような父親を……。

黄英治は、このようなアンビバレンツな心情を持つ「朝鮮民族」の青年を主人公の一人に設定することで、「解放」後の七十年余年を「異国＝日本」で生きていかなければならなかった「在日朝鮮人」の窮境を明らかにしようとしている、と言えるだろう。黄英治は、この長編の「あとがき」でアメリカの現代作家カート・ヴォネガットの「炭鉱のカナリア」理論――かつて鉱山で有毒ガスに敏感なカナリアを鉱山の内部に持ち込み、ガス爆発を事前に察知し避難を促したのと同じように、文学は社会においてそのカナリアの役割を果たすべきだという考え――を引き合いに、在日朝鮮人が置かれている現在の状況について、次のように書いていた。

そういえば私（たち）は、もうずいぶん前から、この社会の息苦しさを感じてきた。息苦しさは、生きづらさに直結している。在日朝鮮人をはじめ、さまざまな社会的マイノリティは、この社会にひどく充満しはじめた有毒ガスによって、もだえ、苦しみ、悲痛な声をあげている。（中略）けれども、水中で酸素を求めるようにもだえ、苦しみ、緩慢に殺されていくカナリア――私（たち）の姿を、多くの人は傍観し、ある人びとは笑いながら快哉を叫び、別な人びとはさらに鞭打っている。こうして、私（たち）が死に絶える未来予想図が浮かびあがり、社会の多様性が失われる。

しかし次は、あなたたちの番、なのだ。

この〈絶望的なカナリア状況〉を突き抜ける希望は、あるのだろうか……。

〈3〉「在日」することの重み——姜尚中と金時鐘の言説から

ところで、作家であれ詩人であれ、〈在日〉文学の「根を植えた」作家として評価されてきた金達寿をはじめ多くの〈在日〉文学者が、創作方法として「個人」の成立によって実現した近代文学が天皇制国家の過酷な制約の下で必然的に辿り着いた「私小説」の方法を採っているのは、何故なのか。その理由の一端は、〈2〉節で取り上げた第三文学世代の柳美里と黄英治の作品によく現れていると思われるが、結論的に言えば、やはり〈在日〉文学は、「民族・祖国」の問題と「言葉＝日本語・朝鮮語（ハングル）」が強いる問題と真摯に向き合うことから生まれた文学だから、ということになる。

それは、磯貝治良が先の「変容と継承——〈在日〉文学の七十年」の中で、〈在日〉文学は「〈外部世界〉との緊張関係を強いられながら、夢物語をゆるされない〈リアリズム〉を文学的出自としてきた」と言ったことと深く関係している。「夢物語をゆるされない〈リアリズム〉を文学的出自」とするというのは、まさに在日朝鮮人文学は「夢物語」などを書く欲求も気持のゆとりもなく、黄英治が吐露したように、自分や在日同胞たちの「息苦しく」「生きづらい」生活の「体験」や、そこから得た「経験」を基に作品を構築せざるを得なかったということを意味するものだからである。

金鶴泳や李恢成らと同じ在日二世の社会科学者（東京大学名誉教授）であり作家でもある姜尚中の自伝『在日』（二〇〇四年）の「プロローグ」に、次のような言葉がある。

「在日」であることが、わたしの思春期に暗い影を落とす宿命的な桎梏《しっこく》と思われたとすれば、母にとって「在日」を生きるとは、自分の母胎から引き裂かれるように、無念にも失われた故郷（パトリ）の記憶を、異国の地で新しく再生させることを意味していた。故郷の祭儀や風習、食生活や礼儀に対する母の異様なほどのこだわりは、もぎ取られてしまった土地と人々の記憶を現在という時間の中で再構成しようとする彼女なりの必死の営みだったに違いない。（中略）

朝鮮半島に近代を強引に引き入れたのが日本であったとすると、母の時間の習俗は、その日本に対するささやかな抵抗の現れだったのかもしれない。文字を通して近代の時間に慣れ親しんだわたしは、いつの間にか、自分自身を見失い、あてどなくさまよっていたのである。「在日」から逃れたい、母たちの黄泉《よみ》のような世界から逃れたい。その鬱屈《うっくつ》したわたしの願いは、上昇志向の果てに翼をなくし、地に墜ちてしまったのである。

姜尚中は、このように「母」、そして朝鮮半島南部の慶尚道から満州事変が起こった年（一九三一年）に、「貧しさ」から逃れるように日本に来た父親を介して、「祖国＝故郷（パトリ）」に辿り着くのだが、彼が「祖国＝民族」を意識するようになるのは、「在日」二世や三世の多くと同じように「政治」を体験することによってであった。一九五〇年生まれの姜尚中は、一九六〇年代の終わりに生まれ故郷の熊本から上京し早稲田大学政経学部に入学するが、彼の学生時代は一九六〇年代後半から本格化し、一九七二年の「あさま山荘事件（連合赤軍事件）」でその息が止められる「政治の季節＝学園紛争（学生叛乱・全共闘運動）の時代」が黄昏を迎える時と重なっていた。姜尚中は、その「政治の季節」が終わった年の夏休みに、敗戦を機に祖国（韓国）に帰り実業家として成功した「元日本軍憲兵」の叔父の元を訪れる。そして、彼は韓国で次のような体験をした後に帰国し、大学内のサークル「韓国文化研究会（韓文研）」に入り、通名の「永野鉄男」を棄て、「姜尚中《カン・サンジュン》」を名乗るようになる。

夕方、街の建物からいっせいに吐き出されてくる人々の群を漫然とみながら、わたしは夕日に染まるソウルの街がいとおしかった。人の群が夕日に照らされながら家路に向かうシーンは、圧巻であった。ここにも人は生きている。暮らしがある。変哲もないことだが、そう思うと、素朴に感動した。そんなに構えて緊張しなければならないことなんてないんだ。どんなところに生きていても、太陽は昇り、そしてまた沈む。その中で人々の繰り返される生活が、当たり前のことだ。そう思うと、不自然な力みがなくなっていくようだった。

いかにも「抒情的」な告白であるが、ここで姜尚中は初めて「祖国」に出遭ったと言える。言葉を換えれば、一ヵ月に及ぶ「韓国体験」によって、姜尚中は「祖国＝朝鮮民族」と正面から向き合い、そのような体験を裡に抱いて「韓文研」の活動を始め、また本名の「姜尚中」を名乗る決意をしたのである。それはまた、「文盲」であった母親が「祖国＝朝鮮」の祭儀や習俗を守りながら、「日本＝日本語」と必死に格闘してきた姿を、「苦い思い」と共に「我が事」として想起することでもあった。あるいは、「韓国＝祖国」での一ヵ月に及ぶ体験によって、姜尚中は簡単には「祖国」に還れない父母を含む自分たち「在日」の現実と改めて真摯に向き合うようになり、その結果本気で「在日」として生きていくことを覚悟した、ということだったのかも知れない。ここには、「韓国人」でも「日本人（在日）」でもなく、「異邦人」としてしか「祖国＝民族」と向き合えなかった『ナビ・タリョン』の李良枝はいいない。

姜尚中が多くの取材者（執筆者）の協力を得て、社会科学者の小熊英二と共編で五二人の証言をまとめた『在日一世の記憶』（二〇〇八年　集英社新書）を上梓したのも、先述した尹健次が言う「自らの出自・来歴を確認する歴史への省察」の必要性を感受したからではなかったか。姜尚中は、『在日一世の記憶』の「はじめに」で、おそらく日本帝国主義が朝鮮半島で行った苛烈な（暴虐の限りを尽くした）植民地支配を否定する「新しい歴史教科書を作る会」（一九九六年結成）や、「在日特権を許さない市民の会（在特会）」（二〇〇六年結成）などの言説を念頭に置いて、「在日一世という、現在も生きている人々の存在すら知らないか、知っていたとしてもどんな人々なのか、まともな像（イメージ）すら浮かばないとしたら、過去を理解しようとしても無駄ではないかとさえ思えてならない」と書いた後に、次のように記す。

なるほど、彼らは、「民族的少数者」であり、そのようなマイノリティの歴史やその心性についてて子細に知らなくとも決して不思議ではないかもしれない。（中略）
だが果たしてそうか。少数者であるから。非力であるから。そのような人々は、歴史学の辺境か「ゲットー」の中に押し込めておくべき存在なのだろうか。いや決してそうではないはずだ。なぜなら、歴史の真実さや誠実さは、細部に宿ることがあるからだ。すなわち、朝鮮と日本をまたぐ彼ら在日一世たちの生涯には、二〇世紀東アジアの「極端な時代」の陰翳がしっかりと刻み込まれているのである。
亡国と従属、流浪と離散、差別と貧困、解放と分断、内戦とクーデター、民主化と繁栄など。そこに刻まれた数々の過酷な歴史のドラマは、涙なしには語れない。彼らは多くのものを失った。しかし同時に、多くのものを得たのだ。そこには逆境に対する人間性の勝利の物語がある。

ここで姜尚中が言うように、「朝鮮と日本をまたぐ彼ら在日一世たちの生涯」に刻み込まれているのは、本当に「二〇世紀東アジアの「極端な時代」の陰翳」であるのかどうか。つまり、日本の朝鮮半島の植民地化や「満州」をはじめとする中国大陸や台湾、アジア太平洋地域への「侵略」が行われていた時代を「極端な時代」と言って済ませられるのか、ということである。さらに言葉を重ねれば、植民地時代に日本に渡ってきた「在日一世」たちは、これも金達寿の短編類に明らかなように、解放後（戦後）も日本で生活すること（在日すること）を選んだことによって、戦前よりも「過酷の生（生活）」を強いられた面があったのではないか、ということである。
そして、『在日』や『在日一世の記憶』等に現れた姜尚中の在り方を見ていると、『猪飼野詩集』（一九七八年）や『杭州詩片』（一九八三年）、『失くした季節　四時詩集』（二〇一〇年）などで知られる詩人の金時鐘が、第四二回大佛次郎賞を受賞した『朝鮮と日本に生きる――済州島から猪飼野へ』（二〇一五年　岩波新書）の中で、次のように言っていることと何と似ていることか、と思わざるを得ない。

もちろん私は日本で育った者ではありません。（中略）私を結わえている運命の紐は当然、自分が育った固有の文化圏の朝鮮から延びています。ところが一定以上の知識を伸びざかりの私に詰めこませた日本という国もまた、別の基点となって私の思念のなかへ運命の紐を延ばしています。いうなれば私は両方の紐にからまって、自己の存在空間を重ね合わせている者でもあるということです。日本で生まれ育った世代たちだけが〈在日〉の実存を培っているのではなくて、日本に引き戻されてきた私もすぐれて、〈在日〉の実存を醸成している者のひとりなのです。まさにそれが私の〈在日〉であることに気づきました。日本で定住することの意味と、在日朝鮮人としての存在の可能性をつきつめて考えるようになった〈在日を生きる〉という命題は、こうして私に居座ったのでした。

八十五年に及ぶ生涯を綴った詩人金時鐘の自分史『朝鮮と日本を生きる』は、「在日」が何故「民族」

と「言葉＝日本語・韓国語（ハングル）」の問題と向き合わざるを得ないのかを真摯に語ったものである。と同時に、この金時鐘の「証言」は「在日として生きる」ことの意味を典型的に示している。金時鐘は、両親が移り住んだ済州島で、十七歳まで「皇国青年」としてひたすら「日本語」を学び、解放後に「朝鮮人」との自覚を得るために「母国語＝ハングル」を学び直すという経験をしている。金時鐘青年は、日本帝国主義の植民地「朝鮮」で「祖国」と「朝鮮人」としての精神（民族意識・朝鮮語）を奪われていたのである。金時鐘が解放後に済州島を含む朝鮮半島全体の「革命」を夢見て南朝鮮労働党（南労党）に参加し、一九四八年に起こった「済州島蜂起（済州島四・三事件）」では最後まで果敢に闘ったのも、失われた「朝鮮人」としての意識と祖国（民族）を奪い返そうとしたからであった、と思われる。「済州島四・三事件」が敗北に終わった後、逮捕・極刑を避けるために両親の計らいで日本に脱出し、その後は今日まで「在日」として生きることになった金時鐘の『朝鮮と日本に生きる』が明らかにしているのは、「在日」として生きる以上、「民族」意識と「言葉＝日本語・韓国語（ハングル）」の問題からは逃れることはできないということでもある。

その意味で、磯貝治良が「在日／文学のゆくえ――日本との交差路において」（二〇〇八年）の結語で、おそらく川村湊の『『在日朝鮮人文学』は終わった」との発言に異を唱える意味で、「昨今、在日文学は日本文学のなかに埋没し併呑されて、いずれ解消されてしまうだろう、という悲観論もある。日本人のなかには、そうなってほしいという欲望が感じられる場合もある」と言った後で、次のように言っていることの意味を重く受け止める必要があるのではないか。

たしかに文学とは、民族的ルーツ・歴史文化・言語などの属性にかかわらず、それを超えて、世界にひらかれた〈普遍〉をめざすものだろう。そしていま、在日文学は〈世界文学〉への道を切りひらきつつある、と言える。しかし、それは在日が背負う歴史的・現在的な存在感から離陸してしまっては不可能だとおもう。事実、あたらしい世代の文学を見ても、優れた作品は〈在日〉という土壌があってこそ生まれている。主題と方法がシリアスであれ軽快であれ、あらたなアイデンティティを求める苦闘が文学的リアリティを創出している。在日においては、実存的アイデンティティと文学的アイデンティティは離れがたく結び合っているのだ。

「在日においては、実存的アイデンティティと文学的アイデンティティは離れがたく結び合っている」ということの意味は少々分かりづらいが、最後に改めて私は磯貝が言う「在日文学は、〈日本文学〉に解消されることはないだろう」ということの証が、柳美里と黄英治ら第三文学世代の諸作品、及び金時鐘、金石範、李恢成、姜尚中ら第一文学世代や第二文学世代の過去及び現在の作品の中に存在する、と同時に「在日朝鮮人文学」が紛れもなく日本の近代文学史・戦後文学史の内部に位置付けられるものであり、日本の近現代文学の主流に「異」を唱える存在でもある、と考えるべきなのではないかと思う。

第四章　金達寿論――根を植える人

〈1〉「種をまいた（根を植える）人」とは？

一九七七年から名古屋で「在日朝鮮人作家を読む会」を主宰し、『始原の光――在日朝鮮人文学論』（一九七九年　創樹社刊）や『戦後日本文学のなかの朝鮮韓国』（一九九二年　大和書房刊）、『〈在日〉文学論』（二〇〇四年　新幹社刊）、『〈在日〉文学の変容と継承』（二〇一五年　同）など、「在日朝鮮人文学」に関する数々の著作を持つ磯貝治良は、「金達寿文学の位置と特質」（二〇〇二年　辛基俊編『金達寿ルネッサンス』解放出版社刊）の中で、一九六〇年代に「新日本文学」等で「在日朝鮮人文学」の在り様について論議を展開した詩人で批評家の呉林俊が、自分たち在日文学者は何故「日本語」で小説や批評を書くのかとの疑義を提出したことを受けた形で、在日朝鮮人作家たちが何故「日本語」で創作するのかについて、次のように書いていた。

日本語はかつて植民者日本によって強制された言葉であることはたしかだ。しかし「解放後」のいまもそれを使用して自己表現をしている事実を否定することはできない。われわれはみずからそれを選んだのだ、そうでないのなら、われわれの主体はいったいどうなるのか——そのような自問を経て、言語的アイデンティティとして日本語を選択したのが、在日朝鮮人文学だった。日本語によって文学を構築しつづけた金達寿は、そういう意味でも在日朝鮮人文学が形成されるうえで、種をまいた文学者だった。

同じことを、磯貝は『〈在日〉文学全集一　金達寿』（全一八巻　二〇〇六年　磯貝治良・黒古一夫編勉誠出版刊）の「解説」において別な言い方で書いていた。「金達寿が戦後＝解放後における在日朝鮮人文学の嚆矢《こうし》の一人であることは、誰もが認めるところだろう」で始まる同巻の解説「根を植える人」で、次のように書いていた。

日本語を覚える過程で「物語」の世界に魅《ひ》かれ「文学」に目覚めていったのだ。言葉がふんだんに蓄えられていて、やがて「文学」に開眼する、といった通念とは違う。金達寿の出発は、なにか「文学」の原初といったものを想起させる。それは金達寿一人にとどまらない。在日朝鮮人文学は、そのように一世世代が「元手」をかけて獲得した日本語によって誕生したのだ。その意味でも、金達寿の創作活動は、（植民地時代に強いられた日本語文学は別にして）現在にいたる在日朝鮮人の日本語文学の播種《ばんしゅ》だった。

要するに、金達寿は戦後＝解放後に「日本語」で表現活動に入った在日朝鮮人文学者の「草分け＝先駆け」的存在であり、後に続く金石範や金泰生、李恢成、金鶴泳、金時鐘、といった戦後文学史にその名を残す在日文学者たちに進むべき道を照らし出すような存在であったということである。このような在日朝鮮人文学者金達寿の在り様について、林浩治は『戦後非日文学論』（一九九七年　新幹社刊）所収の書き下ろし論稿「『日本の冬』の時代——金達寿文学の展開と新世代」の中で、非常に大雑把なまとめ方としか筆者には思われなかったが、次のように金達寿文学の戦後文学史における位置を指摘していた。

敗戦後、在日朝鮮人の文学者としてもっとも注目されたのは、金達寿だった。金達寿は一九四六年に創刊された雑誌『民主朝鮮』や『新日本文学』を舞台に、しばらくのあいだ朝鮮人の代表的日本語文学者といえば、金達寿のことであった。

金達寿は『玄界灘』など、朝鮮民族の独立闘争を骨太なタッチで描いて注目され、その後も金日成率いる朝鮮民主主義人民共和国を支持する左翼的立場から、政治的な小説で剛腕を振るい続けた。朝鮮戦争によって、南北朝鮮の分断状況が固定化した後も、在日朝鮮人による日本語文学を牽引したのは、相変わらず金達寿であった。

筆者が林浩治の論を「大雑把」というのは、「金日成率いる朝鮮民主主義人民共和国を支持する左翼的立場から、政治的な小説で剛腕を振るい続けた」というような言い方は、緻密な分析無しの余りにも「政治的」な論難なのではないかと思うからであり、金達寿文学における「朝鮮民族の独立闘争」を描いた主な作品は、『玄界灘』(一九五四年)だけでなく、『後裔の街』(一九四九年刊)に始まって『太白山脈』(一九六九年)に至る一連の作品を視野に論じる必要があるのではないか、と思ったからにほかならない。また、韓国(釜山市)の東亜大学で日本語・日本語文学の教師を四年間務めた川村湊は、『生まれたらそこがふるさと――在日朝鮮人文学論』(一九九六年　平凡社刊)の「第Ⅱ部　在日朝鮮人作家論」(「第五章『在日』の自画像」)において、金達寿について次のように書いていた。

個人的な評価は別として、これまで在日朝鮮人文学を代表する文学者として金達寿の名前があげられてきた。在日朝鮮人の文学者としてはもっともキャリアがあり、著作も多く、長老的な立場の文学者であるといっても言い過ぎとはならないだろう。やや不謹慎な言い方であることを承知でいえば、彼は〝生きている在日朝鮮人文学史〟であり(ただし、金達寿は一九九七年に死去――引用者注)、在日朝鮮人文学の「起源」を体現している小説家とも言えるのである。金石範も李恢成も、金鶴泳も、金泰生も、金達寿以降の文学者たちは、すべて金達寿という在日朝鮮人文学者をその文学的源泉としている。それは、文学の世界の人脈的関わりや、在日朝鮮人社会での人間関係ということだけではなく、在日朝鮮人文学という特異なジャンルが日本文学の範囲内にあるとすれば、それは金達寿の作品から始まるという意味なのである。

確かに、太平洋戦争が始まる前の一九四〇年（二十歳）に、最初の短編『位置』が日本大学専門部芸術科の機関誌「芸術科」に投稿・掲載されたことから作家として出発した金達寿は、磯貝治良が在日朝鮮人文学の「種をまく・根を植える」と言い、川村湊に「在日朝鮮人文学の『起源』を体現している」文学者と言われるのに相応しい作家であった。しかし、では何故金達寿は「在日朝鮮人文学の播種」と言われ、「在日朝鮮人文学の『起源』」と言われたのか、その理由はということになると、磯貝治良にしても、また川村湊にしても厳密に金達寿が目指していたテーマや方法について言及しておらず、個々の作品論を展開することで金達寿文学の特徴を語っているように見える。つまり、金達寿はどのような表現世界（文学）を目指してその戦後空間を生きようとしていたのか、という点に関して磯貝も川村も十分に明らかにしていないのではないか、ということである。

具体的には、例えば金達寿が戦中（金達寿によれば「太平洋戦争のサイパン島陥落前後」）から書き始めた『後裔の街』の朝鮮文芸社版（一九四八年三月刊）――この作者自らが「処女作で最初の長編」と言っている作品は、一九四四年「鶏林」という同人雑誌に二章までが発表され、その後は自らが編集長を務めた「民主朝鮮」の創刊号から一〇号まで連載されたものである――の「あとがき」の中で、「私はこの作品を誰に読まれたいかと訊かれれば、私は日本人に読んでもらいたい、特に朝鮮人以外の人々に読んでもらいたいと答えるだろう。私は日本語で書く限りは朝鮮人読者を予想しない。朝鮮人読者を主に予想するときは、当然、朝鮮語にかえらなければならない」と書いていたが、同作の世界評論社版（一九四九年五月刊）の「作者のおぼえがき」では、この長編の執筆意図（モチーフ）について次のように書いていた。

まず作者がこれを書き出した、あるいは書き出さなければならなかった意図、つまりモティーフであるが、これは一言にしていうと、作者はあの太平洋戦争への突入を前にした年、すなわち一九四一年の後半年を時代背景として朝鮮・京城における朝鮮のインテリゲンチャの青春と生活をとらえることによって、日本帝国主義下にある朝鮮人・民族を描き出そうとした。そして人々の前に、特に日本の人々の前に提出したかったのである。

人々は、特に日本の人々は、彼等がその圧迫の下に何を考え、そしてどのように生きたか、また生きているかを、その圧迫の事態を加えてまるで知らない、あるいは知らされないまま、また知ろうともしなかったのである。奇妙な関係であった。朝鮮のインテリゲンチャ、その青春と生活それは悲痛なものであった。

このような金達寿の「文学＝表現」に向かう意識が変わらぬものであったことは、『後裔の街』からおよそ十年経った「日本の文学運動と私の立場」（「現実と文学」一九六四年五月号）というエッセイの中で、次のように言っていることからも明確である。

ぼくがどうして日本語をもってそれをするにいたったか、ということについては、何度も書いているのでここではふれないが、しかし念のために一言だけしておくとすれば、それは日本人の対朝鮮人観、歴史的にきずき上げられてきたそのあやまった認識に挑戦し、そのイメージをただすということ、あるいは変えるということ、これだった。これはぼくが文学者というものを志望し、あの太平洋戦争中に書きだした長編『後裔の街』以来、今日まで一貫しているものだ。日本語はそのための手段であり、武器となったといっていい。

なお、このような金達寿自身の「言葉」を知れば、金達寿の文学に関してよく言われる「日本文学なのか、朝鮮文学なのか」という論議が無意味なものであることが分かるだろう。ここに示されているる「読者論」が明らかにしているように、金達寿の文学は紛れもなく在日朝鮮人が「日本人向け」に書いた戦後文学（日本文学）だったのである。さらに、このような金達寿の「文学＝表現」にかける想いに、明治維新政府の「征韓論」に象徴される対外政策（朝鮮半島政策）によって培われた日本（人）の根強い「朝鮮人差別」問題を重ねれば、金達寿文学の目指したものが何であったか、自ずとはっきりするのではないだろうか。

金達寿は、折に触れ、十歳の時に渡日以来自分を含めた朝鮮人が被った様々な「差別」や「虐げられてきた歴史」について語ってきたが、例えば関東大震災（一九二三年九月一日）における日本人による朝鮮人虐殺について、よく知られている東京・亀戸の「大虐殺」等とは別な埼玉県の蕨、浦和、大宮、上尾……といった国道一七号線沿いで連続して起こった「事件」、特に神保原村（現埼玉県上里町神保原）という「田舎町」で起こった理不尽極まりない地域住民による朝鮮人への「暴力」について、『中山道』（「新日本文学」一九六二年十二月号）という短編の中で、次のように書いていた。

約四十年前、正確にいうと一九二三年九月四日、その沿線の警察署からだされた数台のトラックが離ればなれになって、この中山道を走っていた。そしてそれには、沿線住民の叫び声や投石などもあって、恐怖に打ちふるえている朝鮮人が満載されていた。

（中略）

神保原村の中心、いまはそこは中山道の旧街道となっているが、いまもその四つ角に郵便局があって、悲劇はそこでおこなわれた。連中は道路のまんなかにあかあかとかがり火を焚き、鳶口、棍棒、竹槍、日本刀などをもちだして待機し、そこへ引き返してきたトラックをつかまえて、人人を一人のこらず引きずりおろし、そして、それらをすべて一人のこらず惨殺した。

連中は消防夫、在郷軍人といったものが中心であったが、逃げまどう人々の頭を鳶口で打ち割り、竹槍や日本刀で刺し殺し、女はまた、連中らドクトクの残虐さをほしいままにして、これを殺した。

棍棒を持ったものは、それで子どもを叩き殺した。

この『中山道』に書かれた朝鮮人虐殺が「事実」であったことは、この短編が虐殺から生き残った在日朝鮮人からの「聞き書き」の形をとっていて、神保原村には現に虐殺された朝鮮人の墓や「慰霊碑」が存在すると記されていることなどからも、はっきりしている。また、金達寿が「朝鮮人差別＝虐殺事件」についてどのように考えていたかについては、例えば「人間差別と文学」（「部落」一九六三年一月号）という講演録の中でも次のように言っていて、明確である。

東京では、九月一日に震災が起って、その二日目から虐殺がはじまるわけですけれども、中山道の方へ避難民がたくさんあふれたわけです。それにまじって朝鮮人もやはり避難していたのです。ところが、朝鮮人は、その中からつまみ出されたり、或いは追っかけられたりして、警察へ保護を求めたものは留置されたりした。たとえば、本庄などでは、警察を襲撃して、そこに保護という名で留置されている朝鮮人を引っぱり出して、そこでみんな殺してしまっています。本庄にはいま二ヶ所にこれら殺された朝鮮人の慰霊碑が立っている。（中略）

群馬県側の状態については、この年の九月に書かれた志賀直哉の『震災見舞』という作品を読んでみますと、高崎あたりでも朝鮮人がたくさん殺されています。そこで橋を渡れずに引き返してくる時に、神保原の村で、二台（あるいは三台ともいわれている）に満載された人びとは、そこに集まってかがり火などたいて、竹槍、日本刀、熊手などの農具をもち出しすっかり準備をととのえていた連中が、それを一人のこらず皆殺しにしたわけです。連中は、消防夫、在郷軍人といったものが中心であったが、逃げまどう人々の頭を鳶口で打ち割り、竹槍や日本刀で刺し殺し、女たちは残虐さをほしいままにされ、子供をたたき殺した。

ここに示されている「中山道」沿線の各都市・地域における関東大震災時における「朝鮮人虐殺」の歴史は、今ではすっかり「忘れられた事実」であるが、金達寿の報告は、まさに『学問のすゝめ』（一八七二〈明治五〉年）や『文明論之概略』（一八七五〈明治八〉年）を著した福沢諭吉の「アジア蔑視」――中国人に対して「チャン」とか「チャンコロ」と呼び、朝鮮人は儒教（封建制）に毒された「蛮人」というような言い方で「差別」視していた――に始まり、一九一〇（明治四十三）年の「韓国（朝鮮）併合」によって本格化した「朝鮮の植民地化」によって拍車をかけられた形になった「朝鮮人差別」の歴史と実態を、改めて戦後復興に血眼になっていた日本（人）社会に突きつけるものであった。

〈2〉「民族」へのこだわり

更に言えば、金達寿文学が戦後の日本（人）に突きつけたものの一つに、「民族」の問題がある。かねがね金達寿は、作家として出発した時から「私は、朝鮮人とその生活とをかこうとおもった。そしてこれを人々に知らせ、うったえたい」(「一朝鮮人・私の文学自覚」「世界」一九五四年六月号)と思い、また「たとえば当時にあっても、また今日にあっても、われわれにとってもっともアクチュアルなものは依然として自分たち朝鮮人というもの、あるいはその民族をどうするかということであるが、いったい文学作品というものは、そのような現実にたいする作家の思想を抜きにして考えることができるでしょうか」(「八・一五――金聖珉との思い出を中心に――」「統一評論」三号　一九六一年八月号)と言ってきたが、これらの言説で明らかな「朝鮮人・朝鮮民族」という言葉の使用は、竹内好が「近代主義と民族の問題」(「文学」一九五一年九月号)――因みに、この竹内好の論文が載ったこの号の「文学」は、「日本文学における民族の問題」特集号――で、竹内が提起した次のような問題とは位相が異なるとは言え、「敗戦」によって「民族」をタブー視するようになった戦後日本の文学状況を逆照射するものだった、と言っていいだろう。

これまで、民族の問題は、左右のイデオロギイによって政治的に利用される傾きが強くて、学問の対象としては、むしろ意識的に取り上げることが避けられてきた。右のイデオロギイからの民族主義鼓吹については、近い過去に、にがい経験をなめている。その苦痛が大きいために、戦後にあらわれた左のイデオロギイからの呼びかけに対しても、簡単には動かされない、動かされてはならないという姿勢を示した。敗戦とともに、民族主義は悪であるという観念が支配的になった。民族主義(あるいは民族意識)からの脱却ということが、救いの方向であると考えられた。戦争中、何らかの仕方で、ファシズムの権力に奉仕する民族主義に抵抗してきた人々が、戦後にその抵抗の姿勢のままで発言し出したのだから、そしてその発言が解放感にともなわれていたのだから、このことは自然のなりゆきといわなければならない。

日本の「敗戦」によって手に入れた「解放」を、金達寿たち「在日朝鮮人」がどのように受け止めたか。金達寿たち神奈川県在住の在日朝鮮人たちが戦後すぐの一九四六年三月に創刊した「民主朝鮮」の、以下に記す「創刊の辞」（執筆は、元容徳。同誌に『後裔の街』の連載を再開した金達寿は、「編集後記」を書いている）と竹内好の前記「近代主義と民族の問題」を併せ読むと、戦後の文学者たちが「民族」についてどのように考えていたかがよく分かるだろう。

進歩的民主主義革命過程に於いて、朝鮮人は歴史的現実を如何なる角度に立って把握し、如何にその歴史的使命を完遂せんとしているか、換言すれば朝鮮人は何を考え、何を語り、何をしようとしているか。特に信託統治問題を中心として客観的情勢と主観的動向は世界の注目の焦点となっている。

ここに於いて我等は、我等の進むべき道を世界に表明すると同時に、過去三十六年という永い間を以て歪められた朝鮮の歴史、文化、伝統等に対する日本人の認識を正し、これより展開されようとする政治・経済・社会の建設に対する我らの構想をこの小冊子によって、朝鮮人を理解せんとする江湖の諸賢にその資料として提供しようとするものである。

「解放」に伴う若い息吹を存分に感じられる「創刊の辞」であるが、この辞の中の「朝鮮人」を「朝鮮民族」に置き換えれば、「解放」直後の金達寿たちの文学的「野心」が何であったかは歴然とする。このような「気負い＝野心」が文章の隅々まで漲っていたからこそ、金達寿の処女作であり最初の長編である『後裔の街』の世界評論社版（一九四九年五月刊）に、社会主義リアリズム論の唱道者として戦前のプロレタリア文学運動を領導した蔵原惟人が、次のような「推薦のことば」を寄せたのだろう。

金達寿のこの小説『後裔の街』は、日本統治下の朝鮮の現実がどんなものであったかということを、生々した実感のうちに我々に示してくれる。

この作品に出てくる人物の多くはインテリゲンチャであって、勤労人民はここでは直接に描かれていない。しかし民族的、思想的な自由を完全にうばわれ、或いは酒のうちに無為の日を送り、或いは敢然と独立のための非合法活動にはいってゆく一九四一年の若き朝鮮インテリゲンチャの生活の描写を通じて、我々は独立をうしなった民族の苦悩と抵抗の姿をまざまざと感得することができる。

ここには日本的私小説の影響が少く、社会を多面的に、客観的にとらえようとする正しい努力が見られる。しかもそれが客観主義におちいることなく、民族独立への情熱と故郷の自然や生活にたいする深い愛情によって裏づけられており、そのことがこの作品を美しい感動的なものとしている。
（後略）

アメリカ主導のＧＨＱ（連合国総司令部）は、新聞や出版物に関して日本に上陸してすぐ（一九四五年九月二十一日）「プレス・コード（検閲）」を布く。その項目の中には、「戦争擁護の宣伝」や「神国日本の宣伝」、「軍国主義の宣伝」に混じって「ナショナリズムの宣伝」があり、ＧＨＱが「大和民族の優秀性」を掲げて中国大陸をはじめアジア・太平洋地区を侵略してきた日本帝国主義（絶対主義天皇制・軍国主義）をいかに警戒していたかが窺われる。なお、この「プレス・コード」の条項の中に、「アメリカ合衆国への批判」や「ソ連への批判」、「英国への批判」、「中国への批判」を禁止すると共に、「朝鮮人への批判」も許されないという項目があり、連合国（アメリカ）は日本の三十六年間に及ぶ朝鮮半島の植民地支配を念頭に占領政策を進めようとしていたことが分かる。

『後裔の街』の蔵原惟人による「推薦のことば」における「民族解放」という言葉も、また竹内好の先の引用に見られる「近代主義」と「民族主義」との関係を追求した論も、まさに戦後の「民族」をめぐる思想風景が少しずつ変わり始めたことを意味していたと言えるだろう。金達寿の実作に即してこの「民族（解放）」について言うならば、「新日本文学」の一九四七年十月号に載った『八・一五以後』が、以下のような冒頭から始まっていることと、例えば「戦後文学」の開始を告げたと言われる野間宏の戦時下における大学生の苦悩と抵抗を描いた『暗い絵』（一九四六年）や、敗戦直後の方途の見えない上海生活を描いた武田泰淳の『蝮のするゑ』（一九四七年）などの作品と較べてみれば、歴然とする。


人々は起ち上った。

長い年月を酬いられることなく、蔑まれ、虐げられた底からえいえいと築いてきた生活はまるで夢のことのように投げ捨て、祖国へ、独立の朝鮮へと雪崩を打った。人々は一夜のうちに数年、或いは数十年の生活を一本の麻縄や風呂敷にくるんでわれを先にと急いだ。日本の駅頭はこれらの群衆、今や希望にさざめき、叫喚する群衆で埋まり、下関、博多などの港は日夜これらの群衆によって占拠された。そこではすでにこの漂泊の生活に手馴れた人人によって焼野原に板や菰の囲いがされ、焼トタンの屋根が張られて応急の必要におうじた飲食店が軒を並べて現出した。そして喜び気負い立った人々の濫費がそこに吸い取られていった。しかし、これを吸いとる側もまた気負い立っていた。そのような利益などは人々の眼中になかった。船が来るとこれらの人々もそのまま店の後から到着した人人に譲って、万歳の声に送られて玄界灘を渡っていった。

万歳、万歳！

朝鮮独立万歳！


このように「解放＝日本の敗戦」を機に故国朝鮮へ帰還することの「喜び」を高らかに謳い上げた金達寿の『八・一五前後』と、前記した敗戦後の上海で帰国をめぐって右往左往する敗戦国人（日本人）

の姿を、作家自身の裡に湧出する「虚無」との闘いを余儀なくされながら描いた先の『蝮のすゑ』とを比べて見れば、「民族」意識の高さという側面から照射した場合、読者はどちらの作品に心動かされたか、判断は難しいのではないか。ことほど左様に、戦後（占領期）に現れた日本人作家の「民族」意識は、竹内好が言うように脆弱だったと言わねばならない。さらにこの「民族」意識をめぐる戦後の情況について考えれば、第二次世界大戦（アジア太平洋戦争）後、アジア、アフリカ、南アメリカなどの「第三世界」で欧米の植民地支配から脱して「民族独立」を成し遂げる国が次々と誕生したことも、また「民族」について考え直さなければならないといった風潮（意識）を後押ししたのではないか、とも言える。

その意味で、自然主義（私小説）の神髄に迫り「小説の神様」とまで言われた白樺派の志賀直哉の文学に導かれて「文学の徒」となった金達寿は、先の論考で竹内好が次のように言ったことの最も早い時期の実践者であったということも言えるのではないだろうか。

近代主義は、日本文学に於いて、支配的傾向だというのが私の判断である。近代主義とは、いいかえれば、民族を思考の通路に含まぬ、あるいは排除する、ということだ。しかし、この傾向は、日本に近代文学が発生したときに生じたのではない。（中略）

日本ファシズムの権力支配が、この民族意識をねむりから呼びさまし、それをウルトラ・ナショナリズムにまで高めて利用したことについて、その権力支配の機構を弾劾することは必要だが、それによって素朴なナショナリズムの心情までが抑圧されることは正しくない。後者は正当な発言権をもっている。近代主義によって歪められた人間像を本来の姿に満たしたいという止みがたい欲求に根ざした叫びなのだ。そしてそれこそは、日本以外のアジア諸国の「正しい」ナショナリズムにもつながるものである。この点は、たとえばラティモア（オーエン・ラティモア―中国系アメリカ人学者、彼は「日本が太平洋戦争で成し遂げたことは、アジアにおける植民地帝国の十九世紀的構造を破壊したことである」と主張した）のようなアメリカの学者でも認め、太平洋戦争がアジアの復興に刺激を与えたという、逆説的ではあるが、プラスの面も引き出している。

なお、ここで注意喚起しておきたいのは、金達寿の「民族」は近代以来の日本（人）による「朝鮮人蔑視＝差別」から朝鮮人の「誇り」や「自信」をいかに回復するか、あるいは一九一九年に起こった「三・一独立抗争」などに象徴される独立運動（反日運動）について、例えば「『明治百年』と在日朝鮮人」（青木書店刊『明治百年問題』一九六八年五月）や「金嬉老なる人間」（『現代と文学』第二号　一九七〇年二月）など『金達寿評論集下　わが民族』（一九七六年三月　筑摩書房刊）に収められた諸論考を読めばわかるように、朝鮮民族の「輝かしき歴史」を取り戻そうとする意図が明らかである。と同時に、いたずらにかつての宗主国日本を非難するのではなく、同じく『わが民族』に収録の「部落解放の問題にふれて」（『新日本文学』一九五四年八月号や「在日朝鮮人と部落」〈明治図書出版刊『にんげん』一九七〇年十二月〉）等に明らかな、「日本の部落差別」と「在日朝鮮人差別」との「連帯＝共闘」を模索する方向を明確に意図した創作＝表現行為でもあった。先に記した関東大震災時に東京だけでなく「中山道」（国道一七号）沿いの埼玉県の各地で朝鮮人が多数殺害されたことを報告した「人間差別と文学」という文章があるが、その中には以下のようなことが書き込まれていた。

それは、墓（虐殺された朝鮮人の）といっても、ただの平たい地面で、雑草がぼうぼうと生い茂っている六尺四方ばかりの平地に、もう字も読めないような棒が一本建っているだけのものであった。それが墓だというわけです。なるほど、と思った。案内してくれた人は、「これはいわゆる部落の墓だ。彼らはこうして、死んでまで差別されている。バカなはなしですよ」という。そこでわたしははじめて、部落の人びとは死んでからまで差別されているということを知ったのです。

私は前から部落の問題というのは、われわれ在日朝鮮人と非常に密接な深いつながりをもっている。つまり、同じような性質の問題をもっていると思っておりますので、多少の勉強はしているつもりでおりましたけれども、死んでからもそのように差別されている、墓まで別の所にある、墓地までもいわゆる一般の連中と一緒にすることをゆるされない、とそれほどまでに差別されていることを知ったのは、その時がはじめてだったのです。これは、関東大震災の時に虐殺をした朝鮮人の遺体は、もっていくところがなくて、どこへ埋めようと、そういうことはわかるような気がするのですけれども、これはまあ許すとしましても、同じ日本人でありながらそういう差別というものが厳然とあるという事実には、わたしは本当に驚きました。

なお、金達寿は関東大震災時における「朝鮮人虐殺」について触れた文学者の例として『震災見舞い』（一九二三年）の志賀直哉を挙げているが、震災直後にプロレタリア文学の先駆となった『種蒔く人』（一九二一年二月創刊）を出していた種蒔き社が関東大震災が起こった翌年の正月に、九人の文学者や労働運動の活動家を動員して、「亀戸の殉難者を追悼するために」の副題をもつ『種蒔き雑記』が刊行されたことは忘れてはならない。また他に、震災時に殺害された無政府主義者大杉栄や伊藤野枝の「近代思想」（一九一二〈大正元〉年十月創刊）時代の盟友であった宮嶋資夫が、震災に伴う「あらぬ噂」に惑わされる町内会（自警団）について皮肉を込めて描いた『真偽』（「改造」一九二三年十二月号）や、震災時に滞在していた千葉県君津市根本から家族の住んでいた東京に向かう途中、何度も自警団から「朝鮮人ではないか」と問われた体験を描いた『悪夢』（「虚無思想」一九二六年六月号）を書くということもあった。宮嶋資夫の二つの小説から伝わってくるのは、当時の日本人が「植民地人」として朝鮮人や台湾人（中国人）を当たり前のように「差別」していた実態と、その「差別」感情の裏側にいつ彼らに逆襲されるかわからないという「恐怖心」を日常的に抱いていたことである。つまり、関東大震災に際して「朝鮮人（や主義者）が井戸に毒を投げ入れた」とか「朝鮮人が暴動を計画している」といったデマによって、人々が易々と朝鮮人虐殺に加担していったのも、いかに当時の日本人が日頃から朝鮮人を「差別」していたかの現れだった、ということである。

そんな関東大震災時の「朝鮮人差別」の実態に触れてみてわかることは、最近の嫌韓・反韓ブームや「在日特権を許さない会」（在特会）のヘイト・デモなどを反映したとしか思えない、小池百合子東京都知事の「亀戸事件」追悼式典への追悼文送付の取りやめ、あるいは世界遺産登録を申請しようとしている「佐渡金山」において、戦中に朝鮮人が「強制連行」や「徴用」で多数働かされていた「負の歴史」を消し去ろうとする保守派政治家たちが蠢動している事実である。このことは、戦後も八〇年近くが経つのに在日朝鮮人差別が相も変わらず続いてきたということを意味している。ここには、「異民族同士の共生」という思想はない。

〈3〉「在日」で「朝鮮（南朝鮮・韓国）」を描くことの意味

『〈在日〉文学全集一　金達寿』（二〇〇六年六月　勉誠出版刊）所収などの「年譜」が伝えるように、金達寿は十歳の時、内地（日本）に出稼ぎに来ていた父親が亡くなったということもあって、父と共に日本で働いていた長兄に連れられて日本語がまったくできないまま渡日する。そして、日本に来て通うようになった小学校（金達寿は、ここで初めて「学校」という場で学ぶことを経験する）で、「日本語」を学ぶようになる。その「日本語学習」に役に立ったのが当時子供たちに人気のあった雑誌「少年倶楽部」や、「講談もの」と言われる「立川文庫」収載の読物であったという。そのような「日本語学習」を経ることによって、金達寿は漠然とではあるが当時の人気作家大佛次郎や吉川英治のような「作家」になりたいと思うようになる。その後、巷間「小説の神様」と言われていた志賀直哉の文学こそ「わが目指す文学」と思い定める。しかし、自分を含めた「在日朝鮮人」が「植民地人」として故国と同じように日本でも「差別」される存在であることを経験的に知るようになり、自分が目指す「文学」は志賀直哉のような「自然主義」（私小説）ではないのかもしれないといった「違和感」をいだくようになり、「在日朝鮮人」として同胞にもまた日本人にも誇れるような作品を書くことを決意する。

では、金達寿が目指した作家とはどのようなものであったのか。『金達寿評論集上　わが文学』（一九七六年二月　筑摩書房刊）の冒頭に置かれた「一朝鮮人・私の文学自覚」（「世界」一九五四年六月号）に、作家になろうと思った時期やきっかけについて記述した次のような文章がある。

　こうして、私は漢字をおぼえるということをもかねた小説読みから、いわゆる純文学というものを知り、小説家になるという志望もだんだん明りょうなものとなって、その方法・目的もほぼはっきりとしてきたように思った。

　つまり私は、朝鮮人とその生活とをかこうと思った。そしてこれを人々に知らせ、訴えたい。――特に、これについてはいろいろな感じや考え（それはほとんど間違ったもの）をもっていることを知っている、日本人に向かってこれを知らせたい。知らせなくてはならないと思った。この考えは、今も変わらない。あわせて私は戦後、戦争中から計画していた『民主朝鮮』（計画していたときは『鶏林』というのであった）という、日本語の朝鮮事情紹介誌を二、三の友人とはかって発刊（三十二号までで停刊）したのもこの考えを実行したものであった。（傍点原文）

ここで金達寿が言う「朝鮮人とその生活をかこうと思った」ということの意味を、その後の金達寿の作家としての歩みに照らしてみれば、具体的には二つの方向を見ることができるのではないか。一つは、「在日朝鮮人」である自分自身の「生活や考え」を日本での自分の体験に即して描き出すというものであり、もう一つは「植民地」であることを余儀なくされていた故国及び「八・一五解放」後の故国において、朝鮮人（民族）がどのように「民主主義の実現」や「自由」のために権力と闘ったかを「物語」として書くことであった、と言っていいだろう。

まず、「在日朝鮮人」の「生活と考え」を描き出すことであるが、ここで問題となるのが「日本語で書かれた朝鮮文学」という概念である。つまり、単純化すれば、「在日朝鮮人」が書いた小説だから「朝鮮文学」として認知すべきなのか、それとも「日本語」で書かれているから「日本文学」として他の日本人作家と同じような扱いをすべきなのか、という問題である。例えば、浩瀚な『金達寿とその時代――文学・古代史・国家』（二〇一六年五月　クレイン刊）を著した廣瀬陽一は、金達寿の文学は「朝鮮文学」として位置付けるべきだとの立場を採っている。『在日朝鮮人日本語文学論』（一九九一年七月　新幹社刊）や『戦後日本語文学論』（一九九七年十一月　同）の著者林浩治は「在日朝鮮人文学者」が使う日本語は「疑似母語」であるとしているが、「在日朝鮮人文学」が「日本語で書かれた朝鮮文学」であるか否かは、「在日朝鮮人文学」はどのような人びとに読まれてきたのか、つまり「読者論」を媒介に考えれば、自ずと答えが出て来るのではないだろうか。

もちろん、「在日朝鮮人文学」は同胞である「在日朝鮮人」の多くにも読まれたであろうが、日本語で書かれ、日本の出版社や雑誌社から雑誌や単行本が刊行されてきたことを考えれば、大半の読者は日本語を「母語」とする日本人だったのではないか、と考えるのが自然である。磯貝治良が『戦後日本文学のなかの朝鮮韓国』（一九九二年七月　大和書房刊）の「第Ⅲ部」の中で、「〝日本名〟在日朝鮮人作家について」という章を設け、日本に帰化した文学者も含めて「立原正秋」「飯尾憲士」「宮本徳三」「つかこうへい」「伊集院静」「竹田青嗣」「鷺沢萠」の名前を挙げてその文学の特質を論じているのも、「日本語で書かれ」、読者の大多数が「日本人」であることを考えれば、先の廣瀬陽一が言う「（在日朝鮮人文学は）日本語で書かれた朝鮮文学」というのは、少々無理があるのではないか、と思わざるを得ない。

確かに、金達寿の最初の長編『後裔の街』（一九四七年刊）の巻末に「この本のこと」（後「金達寿『後裔の街』のこと」と改題）という文章を寄せた小田切秀雄は、文中で「この客観的ロマンの骨組み、日本の作家の陥り易い袋小路のなかへ決してはいり込まないで現実の複雑さをさまざまなタイプの筆力旺盛な描出のうちに幅広く追及して行く行き方は、この作家の才能の方向を示すと同時に朝鮮文学の独自な魅力の伝統がここに一つの具体的な開花となっていることを示す」（傍点引用者）と書きながら、『後裔の街』が日本文学（戦後文学）に何をもたらすことになるか、次のように書いた。

　ここには朝鮮文学の新しい可能の一つが開かれている。最初のこの結実は、解放後の朝鮮民族の置かれた複雑な現実を作家がはげしく生きぬくことにおいてさらに一層豊かな結実となって行くであろう。――なお、日本語によって書かれたこの作品は、朝鮮民族の文学であると同時にまた日本文学の一つとして、こんにちの低迷した文学界にとって一つのすぐれた収穫たるをうしなわない。痛苦の現実を伴わぬことにおいてまさに絶望やデカダンスとを売物と化するに至っている日本の多くの作家に対して、『後裔の街』はその現実批判のすこやかさ（それが時に通りいっぺんのものとなっているところはあるが）によって明日につながるものとなっており、日本の民主主義文学の独自な一翼を形成している。（傍点引用者）

そこで、先に記した「（在日朝鮮人の）生活や考え」を日本人に知らせるために「作家」なるという金達寿の「志」であるが、それは例えば金達寿が入学した日本大学芸術学部の雑誌「芸術科」（一九四〇年八月号）に掲載された処女作『位置』をはじめ、後に『小説在日朝鮮人小説集』（上下巻　上巻一九七五年五月、下巻同年七月　創樹社刊）に収録の諸短編の世界に集約されていた、と言っていいだろう――因みに、収録作品のタイトルだけを列挙すると、「上巻」には『位置』、『塵埃（ごみ）』、『雑草の如く』、『祖母の思い出』、『李万相と車桂流』、『叛乱軍』、『前夜の章』、『母と二人の息子』、『中山道』、「下巻」には『八・一五以後』、『番地のない部落』、『矢の津峠』、『孫令監』、『副隊長と法務中尉』、『旅で会った人』、『委員長と分会長』、『壺村吉童伝の試み』、『日本にのこす登録証』、『夜きた男』、『孤独な彼ら』で、上下巻で全二〇編。筑摩書房刊の『金達寿小説全集』（全七巻）の第一巻『短編小説Ⅰ』、

第二巻『短編小説Ⅱ』に収録の全短編小説四四編の約半数にあたる――。これらの短編小説において、金達寿は戦時中はもちろん朝鮮半島が「解放」された戦後になっても、相も変わらず朝鮮人を「差別」する日本人の存在を「告発」するという形で形象化したのである。

その他、金達寿は「韓国併合」（一九一〇年）によってより顕著となった国内外の「朝鮮人差別」について、多くの人によって「最大の封建遺制」と言われてきた「部落差別」とその差別構造が似ているということから、先に挙げた「人間差別と文学」（「部落」一九六三年一月号）や「在日朝鮮人と文楽」（「にんげん」一九七〇年十二月）等の論考を書き、また寸又峡事件（金嬉老事件）が起こった時には「特別弁護人」として法廷に立ち、「小松川女子高校生殺人事件」では犯人とされた李珍宇について「在日朝鮮人」への差別と絡めながら繰り返し自らの考えを述べてきた。小説に関して言えば、これは先にも紹介したことだが、関東大震災に際して多くの朝鮮人が各地で虐殺された歴史（事実）について、先の『小説在日朝鮮人文学史』上巻に収録の『中山道』（「新日本文学」一九六二年三月号）などの作品を書いてきた。例えば、寸又峡事件（金嬉老事件）についての「金嬉老なる人間――「特別弁護人」としての意見陳述――」（一九七〇年二月「現代と文学」第二号）において、金達寿は次のように「在日朝鮮人作家」である自分の「如何ともし難い」複雑な思いについて書いた。

いわく、「なになに殺し」「なに事件」というのでありますが、それがもし朝鮮人によるものであるばあい、――朝鮮人でなければよいというわけでは決してありませんが、そのばあい、私のなかにおこる反応はきまっております。「ああ、またか――」というこれです。「ああ、またか」というのは、いわゆるマスコミなどによく見かけるものしりたちが好んで口にしているような、在日朝鮮人は犯罪率が高いとか何とかいう、そんなことのためではありません。このようなものしりがなにをいおうと勝手ですが、しかしながら、にもかかわらず、現象的にはそれはまさに、このようなものしりたちに口実をあたえるものであり、それを裏書きするものであったからでもあります。そしてそのことにより、またも一般の日本国民と在日朝鮮人とのあいだに、一つの裂け目がつくりだされる。

　そのばあいの「ああ、またか――」というこの何ともいいようのない感情は、決して私一人のみでなく、在日朝鮮人全体に共通したものでありますが、そのようにしてつくりだされた日本国民の在日朝鮮人にたいする一つの心情・認識、すなわちそのあいだの裂け目を埋めることをもって自分の仕事ともしておりますわたしのようなものにあっては、それはなおいっそう強いものがあります。（傍点引用者）

　そして、このような「日本国民の在日朝鮮人にたいする一つの心情・認識」は、近代日本の対朝鮮認識、それは文部省が認可した検定教科書において豊臣秀吉の「朝鮮侵略」（文禄・慶長の役）を「朝鮮征伐」と書き記して恬として恥じない日本人の「国民感情」を育成したとも言えるのだが、そのような日本人の「心情・認識」こそが「朝鮮人差別」を増長し続け、寸又峡事件（一九六八年）を起こした「金嬉老」のような、あるいは自分のような「在日朝鮮人」を生み出した、と金達寿は言うのである。なお、金達寿はこのような「朝鮮人差別」を当たり前のように思う日本人の「心情・認識」を増幅させてきたことの一つに、在日朝鮮人を取り巻く「衣食住」に関わる「環境」があった、と先に記した『小説在日朝鮮人史』に収録の諸短編で繰り返し主張していた。

例えば、『雑草の如く』（初出「新芸術」一九四二年七月号、戦後改稿して「民主朝鮮」一九四七年六月号に掲載）の冒頭、いかに当時の在日朝鮮人が劣悪な環境で暮らしていたかが端的に描き出されている。

太俊《テジュン》はまわりみちをして丁守《チョンス》の家へおりていった。彼は丁守と一緒にこの家へくると、まだしも少しはましな自分の住んでいる家と思い比べられて丁守にすまないような気がして彼の顔をさけるようにした。玄関というべき入口の出鼻の溝には、上の屠殺場から絶えず牛や豚の糞がどろどろと流されていたし、喉をつくその臭気ははじめてのものには嘔吐を催させずにいないほどだ。しかし、それも丁守の母と兄の甲《カブ》の新妻とが雨の夜をねらって、便所の汲み出しをそこへ流すには、その不潔さがかえって気持に有利な場合もあるのだった。入口の柱は腐って低いトタン屋根は傾きかかっている。それでいてその柱は虫に食われて下から浮いている。それをながめやりながら、硝子戸を引くと、そこの三畳が甲夫婦の部屋である。弟の丁守とおなじところではないが、やはり北海道の山へ稼ぎにいっていていまは空いているその黒い畳へ太俊は腰をかけた。甲の新妻が貼りつけたのであろう、セメント袋を裏返した壁にバラのひときわもえたつ雑誌の口絵が一枚、彼女のうったえのように貼られている。太俊はまたこの家の生活に焦立ちをおぼえるのだった。

何故「太俊」の友人である「丁守」の家族がこのような「貧乏」極まりない生活を余儀なくされているかと言えば、それは故郷（朝鮮）を食いつめ、「憧れの地」日本にやってきたはいいが、父親が中風で倒れたということもあって、兄弟（丁守と甲）が必死に働いても一家が食うためにはなお足らず、という状態を変えることができなかったからである。金達寿は、丁守の家族のような「悲惨」な状態を余儀なくされているその理由の根本に、故国朝鮮が日本の「植民地」であるという現実がある、と言いたかったのだろう。

このような強い思い――それは「作家」となって「朝鮮人の生活と思想」を日本人に知らしめるといった「使命感」のようなもの――を抱いていたからこそ、金達寿は「解放」後に故国に帰らず、早くも一九四五（昭和二十）年九月に横須賀在住朝鮮人同志会（後に「在日朝鮮人連盟〈朝連〉」の支部となる）を結成、朝連神奈川県本部の情報部長や横須賀支部の常任委員として活動する傍ら、朝連神奈川県本部を母体として創刊された「民主朝鮮」（編集長金達寿）に長編『後裔の街』を連載するようになったのである。そしてこのような文学活動が認められ、一九四六年一月に創刊号を出したばかりの新日本文学会に入会し、創作を続けながら朝鮮人問題と真正面から取り組むようになったのである。そして、金達寿は日本と祖国朝鮮の「真の解放」を目指して日本共産党に入党する（一九四九年五～六月頃）が、翌一九五〇年コミンフォルム（共産党国際情報局）の発した「日本の情勢について」をめぐって、党が

「所感派」と「国際派」に分裂した際、「国際派」の幹部として共産党を除名される。廣瀬陽一の『日本のなかの朝鮮　金達寿伝』（二〇一九年十一月　クレイン刊）によれば、金達寿が日本共産党員として活動したのは、わずか一年足らずであったという。

　では、何故、人間性をスポイルした党員以外には「理不尽」としか思えない「党派闘争」の末とは言え、金達寿は「日本革命」と「朝鮮革命」を志向して入党したはずの日本共産党を一年足らずで辞めてしまったのだろうか。朝鮮戦争を間に挟むこの間の日本共産党の「所感派」と「国際派」の分裂騒動や、そこから派生した学生運動や労働運動がいかに苛烈かつ残酷・悲惨な精神的打撃を関係者に強いたかについては、例えば「焼跡世代」の作家である高橋和巳の『憂鬱なる党派』（一九六五年）や真継伸彦の『光る聲』（一九六六年）などの作品世界に詳しく描き出されている。しかし、在日朝鮮人にとってそのような前衛党の「分裂・分派闘争」が、さらに加えていかに苛烈なものであったか。金達寿は、かつての「国際派」が編集部を握っていた「アカハタ」紙上に一九五六年八月十八日から同年十二月三十一日まで連載した『日本の冬』（一九五七年四月　筑摩書房刊）の主人公「辛三植」の姿を通して、「党派闘争＝党の分裂」がいかに非人間的なものであったかをつぶさに描き出した。具体的には、金達寿自身の自画像と言ってもいい主人公の辛三植が意識しないまま「国際派」として日本共産党を「除名」され、それまで所属していた在日朝鮮人組織からも排除される様を描き出している。しかし、そのような党派闘争（分派闘争）が、いかに「革命運動」を下劣なものへと貶め、人間の「解放」を求める根源的な精神を歪め，日本人と朝鮮人との協同性（連帯）を毀損することになったかを、『日本の冬』は鋭く突き出すものになっていた。例えば、金達寿はかつて「植民地人」であった在日朝鮮人が解放後も前衛党（日本共産党）の世界にあって、いかに「時代」に振り回されることになったか、そのことについて『日本の冬』で以下のように書いた。

だいたい、三植は、意外な党の分裂にさいして、経過をふむにしたがい、彼はそれをこういうふうにみていた。たとえば外から、敵の方からみるとすれば、党幹部の追放、朝鮮戦争のぼっ発、そうして共産主義侵略の脅威を描きだすことにより、サンフランシスコ講和条約、日米安全保障条約、日米行政協定等を彼らの意のままに生みだしたことをみるだけで、彼らがいかに党の分裂をはかったかがわかる。スパイも入れたろう。買収もしているだろう。

が、しかし、それだからといって、それに乗ぜられなければならないという理由は少しもないのだ。それには、ほかにもっと根本的な理由がなければならない。（中略）

つまり、その根本的な深いところのどこかがくるっていたのである。それは組織の問題であるというよりは、より人間の問題であるのかも知れない。

まず、朝鮮人についてみれば、三植自身を含めて、彼らはきのうまで抑圧されていた植民地人であった。その多くは、まだ奴隷根性から抜けきっていない。抜けきっていないということを意識することからは、なおさらのことである。（傍点引用者「その八」）

さらに筆を継いで、次のように書く。

　日本人はどちらかというとそれを抑圧した側に立っていたが、しかし彼らの多くも、朝鮮人にたいするおなじ抑圧者から、抑圧されていたのであった。しかも彼らは、きのうまでは共産主義などとはまったく反対のもの、軍国主義・ファシズムを謳歌していたのである。

　奴隷根性とファシズムの謳歌、それは同じ根からのものだ。それによるゆがみを、否定することはできない。（同　同）

　ここで金達寿が「奴隷根性とファシズムの謳歌」は「同じ根」から生じたものだ、というその「根」とは何かということが問題になるだろう。おそらくその「根」とは、自分が「在日朝鮮人」であるが故に慎重に言葉を選ばなければならなかったのだと思うが、具体的には三十六年間ものあいだ朝鮮半島を植民地化して「奴隷根性」を強いてきた「日本帝国主義＝絶対主義天皇制」と、そのような政治体制を唯唯諾諾と受け入れ、「大和民族の優越性」などといった「幻想」に酔い痴れてきた「日本国民」ということになるだろう。つまり、金達寿は自らの日本共産党体験を下敷きにした『日本の冬』を日本共産党の機関紙「アカハタ」に連載することで、本質的には戦前と変わらず「在日朝鮮人」を「差別」的にしか遇していない日本の現実及び日本国民の在り様を撃とうとしたのではないかということである。そしてその先に金達寿が構想（仮想）していたのは、「奴隷根性」から抜け出せない「在日」

を含む朝鮮人と、「ファシズムの謳歌」を疑うことなく「権力」に従順であった日本人との「共生＝共同」を実現することではなかったか。そして、そのようなことを実現することによってのみ、自分たちを苦しめてきた「絶対主義天皇制」を打倒し、朝鮮人も日本人も「対等平等」である社会の建設が可能、と考えたのではなかったか。

ただ、「在日朝鮮人」を対象とした北朝鮮（朝鮮民主主義人民共和国）への帰還事業がいよいよ本格化し始めた時期という「時代の制約」を考えれば致し方なかったのかも知れないが、金達寿の『朝鮮――民族・歴史・文化』（一九五八年九月　岩波新書刊）を貫く思想は「日鮮同祖論」ではないか、と朝鮮総連を中心とする同胞から批判されるということがあったことも忘れるわけにはいかない。つまり、金達寿は一九五八年から一九六三年まで「関西公論」、「リアリズム」、そして「現実と文学」（「リアリズム」を改題した雑誌）へと断続的に書き継ぎ、一九六三年六月に筑摩書房から刊行した『密航者』において、金日成率いる北朝鮮は共産主義を実現した「地上の楽園＝憧れの国」であると位置付け、と同時に誰が読んでも「日鮮同祖論」としか思えない「日朝関係」について、登場人物たちが延々と述べ合っているのは、自著『朝鮮』への朝鮮総連を中心とした批判に対する反批判を意図したものだったのか、という疑問は残るということである。端的には、『密航者』の主人公である李承晩政権が圧政を行っていた「南朝鮮（韓国）」から日本に逃げてきた（密航してきた）「林永俊」の次のような「決意」は、果たして「正当＝正統」なものであったのか、ということになる。

『よし、こんどはおれの番だ』――というのがそれです。とすれば、ぼくは今日に生きる自覚的な一人の朝鮮人として、いまは、のこされたもっとも困難な道をえらばなくてはならないのです。みじめな南朝鮮です。それを見て見ぬ振りをすることはできないのです。

ぼくはさっきわれわれの望んでいる自由への道ということをいい、いま望んでいる最大なもの、わが国土の統一ということをいって、それを北からつらぬくといいましたが、しかし一方また、北からばかりでなく、南からもそれをつらぬくものがなくてはなりません。ぼくはそこから追われて抗して逃げているものですが、しかしそれがなくてはなりません。ぼくは、その南へ帰る決心をしたのです。(最終「第六章」)

アメリカ帝国主義を後ろ盾にした李承晩政権が、「南朝鮮(韓国)の共産主義化」を是が非でも阻止するために、「民主化」とは程遠い圧政を行っていたことを承知で、『密航者』の主人公にこのような「南朝鮮(韓国)行き」を決意させた金達寿の思いは、何処にあったのか。言葉を換えれば、「(北朝鮮への)帰還事業」が始まったこの時期、「日鮮同祖論」と共に、「韓国の民主化」に貢献する人物の設定は、作家としてどうしても書かなければならなかったことだったのだろうか、ということである。というのも、金達寿は『密航者』を刊行した翌年、韓国における「民主化(革命)」の可能性を追求した長編としては最後になる『太白山脈』(「文化評論」一九六四年九月号〜六八年九月号　単行本一九六九年五月　筑摩書房刊)に着手しており、そこでは苛烈としか言いようがない李承晩政権の圧政ぶりをえぐり出し、「南朝鮮（韓国）から共産主義社会の実現に向けて一人一人がその思想と行動を貫き通すこと」など到底不可能なことだ、と書いていたからである。

なお、作品の統一性という点からはいささか逸脱していると思われる『密航者』が、金達寿文学の全体から重要な問題を孕んでいるのではないかと思えるもう一つの理由は、この長編で後に『日本の中の朝鮮文化　その古代遺跡をたずねて』（全一二巻　一九七〇年〜九一年　講談社刊）等に結実する大和朝廷成立以前から続く日本と朝鮮との政治的、文化的な関係（交流）について、多くのページを費やしているからである。この『日本の中の朝鮮文化』へと向かう金達寿の内的動機を抜きに、『密航者』や『朝鮮』等の一九六〇年代半ば以降の金達寿の小説について語るわけにはいかないということ、このことを忘れてはならない。

〈4〉「見果てぬ夢」の行く末

制作年代は異なるが、作品の時代背景順に記せば、『落照』（原題『族譜』。一等最初は「新芸術」一九四一年十一月号に、次に同題で「民主朝鮮」一九四八年十一月号〜一九四九年七月号に連載、そして三十年後に前作を大幅に改稿して「文芸展望」一九七八年夏季号に掲載、単行本化にあたって『落照』と改題する）、『後裔の街』（一九四八年三月）、『玄界灘』（一九五四年一月）、『太白山脈』（一九六九年五月）の順になる、磯貝治良の「金達寿文学の位置と特質」（辛基秀編『金達寿ルネッサンス』二〇〇二年　解放出版社）によれば、これら一連の中長編作品は、金達寿文学の「宿命」である「朝鮮の現代史を描くこと」を具現したものということになる。そして、この連作は『太白山脈』以後も書き継がれる予定であった。このことは、『太白山脈』の「あとがき」の次の言葉によって証明される。

> 『玄界灘』は戦中、すなわち太平洋戦争中の朝鮮・京城（ソウル）を中心としたものであったが、『太白山脈』は戦後、すなわち八・一五「解放」後の朝鮮・ソウルが中心の舞台になっている。どちらも、そこに生きる朝鮮人の生活と抵抗とが主題になっている。
>
> 　どちらもおなじ主題ではあるが、しかし、そのあいだの時間的・歴史的経過はもちろんのこと、現実を総体としてとらえるという、私における方法上の発展といいたい変化もあって、『太白山脈』のばあいはそれの描き方などにしても、かなりのちがいがあるはずである。が、それは、私がここであれこれいうべきことではないにちがいない。
>
> 　私はいずれ近く、こんどは『太白山脈』の続編ともいうべきものにとりかからなくてはならないと思っている。（傍点引用者）

しかし、遂に『太白山脈』の続編は書かれなかった。その理由について、磯貝治良は先の論考で、以下のような「四つ」を挙げていた（番号は、筆者が便宜的につけたもの）。

1　一九八〇年代に三十七年ぶりで訪韓するまで祖国を見ることができなかったことである。（中略）くにの風景ひとつを描くにしても、解放後のそれを描こうとすれば、長い歳月「現場」からへだてられていては難しい。また「思想小説」は郷愁によっては書けない。そういう実作上の問題があった。

2　時代の変化ということがある。一九六〇年代後半から七〇年代にかけて、解放後の朝鮮半島の歴史がさまざまに見直されるようになる。それにつれて『玄界灘』以後に描いてきた「解放後」のとらえ方も改変を迫られるようになる。（後略）

3　〈在日〉状況の変容だろう。「定住化」あるいは世代交代によって、在日朝鮮人社会の生活、歴史意識、祖国とのスタンス、人生の価値観・世界観など多方面にわたって変化した。（後略）

4　そして、金達寿はすでに「日本のなかの朝鮮文化」の発掘、踏査、著作に情熱をもやしていた。

確かに、「個人的なことを記せば、筆者は金達寿の文学にみちびかれるようにして在日朝鮮人文学に（いまふうの俗にいえば）はまり、ほぼ三十年間、半ばライフワークのようにそれと付き合ってきた磯貝だけあって、『太白山脈』の続編が書かれなかった「理由」をほぼ正確に言い当てていると言っていい。しかし、三十七年ぶりの「訪韓＝帰郷」を成し遂げた経緯などを記した『故国まで』（一九八二年四月　河出書房新社刊）の「あとがき」の次のような文章を読むと、『太白山脈』の続編が書かれなかった理由は、作家を志した時から夢見ていた（創作の「目的」としてきた）「日本人の対朝鮮人観、歴史的にきずき上げられてきたそのあやまった認識に挑戦し、そのイメージをただすということ、あるいは変えるということ」が、一九八〇年代初めの「韓国の実情」を知ることによって、「曖昧」かつ「不定形」のものになってしまったからではなかったか、と思われてならない。

私は一九三〇年に故郷を出て、日本に渡って来ているから、それからすると五十一年ぶりのことだったが、これも本文にあるように、そのあいだ私は、太平洋戦争中だった一九四三年五月から四四年三月までの約十ヵ月間を、当時は日本植民地下となっていたソウルですごしたことがある。二十三歳から二十四歳になったころで、このときのことを結論としてかんたんにいうと、そのときの私は朝鮮の「民族というものを発見した」といってよかった。

そのことは長編『玄界灘』ほかの作品になっているが、それから三十七年、こんどはどうであったかというと、こんどは朝鮮・韓国の「民衆というものを発見した」といっていいのではないかと思う。これについてはなおよく考えてみなくてはならないことがあるにしても、いずれにせよ、こんどの「旅」によってその民衆がぐっと、私に近いものになったことは事実であり、たしかである。

（傍点引用者）

「民衆」が本来的にその時々によって姿を変える「不安定（アモルファス）」なものであることは承知しているが、植民地人として日本（人）から苛烈な「差別」を受けることによって培われた朝鮮人としての「民族意識」が、分断国家としての「現実」を受け入れつつ、アジア太平洋戦争及び朝鮮戦争の「戦後」復興を成し遂げ、李承晩政権以来の「軍事政権」下であっても、物質的には金達寿が知る「朝鮮」よりははるかに「豊か」になった故国（故郷）を目の当たりにして、韓国（北朝鮮の現実には触れないまま）の「民衆」が今まさに「幸福」になりつつあると見てしまう（思い込んでしまう）金達寿の「故国＝韓国」観、そこにこそ『太白山脈』の続編を書けなくなった「真の理由」があったのではないか。つまり、戦前はもちろん戦後も「日本」で生活してきた在日朝鮮人である金達寿にとって、故国朝鮮（韓国）は長い間「軍政」が敷かれ「アメリカ帝国主義の支配下」にあったが故に、「非民主的」な国家であり、依然として「貧しさ」から抜け出せない後進国のイメージしかもたらさないものだったはずなのに、そのような「想像」を超えて「豊か」になった韓国の現実を三十七年ぶりの「故国行」で見せつけられ、「故国」の「解放＝独立」や「民主化＝自由化」を望む朝鮮人が活躍する自分の創作世界が、「幻想」でしかないことを思い知らされたということである。

『故国まで』の「韓国訪問記＝旅行記」を読んでいて、戦後すぐの時代、「進駐軍（占領軍）」につぎはぎだらけの服を着て「ギブ・ミー・チョコレート」と叫んだ子供時代の自分の経験を踏まえて言うのだが、一番「不快な思い」にさせられたのは、「金持ち」の旅行者金達寿が「農婦」や子供たちに惜しげもなく金を配る場面であった。そんな「金持ち」然とした振る舞いを無意識のうちにやってしまった金達寿に、たった一週間ほどの「三十七年ぶりの故国訪問」で「民衆を発見した」と言われても、もう一方で十八年間という長きに渡り軍政を敷いていた朴正熙政権（一九六三年〜七九年）及びそれを引き継いだ全斗煥政権（一九八〇年〜八八年）の下で、「政治犯・死刑囚」として囚われの身になっていた在日朝鮮人青年たちが厳然と存在していたことを考えると、複雑な思いを禁じ得ない。金達寿たちが訪韓目的の一つとしていた彼らの「釈放」は実現しなかったという現実を踏まえて、金達寿らと彼ら在日朝鮮人青年の「死刑囚・政治犯」が、共に韓国の「民主化」を願うものであったとしても、金達寿の「民族の発見」から「民衆の発見」は果たして文字通りに受け取っていいものであったのかどうか。別な言い方をすれば、金達寿は「訪韓」し、故国のあちこちを旅するうちに「民衆を発見した」と言うが、その「民衆＝朝鮮人」は果たして『後裔の街』から『玄界灘』を経て、『太白山脈』へと追求し続けてきた「国家（権力）」――それは、当然戦前の植民地宗主国日本や戦後のアメリカ帝国主義に追随してきた売国政権を含む――に抗う朝鮮人（民衆）の「生活と抵抗」に重なり合う存在であったか、ということである。

さらに、酷な言い方になるが、第二次世界大戦後の冷戦構造に規定されたアメリカ帝国主義の支えなしには存続できない、つまり曲がりなりにも「社会主義社会」を実現しつつあった北朝鮮に対抗できないように見えた李承晩政権から朴正熙政権、全斗煥政権へと続く軍政下の韓国の現実を知るにつけ、「在日」であり続けることを決意した金達寿には、「韓国民主化」あるいは「朝鮮（韓国）革命」に対するどのようなビジョン（未来像）も描くことができなくなり、そうであったが故に、『太白山脈』の続編は書くことができなくなったのではないか、ということもある。『故国まで』で繰り返し言及された「豊かになった韓国」という言葉は、三十七年ぶりに故国を訪問した金達寿の正直な「感想」

であると同時に、もはや自分には「韓国の民主化」を願う青年たちの「真の姿」を描くことができなくなったという「嘆息」でもあったのではないか、と思う。

そこで想起されるのが、在日二世作家李恢成が「群像」の一九七六年七月号〜一九七九年四月号に連載した三〇〇〇枚余に及ぶ大河小説『見果てぬ夢』(単行本第一巻『禁じられた土地』一九七七年十一月、第二巻『引き裂かれる日々』一九七八年二月、第三巻『はらからの空』同年五月、第四巻『七月のサーカス』同年八月、第五巻『燕よ、なぜ来ない』同年十一月、第六巻『魂が呼ぶ荒野』一九七九年五月　講談社刊)のことである。「在日」であるが故に発することができたのではないかと言っていい「北であれ南であれわが祖国」の言葉に込められた思いを信条としていた李恢成が、満を持したように「民族解放」を底意に持つ「土着の社会主義」――この「土着の社会主義」なるものが世界史上どのような意味と位置を占めるものなのか、ソ連崩壊(一九九一年)から三十年以上が経った現在、その具体的な在り様を考えることは至難の業なのではないかと思うが、とりあえず作品(李恢成)に従って、その国の情況を最大限考慮して構想される「社会主義国」社会、ということにしておく。なお、当時(一九六〇年代後半から一九七〇年代にかけて)日本の多くの知識人が「(西洋)近代」の概念から零れ落ちてしまったその国=民族独自の文化や生活を形容するのに「土着」や「反近代」なる言葉を使っていたことも付け加えておく――という思想(革命理論)を実現すべく構想した『見果てぬ夢』、この作品はまさに「祖国朝鮮」が「分断」されている現実をいかに止揚するかという問題意識に貫かれた大河小説であった。

この李恢成の問題意識について、裵鐘眞《ベエ・チョンジン》は講談社文庫版の「一九八六年三月」の日付が記された『見果てぬ夢』（第五巻『魂が呼ぶ荒野』）に付された解説「ゆりもどす民族のこころ」の冒頭で、次のように書いていた。

『見果てぬ夢』は壮大な思想小説である。分断時代の朝鮮民族が背負わされている不合理な喜怒哀楽の全的解放を、民族固有の与件と発想を根拠に据えながら、それを意図しようとしている。一国の運命は、よくても悪くてもその国で何代もまえから生きてき、これからも何代もあとを生き続ける人々の手によって、仕切られそしてゆだねられるべきものである。このごくごく当り前の原則性が、朝鮮の統一と民主化を主題にした『見果てぬ夢』の支配的かつ基本思想である。そして『見果てぬ夢』の中心的テーマは、分断止揚を確信する土着の社会主義理念の誕生と展開、そしてそれを掲げる熱情と苦難の青春群像の生きざまである。朝鮮の地の歴史と風土が生んだ伝統と抵抗の中から、それは創造されしかもリアリティに裏打ちされた実存体として、徹頭徹尾描かれていく。

さらに続けて裵鐘眞は、「未完の朝鮮革命の論理と倫理を歴史の必然律として文学的構築に挑んだ『見果てぬ夢』は、その大胆で鮮烈な問題提起において、また全人格的に分断克服の苦悩と愛に生きようとする人間像の形象において、真摯な注目と衝撃的な関心を浴びた」とも書いた。しかし、李恢成が『見果てぬ夢』で仮想した「民族解放・統一」「朝鮮革命＝土着社会主義の実現」は、金達寿が『故国まで』で実感した韓国の「発展」によって『太白山脈』の続編が書けなくなったのと同じような意味で、文字通り「夢」として潰えてしまったことを、私たちはどう考えればいいのか。

というのも、李恢成もそうだが、金達寿をはじめとする在日朝鮮人作家たちの多くが経験せざるを得なかった「転向」の問題が、ここに浮上してくるからにほかならない。つまり、思想の科学研究会(鶴見俊輔)が定義した「転向」概念――それは、一般的に「権力によって強制されたために起こる思想の変化」、と定式化されている――に当てはまらない「故国」を想うディアスポラ(故郷喪失者)としての生を余儀なくされた在日朝鮮人の「喪失感」がここで問題になる、ということである。具体的には、「北であれ南であれ　わが祖国」(李恢成)と思い続けてきた故国朝鮮への帰国(帰還)も思い通りにいかず、「日本」で生きて行くしかないと思い定めた者が、「無念」の心情を裡に抱く生(思想)の在り様、それをとりあえず「転向」と言っていいのではないかということである。

李恢成の『見果てぬ夢』の続編が書かれず、最終的にはかつて「朝鮮革命」という壮大な「希望」を内に秘めた『見果てぬ夢』という大長編を書いた作家のこれまでの過ぎ越し方、つまり李恢成自身の生き方を「私小説」の手法を使って検証した大長編小説『地上生活者』(全六部　第一部『北方からきた愚者』二〇〇五年、第二部『未成年の森』同、第三部『乱像』二〇〇八年、第四部『痛苦の感銘』二〇一一年、『邂逅と思索』二〇一五年、第六部『最後の試み』二〇二〇年)に、結局着地したことを思うと、金達寿が『太白山脈』の後「(在日)朝鮮人の生活と思想」を「小説」という表現形式を用いて描くことを止めて、『太白山脈』を書き継いでいた頃に本格化した「日本の中の朝鮮文化」探求(古代史研究)の道に進んで行ったのも、無理からぬことだったのではないかと思われるのである。

ただ、この金達寿の「文学（創作）」から「古代史研究」への転回について、浩瀚な『金達寿とその時代——文学・古代史・国家』を著した廣瀬陽一が以下のように言ってしまっていることを果たして是認していいのかどうか、という問題がある。金達寿文学における「転向（文学）」論議に関して、『朴達の裁判』を最高位に位置づける廣瀬は、金達寿の「創作」から「古代史研究」への「展開＝転回」について、それは「変化＝転回」ではなく、「活動領域」を変えただけだ、と言う。

> 変わったのは活動領域だけであり、ある言説空間を成立させている諸条件を批判的に問い直す立場は根本的に変わっていない。（中略）
>
> このようにして彼が古代史をとおして構築した、日本人とコリアンとの協同的なネットワークは、かつて彼がリアリズム研究会などの文学活動をとおして目指した、「中央」のない緩やかな横の繋がりによる連帯と言うべきものである。（中略）
>
> しかし金達寿の古代史研究の目的は、日本各地の古代文化遺跡をとおして、朝鮮や朝鮮人にたいする日本人の偏見や蔑視をただすことにだけにあったのではない。日本人の身体に刻みこまれた歴史的〈負性〉を明らかにすることもまた、彼の〈帰化人史観〉批判の大きな目的だった。〈帰化人史観〉日本人を自己腐蝕させるものだという主張がそれである。（第四章「運動としての古代史研究」）

つまり、直接的には「三十七年ぶりの故国訪問」で目にした韓国（南朝鮮）の「現実＝繁栄」に驚愕し、そして納得した結果として朝鮮の「民主化」、あるいは「朝鮮革命」という「見果てぬ夢」を放棄せざるを得なかった金達寿の「内面の劇」を推し量れば、そこに浮上してくるのは、「権力の強制」がないという意味で厳密には思想の科学研究会（鶴見俊輔）の「転向」定義とは異なるが、当面は「南朝鮮（韓国）の民主化」ないしは「朝鮮革命」を断念したという意味で、「転向」と同じような「思想の変化」があったはずなのに、廣瀬はそうではないのではないか、と言っていることになる。『故国まで』の「新羅の慶州・釜山まで」の最後に置かれた次のような言葉は、まさに金達寿の「思想の変化」を象徴するものであったと言っていいだろう。

つまり、政権と民族が別ものであるように、そのときどきの政権と民衆とは別ものであるのに、それをごったにしていたのである。民衆はあの日本植民地下でも抵抗しながら生きていたし、李承晩、朴正熙政権下はもとより、全斗煥政権の下でもそうしながら、しぶとく生きているのである。ばかりか、いまみた浦項総合製鉄所などにしても、それはこれら民衆の能力と努力とによってできたものにほかならないのである。（中略）

民衆がその能力と努力、すなわちそのバイタリティーを発揮するのは、民衆自らが自らを動かした時のみである。農村にいたるまでの韓国の変貌、経済発展は、まさにそれに他ならなかった。私がこんどの訪韓でえたもっともおおきなことといえば、そのような「民衆の発見」ということであったが、民衆のそのようなバイタリティーをみるのは、釜山のいわゆる市場《シジャン》をたずねたとき、その頂点に達した。

ここで、誰しも疑問に思うのは、現在も厳しく敵対している分断国家の片方（北朝鮮）を長年支持してきた金達寿たち在日同胞に、韓国当局は果たして「民衆の本当の姿」を見せてくれたのかということである。つまり、金達寿たちに韓国当局によって用意された訪問者用の「民衆の姿」を「見せられた」という疑いは本当にないのか、もしそのような「民衆の姿」が当局によって用意されたものであるとするならば、それは「民衆の発見」に価しないのではないか、ということである。どこの国でも同じだが、「見せたくない」民衆の姿を訪問者に「見せない」のが、「政治＝政権の意図」だと思うからである。何よりも、金達寿たちが訪韓する前年（一九八〇年五月）に起こった「光州事件」――一万人もの死者や行方不明者を出したとも言われる反政府蜂起事件――が起こったことが如実に物語るように、韓国は依然として李承晩時代から続く「軍事政権」であり、内外にそれまで北朝鮮を支持して自分たちに「敵対」していた在日同胞を手厚く歓迎することで、自国が「民主主義陣営」の一員としていかに繁栄しているかをピーアールする必要があったのではないかということである。その意味で、『故国まで』に現れた金達寿たちの言動は、本質的には依然として「反民衆＝非民主」的な政権の策略にまんまと乗ってしまったという印象を免れず、したがって韓国の為政者（軍事政権）が金達寿たちに果たして「民衆の真の姿」を見せてくれたかどうか、という疑念を払拭できないということである。

また、金達寿は「古代史研究」で明らかになった大和朝廷成立以来の「日本―朝鮮」間の深い関係を知るにつけ、近代（明治時代）以降の「朝鮮（人）差別」――それは一九一〇年の「朝鮮併合」に始まる朝鮮半島の植民地化によってより具体的になるものであった――も、そのような日朝間の深い関係が明らかになることによって解消されるのではないか、との思いも金達寿の心の裡にあったのではないか。しかし、金達寿の「古代史研究」はもちろん日本の古代史研究に大きな「成果」をもたらすものであったが、その一方で「戦時中＝植民地時代」に日本でも朝鮮半島でも叫ばれた「日鮮同祖論」と見紛うばかりの「危うさ」を、その「古代史研究」は内包していたのではないか、ということである。

ところで、『後裔の街』が認められて日本の文壇で活躍し始めた在日朝鮮人作家金達寿が抱いていた「見果てぬ夢」とはどのようなものであったのか。金達寿は、前掲した「民族・歴史・文化」の副題を持つ『朝鮮』の「V　今日の朝鮮」の最後に、次のような言葉を書きつけていた。

明るい朝鮮と暗い朝鮮――。しかしながら、近い将来、それは必ず明るい一つの朝鮮に統一されるだろう。国際情勢のうごき、それもあるが、しかしそれはやはり、朝鮮人自身の手によってなしとげられなくてはならないものなのである。ここでわれわれはいままでみてきた朝鮮の全歴史をかえりみるのであるが、朝鮮人は、あのたびかさなる外圧に抗して自己の民族を形成するとともに、その文化をつくり出してきた。それは今後も同じことである。そしていつかは、その外圧をも遠くのかなたに追いやるときがくるであろう。それはさして遠い将来のことではない。（「平和と統一を求めて」）

この『朝鮮』が刊行されてから今日まで七十年余り、北朝鮮と南朝鮮（韓国）の「統一」は未だ遠し、の状態にある。金達寿の「見果てぬ夢」は、文字通り「見果てぬ夢」のまま在日朝鮮人および日本人の前に相変わらず聳え立っている、と言わねばならない。つまり、金達寿が抱いた『見果てぬ夢』も、李恢成のそれもいまだ「実現しない夢」として現在もなお存在し続けているというわけである。

〈5〉『朴達の裁判』評価の問題

そこで考えなければならないのが、金達寿の「文学＝創作」から「古代史研究」へという「転位」を「転向」と捉えた場合、先の廣瀬陽一がその著『金達寿とその時代』の「第二章　現実を変革する文学――「植民地的人間」からの脱却」の「第三節　金達寿と転向――「朴達の裁判」論」の中で、次のように『朴達の裁判』を金達寿文学のターニング・ポイントとなる作品として、その作品内容と「説話体の文体」に着目して高く評価していることに関して、果たしてそのような評価は妥当かどうか、という問題である。

とはいえ、現在まで朴達の転向が意味するものに着目した論考は少なく、文体についてはさらに少ない。このことは、根本的に、五〇年代をつうじた彼の文学的闘争それ自体が、軽視ないし無視されてきたことを意味する。実際、彼の文学活動の重心を、「後裔の街」から「玄界灘」を経て「太白山脈」にいたる〈民族的なもの〉に置くかぎり、「朴達の裁判」は、ユニークであるけれども数多い小説の一つにすぎない。しかし彼にとっては、この小説こそ、自分の文学活動に決定的な〈飛躍〉をもたらすものだった。

この廣瀬の言い方は、金達寿の「復権」を目指す者の言としては是認できるとして、金達寿の最初の長編『後裔の街』が単行本になった際（一九四八年三月　朝鮮文芸社刊）に、「この本のこと」という跋文を寄せた（「新人」の金達寿を高く評価した）小田切秀雄が潮文庫版の『朴達の裁判』（一九七三年二月）の「解説」で、西田勝の「済州島の鴉――金石範の『万徳幽霊奇譚』を読んで」（第二次「文学的立場」第四号　一九七一年三月刊）を引き合いに出し、『朴達の裁判』の「朴達」は魯迅『阿Q正伝』の「阿Q」、そして金石範『万徳幽霊奇譚』の「万徳」の系列に連なる者であるとして、「転向」とは別な角度から評価していることをどう考えるのか、ということがある。

いわば一つの系譜として見ることのできるこの阿Q――朴達――万徳の関係は、『朴達の裁判』を考えるさいに興味深い問題を提供するので、これに触れた西田勝の文章（季刊誌『文学的立場』

第二次の四号、『済州島の鴉』）をかりることにする。〝まず第一に主人公であるが、万徳も阿Qも朴達も社会最下層の階級に属しているだけではなく、やや魯鈍な、無知蒙昧な人間である点も共通している。……第二はそれらの主人公たちが、まさにその魯鈍さ、無知蒙昧さのためにいずれも革命運動の渦中ないし混乱の中に巻き込まれ、それぞれ数奇な運命を辿ることになっている。……第三はそのような主人公を、作者がつきはなした、しかし深い同情をこめた、ユーモア溢れた文体で、いいかえれば喜劇的方法で描き出している〟だいたいこの通りなのだが、朴達の場合は、きっかけこそ誤認検挙で巻き込まれたことにあるが、それ以後はきわめて積極的になり、〝魯鈍の風がかれら（刑事や検事）にあたえる効果を十分に計算しつくしていて、それを革命運動のためにフルに、しかも臨機応変に利用しようとする才気をさえ〟もっている、と西田も指摘している。

長い引用になったが、小田切秀雄は同じ文章の中で「これ以上は考えられぬほどのひどい抑圧と貧困とのもとにある民衆のさまざまな姿と、そのなかから生まれてきた独自な抵抗の人間像を、奔放自在に描きだしたところにこの作品のおもしろさがあり」と言っていて、『朴達の裁判』が魅力的な中編である理由は、「独自な抵抗の人間像」を提出したところにあるとした。つまり、小田切が『朴達の裁判』の優れているところは「新しい転向小説」だからである、という廣瀬の説とは別な指摘をしている点を見過ごすわけにはいかないということである。

確かに、金達寿は作品発表から二十年以上がたってからであるが、針生一郎との対談で「『朴達の裁判』は、転向というものを考えてみる、というのが直接のモチーフです」（「反権力の個人史と創作活動」（新日本文学会編『作家との午後』一九八〇年三月　毎日新聞社刊）と言っており、『朴達の裁判』が発表された一九五〇年代の後半から「転向」に関する重要な論考——本多秋五『転向文学論』（一九五四年）、吉本隆明「転向論」（一九五八年）、思想の科学研究会編『共同研究　転向』（上中下巻　一九五九〜六二年）及びそれらに対する反論、等々——が相次いで発表されたことを視野に入れれば、確かに『朴達の裁判』は「転向」との関係で考えるのが一番相応しいように思われる。先の針生一郎との対談で金達寿が『朴達の裁判』は、転向というものを考えてみる、というのが直接のモチーフです」との発言に続く以下のような言葉をどのように考えるか。一考が必要である。

朴達は転向ばかりしているけれど、実は全然転向していない。こういうことは、どう考えるか。革命運動にたずさわっていても、自分は権力者にならないと考える人間の立場があると思うんですよ。反権力闘争をしても次の権力の座にすわらない人間、そういう人間はどうなるのか。その場合、彼にとっては転向もなにもない。要するに目的を達成すればいいんだ。自分は節を保つとか、そんなことをする必要もない。そういうことからあの作品は出てきたんです。僕は、そういう人がたくさん出てほしかったんだ、インテリの中からも。そうなったら面白いだろう、と。そうなると、敵が分からなくなる。どれが転向なのかどうか、そういう混乱に陥れる必要があると思うんだ。キレイゴトでは権力にかないませんよ。

ロシア革命が激しい「権力争い」を繰り広げたスターリン時代を経て、最終的には「ソ連邦の解体」という結末を迎えたことを知っている現在、確かに革命運動に携わっている人間の総てが「自分は権力者にはならない」と考え、例えば指導的立場にある人間は輪番で「任期」を全うするというような制度を構築できれば、「理想的な革命」が実現するかもしれない。しかし、それはあくまでも「理想＝夢」であって、現実の革命運動が「暴力＝血生臭い暴力行為」を伴うことを考えれば、金達寿の発言は「理想」を語り過ぎる「危うい」ものだったのではないか、との感想も禁じ得ない。

なお、林浩治は「革命的民衆像は描けたか――金達寿『朴達の裁判』再読」（『新日本文学』一九九六年一、二月号）の中で、「転向」問題には一切触れず、『朴達の裁判』が書かれた時代性に着目して、以下のように書いていた。

金達寿はこの時点で、最下層の民衆の革命性を描き、硬直した組織の批判をしようとした。だから、『朴達の裁判』でもストライキを組織するのは前衛党の党員でなく、無識な下層民朴達なのである。そして人々は朴達を愛している。

金達寿は、阿Q的民衆像の延長線上に朴達を生み出そうとした。しかしこの民衆像は必ずしも革命的民衆像を表現し得てはいない。朴達はあくまでも革命家の亜流であって、阿Q的民衆性からは離れている。朴達は民衆のしたたかさをもった革命家であって、民衆そのものではない。こうしたキャラクターの創造は、案外、組織批判に繫がっているのかも知れない。この小説は原則として朝鮮戦争に於ける北側＝朝鮮民主主義人民共和国支持という立場にたった小説である。しかし、その奥深いところに、懐疑の影が見え隠れする。

最後の「懐疑の影」が意味するものが、金達寿の「革命」や「民衆性」に対するものなのか、それとも「北朝鮮」に対するものなのか、文面からは十分に伝わってこないが、それとは別に、林浩治が一九七二年に起こった「連合赤軍事件（あさま山荘銃撃戦・十四名の同志殺人）」以後顕著になった新左翼（変革・革命）運動の退潮を機に登場した「窮民革命論」――高度成長によって「闘う」ことを放棄した労働者階級に代わってアイヌ民族や日雇い労働者、在日朝鮮人、沖縄人、被差別部落民が「革命」の主導部隊になるべきだとする考え――にインスパイアされたような物言いをしているが、『朴達の裁判』に託した金達寿の『朴達の裁判』は、転向というものを考えてみる、というのが直接のモチーフです」という言葉と「窮民革命論」はストレートに繫がらないという論理的弱点がある。

つまり、作者の意図とは関係なく、『朴達の裁判』から伝わってくる「時の権力」に対する「したたかな民衆の抵抗」は、魯迅の「阿Q」がそうであったように権力によって虫けらのように殺されてしまう質のもので、「革命」に結びつく犠牲ではなく、したがって「転向」とは別なものであった、と考えるべきなのではないか、というのが『朴達の裁判』を読んでの率直な感想である。というのも、これは金石範の『万徳幽霊奇譚』の「万徳」の在り様と較べてみると分かるのだが、作家の側に「権力」との戦いにおける「敗北意識」があって初めて「転向」は生じるのだが、『朴達の裁判』の朴達にはそれが無く、したがってこの作品を「転向小説」として括るのには無理がある、ということである。例えば、転向小説の白眉（最高傑作）と言われる中野重治の『村の家』（一九三五年）が如実に物語るように、「転向」して刑務所から出てきた息子の左翼作家「高畑勉次」が父親の孫蔵の「転向したからには、筆を折って百姓になれ」との忠言に対して、「それでも書いていきます」と決意を述べる姿には、敗北意識に苛まれてきた中野重治の姿が二重写しになっており、そこに漂うのは「痛苦」の意識である。『朴達の裁判』の金達寿には、その「痛苦」が希薄なのではないか。あれほど朝鮮人差別に対して激しく「怒り」と「哀しみ」を訴えてきたのに、この作品ではどうしてその「感情」が前面に出ていないのか。

権力に対する「抵抗」の姿は見事に具現できているのに、しかし朴達を「革命戦士」とするには「革命のビジョン」が読者に伝わってこないのは何故か、というのが『朴達の裁判』を読んだ時の正直な感想でもあった。

第五章　「北」と「南」の狭間で——金鶴泳の口を凍えさせたもの

〈1〉「吃音」

金鶴泳は、『凍える口』で一九六六年度の文藝賞を受賞し作家デビューを果たすが、この作品は旧約聖書に出てくる預言者モーゼの言葉「我が口重く、舌重き者なり。／わが主よ、願わくは遣わすべき者を／遣わしたまえ。（モーセ）——出エジプト記第四章一〇、一三節——」をエピグラフとして置く。何故作者はこのモーゼの「我が口重く、舌重き者なり」をエピグラフとして書き記したのか。それは、この小説がなかなか自分の思い通りに言葉が口から出てこない「吃音者」を主人公にしていたからである。なお、この作家金鶴泳と「吃音」との関係について言えば、「作家は処女作に向けて成熟する」という通説そのままに、「吃音＝凍える口」問題は最期まで解決することなく作家を悩ませ、そうであったが故に真正面から取り組まざるを得なかった主題であった。

具体的にこの『凍える口』を見て行くと、まず小説の主人公「崔圭植」が「自己の充実を志向し、そのために努力する。人生とは、だから、ぼくにとって、その自己の充実の、努力の過程にほかならない」と考える真面目な学究の徒（理系の東大大学院生）として設定され、彼は黙って実験に取り組み、その実験結果について分析・考察している時は「しゃべらないから」自分の「吃音」も苦にならないものの、「人との関係」について苦痛を感じ、悩み続ける人物として設定されている。

人と人との関係の媒介をなすものは、言葉である。人と会う毎に交わされるものは言葉であり、そして、それがほとんどすべてである。言葉によってしか人は人と意思を交換できず、その言葉をいちいち吃らずにはいえないということは、そして思うことを思うとおりに伝えられないということは、それが不便なことでなくして、何であろう。いや、それはもう不便なというようなものではない。それはもはや一つの、しかし吃音者にとってはほとんど全部を占めるところの、深い悲しみである。自分の意思をありのままに他人に伝えられないということは、自分をありのままに他人に理解してもらえないということであり、それは、つまり、他人とのあいだに常に溝が横たわっているということである。それは、悲しいことではなくて何であろう。苦痛でなくて何であろう。しかもその原因の下らなさが、いっそうぼくを堪え難くする。（傍点引用者）

崔圭植は、「自分の意思をありのままに他人に伝えられない」「自分をありのままに他人に理解してもらえない」「その原因」を「吃音」に求めるが、大学に入って半年ほどで自殺した同級生の妹「道子」とは、お互いのアパートや下宿を行き来し、肌を合わせる仲になっている。それほどまでに「親しくなった」人間とは、「それなりに」自分の意思を伝えたり、自分をありのままに理解してもらうことができるということなのだろう。しかし、道子の下宿で肌を合わせ夕食を済ませて自分のアパートに帰るために駅に向かう途中、崔圭植は「締めつけられるような胸苦しさと寂寥とを噛みしめ、得体の知れない心の疼きを感じ」る。

一編は、表層的にはこの崔圭植の「締めつけられるような胸苦しさと寂寥」、あるいは「得体の知れない心の疼き」をめぐって展開すると言っていいのだが、では一体何がそのような「胸苦しさ」や「寂寥」、あるいは「得体の知れない心の疼き」をもたらしたのか。言葉を換えれば、崔圭植の「吃音」の原因となったものは何かということになる。そして、その「吃音」の主たる原因は、主人公名からも明らかなように、自分が「在日」であり、父の母に対する「理不尽な暴力」を目の当たりにする生活が続いてきたという事実にほかならない。金鶴泳の小説では、多くの場合主人公が「吃音者」として登場するが、その主人公の「吃音」はいつ頃から自覚されるようになったのか、『鑿』（一九七〇年）という作品の中では、次のように説明されている。

彼が自分の吃音に気づいたのも、小学校三、四年の頃、父に郵便物の代読を命じられるようになってからのことだ。

父を前にすると、不思議と声が詰まった。父に対する恐怖感が先に立ち、そのためにのどを締めつけられてしまうかのようだった。そのうえ、小学生の彼には内容が難しすぎる郵便も多かった。特に税金関係のものに悩まされた。ついこのあいだ事業税を納めたばかりなのに、こんどは固定資産税の納税通知がくる。父はむっとした顔になって、「このあいだ払ったばかりなのにまた税金か、いったい何の税金だ？」と、税務署に向けるべき愚痴をつい景淳に向ける。景淳の方でも、まるでそれが自分のせいであるかのような気持になって、おどおどする。固定資産税の意味がわからないだけに、説明がとどこおる。それがまた父を苛立たせ、そういう父の様子がさらに彼を怯えさせ、詰まりがちの声がいっそう詰まってしまう。

ここでは、主人公「景淳」の「吃音」が常態化するようになったのは、父の前で郵便物を読むようになってからと説明されているが、それと同時にまた主人公の父親が「日本語」の読み書きのできない人物であったことも明らかにされる。「在日」の一世たちが日本語について「話すこと」はできても、読み書きのできなかった「文盲」であったことは、金達寿をはじめ金石範、李恢成などの作品にも、その歴史的な背景と共に描かれており、「在日」文学に特有な要素の一つになっていると言っても過言ではない。『鑿』は、その父親の「文盲」、つまり在日一世の異国＝日本での生き様が「暴力」へと転化せざるを得なかった事情について、アプリオリに「在日」を受け入れざるを得なかった二世との確執という形で見事に描き出されている。この事実に、「父の怒声に接すると、途端に景淳はいいようのない怯えに襲われる。母の貞玉に対する父の怒りに、幼時からあまりにしばしば脅かされてきたせいか、父の大きな声を耳にするだけで、戦慄が身内をはしる。心は落ち着きを失い、重苦しい不安に胸がふさがれてしまう」という「景淳」の心的経験を付け加えれば、『鑿』の主人公が何故「吃音者」になったのか、十分に説明できていると言っていいのではないか。

さらに言えば、父親が「文盲」である現実が、否応なく理不尽としか言いようのない家庭における「暴力」を引き起こしたのだと、金鶴泳の筆は語る。主人公たち子供は、「在日」二世であることによって日本において「知」を象徴する「言葉＝日本語」を学び、自然に日本語の読み書きのできる人間に育っている。そのため、父親は自分が養っている家族（子供たち）に対しても日本人に対するのと同じような「劣等感」を抱かざるを得ない。そして、先に記したように、その「劣等感」は勢い自分と同じ立場（文盲）の妻（母親）に向けられる。次の引用は、母親に対する父の暴力を止めに入った主人公に向けられた凄まじい暴力の様子である。

景淳のこぶしもいくつか父の顔に命中した。ふたりはしばらく互角に殴り合った。だがそれも束の間で、高校三年の景淳の腕力は、なが年の肉体労働で鍛え抜かれた父の前では物の比ではなかった。景淳はやがて、父の左腕の屈強な肘で首を壁に押しつけられた。父は手ごたえをたしかめるふうに、こぶしをひとつずつ、ゆっくりと打ち込んできた。こぶしが続けざまに目元にあたり、景淳は目がくらんだ。溢れてきた鼻血で口元がぬるぬると濡れて行くのがわかった。その彼に父はなおも狂ったようにこぶしを浴びせた。正恵や和恵が大声で泣き叫ぶ声がきこえた。「やめてよお！やめてよお！」と幼い政淳も泣き叫んでいた。「あんた！　あんた！」と母が叫びながら父をとめようとしているのも目に入った。

　だが、怒りにわれを失っている父はそれらのことも眼中になかった。

「この野郎、親を舐めやがてッ」

　吠えるようにいいながら殴り続けた。（『鏨』）

　しかし、この父親の「暴力」が実は「悲しみ」をも裏側に持つものであることも、金鶴泳は見逃さない。『鑿』の主人公は、母親を殴りつける父の目に涙が光っていることに気付き、父の言葉「お前ももうわかるだろう、人に舐められながら生きなくちゃならねえ気持がどんなものか……」が、「何かしれぬ大きなもの」に屈服させられ続けてきた者の呻きであることを知るのである。もちろん、父が立ち竦んできた「大きなもの」とは、日本＝社会であり、そこから放たれ続けてきた「差別」に他ならない。

　在日朝鮮人に対する「差別」については、それがどんなものであったのかが『鑿』や『錯迷』（一九七一年）などの作品の中で繰り返し具体的に述べられている。しかし不思議なことに、何故だか理由は定かではないが、この金鶴泳文学において重要な意味を持つ「朝鮮人差別」の問題について、処女作の『凍える口』ではほとんど触れられていないことである。つまり、『凍える口』の主人公は、内面に大きな「闇」――それは「朝鮮人差別」の現実に起因するものと考えていい――を抱えていたことは明白なのだが、その「闇」を明確にすることなく、主人公の「吃音」を前面に出し、その「吃音者」が東大の化学研究室に所属するエリート研究者として「苦悩」する側面を強調しているように見えることである。しかし、繰り返すが、処女作以降の作品では内面の「闇」が在日に対する「差別」に起因している、とはっきりさせているところに金鶴泳文学の特徴があった。例えば『鑿』では、「毎年いま頃、鼓の練習がはじまるとともに彼の中に甦るのは、なぜか、他愛もなく楽しかった思い出ではなく、むしろ小学校六年のときのそのにがい記憶だった」とし、次のように書かれる。

「さ、さっきから、待ってるんだ。いいかげんに、こ、交替、してくれよ」

するとと平尾は、撥の手をとめ、後ろを振り返った。そこに景淳が立っていることにはじめて気づいたというように、ちょっとのあいだ景淳を見ていたが、やがてうす笑いをうかべ、吃りのまねをして、

「な、な、何だ、チョ、チョウセン人、お、お、お前はあっちへ、い、行ってろ」

その途端、傍のだれかが声を立てて笑った。景淳は身がすくんだ。これまでにも何度か「チョウセン人」と囃されたことがあったが、それはいずれも同い年ぐらいの遊び仲間と喧嘩になったときで、それもぶの悪い相手が悔しまぎれに吐くせりふにすぎなかった。癪にはさわったが、さほどの毒も感じられなかった。

だがこのとき、景淳は、吃りのまねといい、せりふといい、さらに場所といい、平尾の一言で打ちのめされた。その場の空気から不意にはじきだされた気がした。安心してよりかかっていた支えを突然はずされたような、そしてぶざまな恰好で地べたに這いつくばっているような当惑と屈辱とに見舞われた。（傍点原文）

このような「差別」を日常的に受けながら、金鶴泳は日本＝社会の中で生き、『凍える口』以降小説を書き続けてきたと言っていいのだが、「在日朝鮮人・韓国人作家」が宿命的に背負わなければならなかった「政治」、それは主として祖国「朝鮮」が「北」と「南」に分断されてきた現実から引き起こされるものであった。その「政治」を、金鶴泳もまた背負わなければならなかったのである。自裁する前年に発表した『空白の人』（一九八四年）にも、（東大卒でありながら）主人公や同胞学生が「在日韓国人（朝鮮人）」であるが故に、就職に際して「差別」されてきた現実が、寂寥感と悲しみをたたえて淡々と描き出されている。

四十をすぎてなお、新聞広告を頼りに職を求めねばならぬという事実に、大学卒業後絶えて消息を知らなかった藤井（朝鮮名「李○○」——引用者注）の、現在の、というより卒業して現在に至るまでの境遇がうかがわれるような気がした。日本人同窓生は、みなそれぞれ一流企業や、大学の研究室などで相当の地位に就いている。日本人と日本の社会の方ばかり顔を向けているように感じられた藤井だったけれども、彼もまた多くの同胞学生と同じく、日本の企業から疎外されたところで生きるしかなかったのだろうか。相川の電話によれば、藤井はまだ独身であるという。

いずれにせよ、独身の藤井康夫は、いま職を求めている。その彼のことを韓国人だと、ついうっかり口にしてしまったのが、何か取り返しのつかないミスを犯したように思われてくるのだった。帰化していないとすれば、彼は履歴書の本籍欄に嘘を書いたことになる。嘘を書き込まずにいられない心の動きが向純にもよくわかるだけに、その嘘を心ならずも自分が暴露してしまったということが胸を刺すのだ。また、もし藤井が帰化しているとしても、彼が元韓国人だと洩らすのは、元韓国人だというだけでも差別の対象となるこの社会では、これまたいわずもがなのことだ。

ここには、子どもの頃から「韓国人」（元韓国人＝帰化者）というだけで「差別」されてきた苦く辛い金鶴泳の「在日」体験が反映されている、と読むべきだろう。なお、この「在日朝鮮人・韓国人」であったが故に「差別」され、また「祖国＝朝鮮」が「北」と「南」に分断されていることに起因すると言っていい金鶴泳の「吃音」問題は、「遺作」となった『土の悲しみ』（「新潮」及び「文芸思潮」一九八五年六月号）にも書かれており、生涯の「宿阿」として金鶴泳の内部に居座りし続けていたと言っても過言ではない。つまり、金鶴泳文学にとって、「吃音」は象徴を超えて実存そのものになっていたということである。

〈2〉「北」と「南」

金鶴泳の「年譜」（朴静子作成『金鶴泳作品集』作品社　一九八六年刊）には、

一九六〇年八月　妹・雅代、朝鮮民主主義人民共和国に帰国（第三三次帰還船）

一九六四年十一月　妹・静愛、同（第一二〇次帰還船）

一九六六年三月　妹・貞順、同

とある。しかるに、同じく「年譜」によると、金鶴泳は「一九六九年三月、東大大学院博士課程中退、四月より『統一朝鮮年鑑一九六九―七〇年版』（自然科学と演劇部門＝文化編）の編集に携わる」とある。「統一朝鮮年鑑」が韓国系の出版物であることを考えると、金鶴泳の家族が『凍える口』が文藝賞に入賞する前後の一九六〇年代には、「祖国」を「北＝朝鮮民主主義人民共和国」にする者と「南＝大韓民国」にする者とに分かれていたことがわかる。下に弟二人、妹五人を持つ長男の金鶴泳の内面に、この「分断」された家族の在り様がいかに「影＝闇」を落としていたか。別な言い方をすれば、儒教道徳が色濃く残っていた「在日朝鮮人・韓国人」家庭にあって「家長」たる運命を背負った金鶴泳が、「祖国」のみでなく「家族」までも現実政治に分断を余儀なくされ、そのことによって精神の奥深いところで痛く傷付けられていたということである。六人の弟妹の内「三人」までが、「衣食住の心配がない」「地上の楽園」と言われた――実際は「地上の楽園」とは真逆な『凍土の共和国』（金元祚著

一九八四年　亜紀書房刊）であったと言われた――「祖国＝北朝鮮」へと帰国していったことは、金鶴泳の内部に生涯にわたって「黒い影」を落としていたと、と考えられる。
そうであったが故か、当然と言ってしまえばそれまでであるが、金鶴泳の作品には「在日」の人たちが「ウリナラ＝我が祖国」を「北＝朝鮮民主主義共和国」と考えるか、「南＝大韓民国」と捉えるかによって激しく争う場面が随所に書き込まれている。仙台の大学で化学を研究する女子学生とT大（東京大学）で物理を研究する「在日＝半日本人、父が朝鮮人で母が日本人」青年との淡い恋を描いた『あぶら蟬』（『群像』一九七四年十一月号　七八年単行本『鑿』所収）には、自死するまで「北」系の活動家だった父の思い出と重なる、次のような「南北対立」が描かれていた。

鼻汁と土にまみれ紫色に変色した父の死顔は、年とともに青年の中で鮮やかになっていた。その死顔を思い出すとき青年の中に湧くのは、ある醜悪さに対する嫌悪だった。そしてその醜悪さとは、青年にとって、何よりも争いであった。大学二年のとき、同じ大学に学ぶ同胞学生同士の会合の席で、南を支持する学生と北を支持する学生とが乱闘になったことがあった。青年の大学の同胞サークルには、韓国系の韓文研（韓国文化研究会）と北朝鮮系の朝文研（朝鮮文化研究会）があり、平素はそれぞれ別個に活動していた。双方のあいだに交流がまったくなかったので、あるとき合同の懇談会を持つことになり、その際四十名ばかりの同胞学生が出席したのだが、途中で韓文研の学生と朝文研の学生とが突然殴り合いの喧嘩をはじめたのだった。二人の学生は激しい朝鮮語で罵り合い、殴り合った。そのとき青年は異様な興奮をおぼえた。祖父と父の争いが生々しく甦り、激しい怒りに身が震えた。（『あぶら蟬』）

「醜悪」な「争い」、それは青年が幼い頃から「南＝大韓民国」を支持する祖父と「北＝朝鮮人民民主主義共和国」の活動家だった父との間で日常的に繰り返されてきたものと、本質的には全く同質なものであった、と「北」にも「南」にも一定の距離を保ってきた金鶴泳は言いたかったのではないか。次の『冬の光』（「文藝」一九七六年十一月号）からの引用は、「北」とか「南」とかに関係なく、「在日朝鮮人・韓国人」に否応なく「政治」が介入してくる現実を淡々と描き出した部分である。

母が父の指に包帯を巻いているあいだ、京順と他の奥さんたちは争いの模様を顔をくもらせながら話していた。それによると、争いの原因は朝鮮戦争だった。象元は韓国の方を応援しているのだ。それに象元の故郷だというソウル近郊のある村が、北朝鮮軍が南下した際にすっかり破壊され、象元の弟が逃げ遅れて殺されたということも、去年の秋京順が家で母と話していたのを顕吉はきいたことがある。それだけに象元の北に対する敵意は普通ではなく、妻同士は結構親しくつき合っているものの、象元の方はかねてから北支持の父と仲が悪かった。日頃のその反目が、酒の勢いもあって、一気に爆発し、象元が台所から刃物を持ち出して父に切りつけたのである。（『冬の光』）

ここで注意しなければならないのは、『あぶら蟬』にしろ『冬の光』にしろ、「北」と「南」に分断された国家に起因する「在日」の人たちの争いの場面において、作者金鶴泳の分身と言っていい主人公＝語り手があくまでも中立的（客観的）な立場に立とうとしているということである。これは、金鶴泳が「政治」に対して慎重であったためなのか、それとも幼い頃から父（北）と祖父（南）の激しい争いを目の当たりにしてきたことから、「政治」には殊更「警戒感」を持っていた結果なのかは不明だが、「政治」に対して一定の距離感を持っていたということは、逆にそれだけ「内面・精神」が「政治」によって痛めつけられていたからだとも言えるだろう。この金鶴泳のような「在日」作家の在り様は、金達寿や金石範、李恢成を始めとする当時の在日朝鮮人作家たちの多くが、「北」支持の旗幟を鮮明にすることによって自らの文学を形成していたことを考えると、「在日」文学者の中では独特な位置にあったと言っていいだろう――もっとも、世界の冷戦構造が解体した一九九〇年代以降、その世界情勢を反映したかのように、韓国が「民主化」されるということもあって、「在日」文学者たちの旗幟も変化したり、「政治」なんて知らないよ、といった第三世代第四世代の文学者たちが現れるようになったのだが、そのことについては今措くことにし、彼ら彼女らには一世や二世とは違った「アイデンティティー・クライシス」が存在することだけをここでは指摘しておきたい。

ともあれ、朝鮮半島が「北」と「南」に分断されている現実は、「在日」の人々全てを巻き込み、そこに「暗い影」を落とすものであった。その意味で、金鶴泳の文学がその現実を反映していたのも必然だったのである。そのことを見誤ると、金鶴泳の文学は十全に理解できないのではないかと思う。

例えば、『金鶴泳作品集成』の付録に「金鶴泳の死に想ふ」という文章を寄せた桶谷秀昭は、「日清戦争を当初義戦と考へた大部分の日本のインテリゲンチャと国民輿論は、その本能においてさうまちがつてゐなかつたと思ふ」と明治新政府の朝鮮半島への侵略戦争を肯定した歴史観（このような歴史観こそイデオロギッシュだと思うが）で、「大義名分やイデオロギーに、自分の思考の繋留地点の一つを求めることを頑なに拒否したのは、金鶴泳の含羞である」と書いているが、これなど金鶴泳の文学に祖国の分断が「暗い影＝闇」を落としていることを敢えて見ようとしない、まさにイデオロギッシュに満ちた作家論、と言っていいだろう。

それは、例えば金鶴泳の文学は「苦しみの原質」（『金鶴泳作品集成』「解説」）を持つところに特徴があるとし、この「苦しみの原質」を「吃音・父親・民族」を通して過不足なく描き出しているのは『あるこーるらんぷ』（「文藝」一九七二年二月号）にほかならない、と竹田青嗣が高く評価するのと似ている。『あるこーるらんぷ』は本当に竹田が言うような作品であるかどうか。つまり、朝鮮半島の日本による植民地化及び戦後（解放後）の「分断」が、「在日」青年の生き様に如何に大きな「影」を落としてきたかということは、決して無視できないということである。「植民地支配」、「強制連行―強制労働」、「従軍慰安婦（性奴隷）問題」、「朝鮮人差別」、「父と子の確執」、「祖国の分断」という日本と朝鮮との歴史（近代史）に関わる問題を背景に、自身の体験に基づいてこれらの問題を前面に押し出したこの作品を読めば、金鶴泳を「含羞の人」とか「内部の人」とかいう言い方で括って、日本近代文学史（戦後文学史）の内部に位置づけるのは間違いだということである。何故なら、『あるこーるらんぷ』の語り手（主人公俊吉）は、争いごとが絶えない（特に父親の暴力）家族から逃れるために、庭先の物置小屋に「化学実験室」を作ってもらい、そこを避難所としてきたが、日本人との恋愛から家出を決行した姉（敦子）と東京で学生生活を送るうちに、「南＝韓国」への旅を決行しようとしている兄（信吉）のことを知り、次のように考えるようになったからに他ならない。

だが、いまの俊吉の目に、それら実験道具の眺めは、なぜかひどく色褪せたものにしか映らなかった。自分のしてきたことが、ひどく子供じみた、無意味なものに思われてならなかった。それをいかにも意義あることと考え、実験に一生懸命になっていたいままでの自分が滑稽にも感じられてくる。気体を発生させることに充実を感じていた自分が、他愛なくも思われてくる。この家はばらばらなのだ、と俊吉は正面の試薬瓶に目をやりながら胸の内で呟いた。朝鮮が分裂しているように、この家も分裂しているのだ。この家はこんなことをしていられるようなところではないし、またこの家でこんなことをしていてもはじまらないのだ。揉めごとばかり起こっている自分の家に、愛想を尽かしたくなるような、怒りとも悲しみともつかぬおもいが、俊吉の胸を突き上げてきた。（『あるこーるらんぷ』）

この「家内の揉めごと」が「子どもの胸を痛める」という構図は、金鶴泳文学の最大特徴でもあるのだが、そのような「在日」の子供を苦しめる主因は、まさに朝鮮半島が「南北に分断」している現実がもたらしたところにある、というのが金鶴泳の基本的な認識であったと言っていいだろう。ただ、長じてからの金鶴泳の「悩み」は、自分で選んだという訳ではなく、「北＝金日成体制」を熱烈に支持する父親への長年の反撥もあってのことか、いつの間にか「南＝大韓民国・軍事政権」を支持するようになった、つまり「大人」になってからの金鶴泳の「苦悩」は、自らが「政治」を引き寄せた結果であったということである。このことは、一九八三年（自裁する二年前）に書き下ろされた金鶴泳「唯一の長編」と言われている『郷愁は終り、そしてわれらは——』が証明している。ところが、実はこの『郷愁は終り、そしてわれらは——』が「唯一の長編」と言うのは、正確ではない。理由は、自死するまで韓国（民団）系の新聞「統一日報」に新聞連載小説『序曲』を一三五回まで書いて、その後中断せざるを得なかったという事情があるからである。なお、この未完の『序曲』を執筆するに当たって金鶴泳は、次のような「作者の言葉」を同紙に寄せていた。


青春の時期というものは、顧みるほどに底深いところがあるように感じられます。幼児期を背負った青年期を、どう生きたか、どう生き抜いたかが、その人間のその後の人生を大きく左右しているように思われます。

『序曲』のテーマは、明暗は別として、日本人の場合とはひとつ違った、在日同胞二世のひとつの青春の姿を描こうとしたものであります。

「芸術は自己の表現に始まって自己の表現に終る」

これは夏目漱石の言葉ですが、その自己をいかに芸術化できるか、いいかえれば、いかに普遍化できるか、それが問われるでしょう。連載小説という形式は私にとってもはじめての経験だけに、殻を破るひとつの契機になればと思っています。

「未完」作品についてあれこれ言っても仕方がないが、この「作者の言葉」が伝える新聞連載小説『序曲』にどれほどの「新しさ」があったか。言い換えれば、金鶴泳が主に「在日朝鮮人」として生きてきた自らの幼時体験から青年期の体験を基に、『凍える口』から『鑿』までの作品を書いてきたことを考えると、「在日同胞二世のひとつの青春の姿」を描こうとした『序曲』はそれまでの作品をどれだけ「止揚した＝突き抜けた」考えに基づいて書けたのか、ということになる。ましてや、以下に見ていくように、それまで「北」と「南」の体制や在り様に対して等距離を保っていたように思える金鶴泳が、唯一の長編『郷愁は終り、そしてわれらは——』において、自分は「南」の側につくと宣言した後の、しかも「統一日報」という「南＝大韓民国・民団」系の日本語新聞に連載したということを考えれば、なおさらである。

ところで、「素材」を得てから七、八年、実際に書き始めてから四年かかったとされる（単行本の「あとがき」による）この長編は、十四歳の時に来日し、その後辛苦をなめながら実業家として成功した「在日（帰化者）」が、故郷（北朝鮮黄海北道沙里院市）に残して来た弟妹と連絡を取るうちに「祖国訪問」を成し遂げ、と同時に「北」のスパイとして活動を強いられることになった顛末を、その実業家の愛人（日本人）の目を通して描いたものである。一編は、「普通の人（在日・帰化者）」がどのような経緯からスパイとしての活動を強いられるようになったのかといったミステリー的な要素と、帰化者と日本人女性との「純愛」と言ってもいいような恋愛＝不倫物語とが綯い交ぜになった、それまでは「体験」を基に私小説的に物語を紡いできた金鶴泳には珍しい作品になっている。なお、この長編に対して、金鶴泳は『鑿』を発表後、五年ほど沈黙する」（磯貝治良「統一問題と金鶴泳」『新日本文学』二〇〇一年五月号）という言い方があるが、「書き始めてから四年かかった」（「あとがき」）という言葉と初の長編小説執筆ということ、及び「統一日報」に毎月のようにエッセイをかいていたことを考えれば、金鶴泳が『鑿』から『郷愁は終り、そしてわれらは――』までの「五年間ほど沈黙する」という言葉は、少々酷な言い方なのではないか、と思われる。

しかし、一編を「文学」が「政治」を呼び寄せる典型的な作品として読むことも可能で、この金鶴泳唯一の長編は「祖国」が「北」と「南」に分断されているという現実の下で、「在日」作家たちもまた「北」か「南」のどちらかを選ぶか、それとも「北」でもなく「南」でもなく「（いつか実現するであろう）統一朝鮮」を自らの祖国として仮構するか、のどれかを自らの立場として選ばなければならない厳しい事情を如実に反映した作品になっているということである。つまり、「在日（帰化者）」による祖国訪問もスパイ問題もいずれにせよ、その拠って来たるところは「政治」であることを考えると、金鶴泳もまた「在日」一世の文学者たちがその出発から背負わなければならなかった「民族の悲劇」、別な言い方をすれば、日本の三十六年間に及ぶ植民地支配がもたらした「歴史」に正面から向き合うことを余儀なくされ、その結果「北」か「南」かのどちらかを選ばなければならなくなっていた状況のただ中で作家として生きることを余儀なくされていた、と言うことができる。金達寿や金石範、あるいは詩人の金時鐘たちをはじめとする戦後の「在日」一世の文学者や、李恢成ら自分と同世代の二世文学者たちもその多くが「北」支持を表明するような時代にあって、明らかに「南」を支持する立場から書かれた金鶴泳のこの長編は、発表当時、いよいよ金鶴泳も芸術至上主義的立場から必然的に導かれる政治的中立＝客観的立場をかなぐり捨てて、本格的に「歴史」や「政治」と取り組むことを決意したのかと受け取られたが、先にも記したように、草稿のまま残され死後に発表された『土の悲しみ』などを読むと、宿命的としか言いようのない「在日」に関わる「祖国の分断」や「家族の問題」、そしてそのことに起因する「吃音」などの全てを引き受け、その上で「文学」で何ができるのかを真摯に考えようとしていたことがわかる。

最後の作品『土の悲しみ』は、金鶴泳がいかにも「本卦還り」したような、「在日」の青年と日本人女性との恋愛を軸に、青年の「過去＝父や家族のこと」や現在の状況が語られる自伝的な短編と言っていいが、そこには「一匹の羊」（『新鋭作家叢書　金鶴泳集』一九七二年　河出書房新社）の中で次のように言う文学観が貫かれていた、と言っていいだろう。

書くということは、私には、自分を自分の中に閉じ込めている殻を一枚一枚破って行く、脱穀作業のように思われる。過去の作品は、自分の軌跡であり、自分の抜け殻である。私は、過去の自分の作品を読み返すとき、きまって脂汗をおぼえずにいられないような、名状しがたい苦痛に見舞われるのだが、それは、過去の自分の、ぶざまで痛ましい抜け殻を見ることの苦痛というべきかも知れない。とはいえ、脱穀作業そのものは、自分を閉じ込めている何ごとかから自分を解き放つことであるには違いなく、その意味で、私にとって小説を書くとは、少なくともいままでのところ、徹頭徹尾自己解放のための作業であり、自己救済の営為である。

前記したように、金鶴泳は自死する前年の一九八四年六月から長い間深い関係にあった『統一日報』紙上で『序曲』を連載し始めるが（一九八五年一月十日まで、一三五回で途絶。途絶する六日前の一月四日に自裁する）、先にも記したように、連載に当たっての「作者の言葉」として、『序曲』のテーマは、明暗は別として、日本人の場合とはひとつ違った、在日同胞二世のひとつの青春の姿を描こうとしたものです。／『芸術は自己の表現に始まって自己の表現に終る』／これは夏目漱石の言葉ですが、その自己をいかに芸術化できるか、それが問われるでしょう」と書き付けた。「自己解放」「自己救済」といい、「自己の芸術化」といい、金鶴泳は最初から最後まで「自己」にこだわって自らの文学を間き続けてきたと言っていい。しかし、その「自己」は「在日」であることによって、観念的＝純粋・真空状態の中の「自己」たり得ず、「北」と「南」に分断されている祖国（民族）の現実を反映した家族（父）に掣肘された「自己」であり、偏狭な民族意識に傾斜しがちな日本の中にあって、「朝鮮人・韓国人差別」を感受せざるを得ない「自己」に他ならなかった。四十六歳という若さで自裁しなければならなかったのも、文学＝芸術上から生じた苦悶が主であったとしても、やはり「自己」の存在が「北」と「南」に分断されている祖国の現実と通底していることを嫌と言うほど思い知らされてきたその半生への自覚が、その早すぎる死を促したのではないかという思いを拭うことができない。

第六章　「延命」と「自爆」の彼方へ――『火山島』（金石範）を読み直す

はじめに

序章の〈3〉でも少し触れたが、金石範は一九五七年、同人雑誌「文藝首都」八月号に、「四・三済州島蜂起」に関わる人物を主人公とした短編『看守朴書房』を、同年十二月号に同『鴉の死』を発表して作家デビューする。「文藝首都」は同人誌と言っても、一九三三年一月に作家の保高徳蔵が「新人育成」を目的に創刊した、近現代文学の世界ではよく知られた伝統ある雑誌であり、団塊の世代を代表する芥川賞作家の中上健次や津島佑子、ナガサキでの被爆体験を持つ林京子らが若い頃所属していた雑誌である。当時、この「文藝首都」に作品が掲載されるということは、「新潮」や「文學界」、「群像」といった文芸誌に作品が掲載されるのと同等の価値あるものとされた、と言われてきた。その後、金石範は『鴉の死』、『看守朴書房』、『糞と自由と』（「文藝首都」一九六〇年四月号）、『観徳亭』（「文化評論」一九六一年五月号）の四篇を収録した最初の作品集『鴉の死』（一九六七年九月　新興書房刊）の刊行や『万徳幽霊奇譚』（一九七一年十一月　筑摩書房刊）、作品集『夜』（一九七三年十月　文藝春秋刊）、同『詐欺師』（一九七四年七月　講談社刊）などによって、張赫宙や金達寿、金史良、高史明ら戦前から日本語表現に関わってきた文学者に次ぐ在日一世朝鮮人作家として、日本の近代文学史及び戦後文学史にその確かな地歩を築くことになる。

そんな金石範が戦後文学史上、野間宏の八〇〇〇枚超の『青年の環』（一九四九年～七一年）や大西巨人の『神聖喜劇』（全五巻　一九六〇年～七〇年　一九八〇年に完結　約四七〇〇枚）、小田実の『ベトナムから遠く離れて』（一九八〇年～八九年　約七五〇〇枚）を超える、日本近代文学史上最長と言っていい大河小説『火山島』（連載開始時のタイトル『海嘯』）を「文學界」誌に満を持したように連載を始めたのは、小説の舞台となった朝鮮では古代から「流刑の島」として知られていた済州島で、民衆の「自由」を求める反体制運動「四・三済州島蜂起」が起こってから、およそ二十八年後の一九七六年二月号においてであった。そして、「第一部」として全七巻のうち第三巻まで刊行されたのが一九八三年、この作品で金石範は朝日新聞主催の第十一回大佛次郎賞を受賞している。さらに『火山島』は、第二部として「文學界」の一九八六年一月号から一九九五年九月号まで連載され、一九九七年九月に全七巻として完結する。

『火山島』がどのような意図で、またどんなテーマで書き継がれたのかについては次節以下で詳しく論じるが、先にも記したようにこの大長編大河小説は、周知のように金石範文学や在日朝鮮人文学における一つの頂点を形成すると同時に、戦後文学史のアポリアと言っていい「政治（革命）と文学」問題に一石を投じ、また比類なき金字塔を打ち立てることになる。このことは、例えば前記した『在日朝鮮人日本語文学論』（一九九一年七月　新幹社刊）で林浩治が、『存在の原基――金石範文学』（一九九八年八月　同）で小野悌次郎が、『生まれたらそこがふるさと――在日朝鮮人文学論』（一九九九年九月　平凡社選書）で川村湊が、『〈在日〉文学論』（二〇〇四年四月　新幹社刊）で磯貝治良が、『魂と罪責――ひとつの在日朝鮮人文学論』（二〇〇八年九月　インパクト出版会刊）で野崎六助が、『火山島』あるいは「金石範論」を中心的に論じていることからも、容易に理解できるだろう。

〈1〉何故「四・三済州島蜂起」を書くのか？

まず、全七巻一万二〇〇〇枚の大長編大河小説『火山島』を通読して私の脳裏に去来したのは、一九四八年四月三日に起こった「済州島蜂起」――朝鮮半島の南半分を支配していたアメリカ合衆国及びその「傀儡」政権としか言えない「大韓民国」成立直前の、朝鮮半島の「南」を支配していた権力（李承晩政権）による済州島に対する弾圧・抑圧（島民虐殺）に抗する民衆叛乱――の「一部始終」を描いたこの長編から、言い知れぬ「怒り」や「哀しみ」、「痛苦」は感受できても、多くの「革命運動」や「反体制運動」、あるいは「反権力闘争」の戦いを描いた文学作品が醸し出す「勇ましさ」や「高揚感」、あるいは「正義感」のようなものを感じることができないのは何故か、という疑問であった。

それは、例えば戦前のプロレタリア文学運動において中核的書き手の一人であった小林多喜二の最初の衝撃作『一九二八年三月十五日』（一九二八年）や『蟹工船』（一九二九年）、さらには遺作となった『党生活者』（一九三二年）、あるいは戦後も三十年以上が経った時代に発表された「天皇暗殺」をテーマの一つとする『パルチザン伝説』（一九八三年）以後、一貫して一九七〇年前後の「政治の季節＝学生叛乱・全共闘運動」とは何であったのかを問い続けた桐山襲の『スターバト・マーテル』（一九八六年）などの、「革命」に関わる物語を綴った作品群と比較しても、『火山島』の場合、「民衆叛乱＝抵抗」への熱い思いは確かに長編の至るところに漲っていると感受できる反面、その思いと同じぐらいの強度で作者の「歴史は長いスパンで見据える必要がある」という冷厳な視線もまた感じてしまうということである。つまり、人間の「解放」を実現する（はずの）「革命」に関しては、早急に結論を出すことができないのではないか、と金石範は考えているのではないかということである。

何故か。おそらくその理由の第一は、作者が「四・三事件＝済州島蜂起」について、ロシア革命やキューバ革命、あるいは一九四九年の毛沢東や周恩来に指導された中国革命、さらに言えば作者が一時は所属していた「朝鮮総連」系組織が「理想」としてきた「北朝鮮」をモデルとする、「社会主義共和制」を実現する「革命運動」と同じ質の反体制運動（民衆蜂起）だ、と思っていなかったところにあるのではないか。つまり、金石範は「四・三済州島蜂起」の本質を、社会全体を根底からひっくり返す「革命」を第一に目指した民衆蜂起ではなく、日本の敗戦によって「解放」された朝鮮半島の南半分（韓国）が、アメリカ帝国主義（アメリカ軍）を後ろ盾に、「左派」を排除して支配しようと目論んでいた李承晩らによる韓国初の「一九四八・五・一〇総選挙」――これは世界及びアジアにおける冷戦構造を反映した朝鮮半島の南北分断を固定化することを意図したものであったと考えられる――に対する「叛意」によって支えられた民衆（島民）によるギリギリの叛逆運動・抵抗運動だった、と考えていたのではないかということである。さらに言えば、金石範は李承晩らが計画していた朝鮮半島を南北に「分断」する「一九四八・五・一〇総選挙」に対して、この「民主主義」を偽装した選挙は民衆を抑圧する専制国家＝軍事国家の成立を意図したもの、と済州島と本島の南朝鮮労働党を中心とする反体制派民衆が見抜いていたが故の「抵抗」「反撃」だった、と考えていたのではないかということである。というのも、作品の中に頻出する「山岳ゲリラ＝パルチザン的組織」にしても、それは警察権力と一体となった武装反共テロ組織である「西北《ソブク》」や駐韓アメリカ軍、李承晩傀儡政権の「暴力＝軍隊」から「民衆＝済州島民や南労党員たち」を守るための抵抗組織、反体制・反権力組織であって、明確な革命理論（例えば「マルクス・レーニン主義」に規定とする革命理論）を持った指導部に率いられた「革命組織」という印象を与えないからにほかならない。

言い方を換えれば、「革命運動」というのは、どういう形であれ、マルクス・エンゲルスによる「共産党宣言」（一八四八年）の思想を実現したとされる「ロシア革命」（一九一七年）をモデル＝理想とするのが、これまで「常識＝普通」とされてきたが、「四・三済州島蜂起」に至る過程を詳細に描いた『火山島』からは、その「常識」的な革命思想を感受することができないということである。その最大の理由は、『火山島』には主要登場人物である李芳根《イバングン》や南承之《ナムスンジ》を始め多くの「四・三済州島蜂起」を牽引したとされる南朝鮮労働党（南労党）の党員や関係者が出てくるが、「革命」が必然的に要求する「指導部」や明確な「指導理論」が、長大な作品のどこにもまったく登場しないところにある、と言っていいだろう。もちろん、各国各地域で「社会主義（共産主義）革命」のモデルとされた「ロシア革命」も、大雑把な言い方をすれば、そこに至るまでに知識人によるナロードニキの闘いや、社会革命党（一九〇〇年結成）の戦闘組織による政治家暗殺闘争（テロ）などの明確な「指導理念無き」民衆蜂起がなかったわけではなく、その意味で「四・三済州島蜂起」も革命の「前段階蜂起」と位置付けることも可能である。更に言えば、『火山島』はもちろん、その続編である『地底の太陽』（二〇〇六年）と『海の底から』（二〇二〇年）にも繰り返し出てくる李芳根の「自由な人間は殺人をしない。殺人をする前に自殺する」という神学論争的な作者独自の思想＝言葉が意味するものは、これまでのどのような「革命」においても起こった「敵・味方の死（殺人）」という冷厳な事実に、どうしてもそぐわないと思えて仕方がないからである。

というようなことを前提として『火山島』全七巻を読み直すと、この大長編には三十六年間にわたる日本帝国主義の朝鮮半島支配（植民地化）という「歴史」も、また第二次世界大戦が終了した直後からあからさまになったアメリカとソ連を両極とする「冷戦構造」を直接反映した、朝鮮半島を南北に二分する「分断」という現実が克明過ぎるほどに描かれている。さらには「冷戦」に伴うアメリカによる南朝鮮（韓国）の支配の現実、及び朝鮮王朝の歴史に明らかな済州島に対する「差別」、あるいは「儒教」道徳を根幹とする封建的な根強い「身分制度」等々、済州島に関わる諸々が詳細に書き込まれている。このことを考えると、その点で『火山島』は文字通り歴史大河小説の王道を行く作品と言うことができる。故に、この大長編を単純に「革命＝民衆蜂起」を描いた大河小説と言うわけにはいかないのではないか、という立場も容認せざるを得ないということになる。

また、『火山島』の作者金石範は何故このような全七巻一万二〇〇〇枚を超える歴史大河小説を書こうとしたのか、ということになると、その動機は次の四点に整理できると言っていいのではないかと思われる。先ずその第一に挙げられるのは、自らの「故郷」である済州島で起こった戦後最大の「反体制・反権力運動」であった「四・三済州島蜂起」事件が、「自由と民主主義」の牽引車を自認するアメリカ合衆国（軍）とその「傀儡」である後に大韓民国政府（李承晩軍事政権）を形成する支配層（権力）の強圧によって隠蔽され、「闇」の彼方に追いやられている現実に対する作家金石範の「憤り」である。つまり、『火山島』は戦後すぐの李承晩から朴正熙、全斗煥へと一九八七年十二月の盧泰愚政権の成立まで続いてきた「軍事政権＝アメリカ帝国主義の傀儡政権」によって、「無かったこと」にされてきた「四・三済州島蜂起」を戦後史の内に正統（正当）に位置付けようとして成立した大河小説だったのではないかということである。

作者の金石範が「四・三済州島蜂起」について詳しく知るのは、作者自身の言葉や「年譜」によれば、関西大学専門部経済科を卒業し京都大学文学部美学科に再入学すると同時に、在日朝鮮人学生同盟関西本部（大阪）の仕事に携わるようになり、そこで「四・三済州島蜂起（虐殺）」事件から逃れてきた密航者（遠縁の叔父ら）からその蜂起の実相を聞いたことによるとされる。「まえがき」にも記したように、一九五七年八月、「四・三済州島蜂起」に材を取った最初の作品『看守朴書房』を同人誌の「文藝首都」に発表して以来、『鴉の死』をはじめとする『火山島』につながる様々な長短編を書き、『火山島』後もその続編である『地底の太陽』や『海の底から』を書いてきたのも、やはりそこに「四・三済州島蜂起」事件を「闇」に葬ってはならないとする金石範の内に強い使命感が存在していたが故、と考えていいのではないか。別な言い方をすれば、金石範は「故郷」である済州島で起こった「四・三蜂起事件」について、その詳細を日本に「逃げてきた」済州島民から聞かされることによって、生涯にわたる文学的テーマと出会い、今日に至っているということになる。

もちろん、そこには一九二五(昭和元)年十月二日生まれの自分を妊娠中に渡日し、大阪の猪飼野で暮らすようになった母や全協(日本全国労働組合協議会)に所属していた兄の影響で、少年時代から「朝鮮独立」や「反日」思想に馴染み、青年になると大阪(猪飼野)と済州島やソウルを何度も行き来し、何らかの形で朝鮮半島の「解放運動」に関わってきたという金石範の「履歴」が物語るように、「在日一世」特有の朝鮮(故国)に対するルサンチマン(恨の思い)や「憧憬」が存在していたということも考えられる。一種の「ディアスポラ(民族離散)」と言ってもいい経験を強いられた「故郷離脱者」の複雑な思いが、金石範をして「四・三済州島蜂起」事件へ向かわせ続けたのではないか、ということである。

さらに深読みするならば、これは第二の理由と重なるが、「四・三済州島民衆蜂起」という画期的な歴史的事実が、「流人の島」として特に李朝朝鮮の時代から長い間「差別」的な扱いを受け、そしてまた李承晩以来の軍事政権下にあって「権力にまつろわぬ土地」であり続けた「故郷」済州島の歴史が、「無かったこと」にされてしまうことに対する「憤怒」と「悲哀」、それが作家金石範の内部に色濃く存在していたが故に、『火山島』は書かれざるを得なかったのではないかということである。つまり、金石範は『火山島』を書くことによって、故郷の済州島を「中央=朝鮮半島」に対峙するエトスを持った「抵抗の島」として再認識させようと目論んだのではないか、ということである。『火山島』の連載が「文學界」の一九九七年九月号で一応終了した後の、何度目かになる韓国行(一九九八年八月)について書いた紀行文「かくも難しき韓国行」(「群像」一九九八年十二月号 二〇〇二年十二月刊の『虚日』講談社に収録)に次のような言葉がある。

四・三は内外部の抑圧と恐怖によって押しこめられた、失われた記憶である。蘇えりの途上だからいまいえることだが、完全に失われて死に至るものと思われた記憶である。内外部というのは、「記憶の暗殺者」のイデオローグならぬ記憶の、人間の殺戮者——外部からの抑圧者と、そして恐怖のために自らの記憶を忘却へと押し殺していった島民自身であって、いわば記憶の自殺者である。四・三は虐殺と島民たちの連座罪の恐怖の下に、半世紀近くを死の沈黙のタブーとして生き埋めにされた、無数の骨片になって散らばった歴史の断片である。

そこに歴史はなかった。あるべき歴史は抹殺され、記憶を失った屍体同様に、済州国際空港の滑走路の下に放置されたままの無数の白骨になって埋没された。そして何事もなく、つまり四・三事件などなかったような生活の現実が、過去から続く歴史となってきた。忘却に歴史はない。化石化した記憶——死に近い忘却からいかに脱出し、甦えるか。それは人間の再生と解放と自由への道である。

「（済州島に）歴史はなかった」と言うのは、済州島の「歴史」は権力によって「無きが如きもの」として扱われてきたということを意味しており、その上で「人間の再生と解放と自由への道」を意識するが故に『火山島』を書いた、と金石範は言明する。この作家の言葉は重い。そして、金石範はさらに言葉を継ぎ、『火山島』の執筆動機に関わって次のように記す。

私の四・三を背景とした小説は、その歴史の不在の上に生まれた。「火山島」は、無きものとしての四・三を取り囲む現実の否定からはじまる歴史の意志の表出である。記憶の殺戮と記憶の自殺をともに引き受けて、限りない死に近く沈んできた忘却の蘇えり、それが歴史への意志であり、四・三事件の「五十周年の言挙げができるのは、完全に死に至らなかった記憶の勝利である。生き残った者たちによる忘却からの脱出、一人二人ずつの闇の底からの証言の立ち上がりが、氷河に閉じ込められた死者の声を蘇らせる。第一歩ながらの記憶の勝利は、歴史と人間の再生と解放を意味する……」（拙稿「よみがえる〈死者たちの声〉」「毎日」一九九八年三月三十一日）。

ただここで確認しておかなければならないのは、これは『火山島』執筆の第三の動機と言ってもいいのだが、作者金石範は済州島を「故郷」とする作家であっても、「四・三済州島蜂起」事件を「実体験」した者ではないということである。つまり、『火山島』の作者は最初から日本近代文学の伝統と化していた、ということは金達寿を始め金史良から第三世代や第四世代の柳美里らまで「在日」作家の多くもその伝統に則っていたということになるが、「私小説」的方法とははるか遠いところで『火山島』の作品世界を構築することができた、ということを意味していたのである。別な言い方をすれば、作者自身が繰り返し述べていることでもあるが、「四・三済州島蜂起」事件から逃れて日本（大阪）にやってきた親戚や知り合いからの「聞き書き」を中心に、収集した「資料」を自在に操ることで歴史の「闇」の中に閉ざされていた「四・三済州島蜂起」事件を現代に蘇らせることに成功した、ということになる。

そして、第四の動機、それは〈3〉節で詳説することになるが、何故金石範は最後の最後まで「精神の自由」にこだわったのか、ということに関係する。

〈2〉「全体小説」としての『火山島』

ところで、『火山島』を読んですぐに気が付くのは、この戦後文学最大最長の大河小説もまた、戦後文学者たちの多くを虜にした「全体小説論」（野間宏）や「二〇世紀小説」論（中村真一郎）の影響を受けたところに成立した作品だったのではないか、ということである。周知のように、戦後社会はナショナリズム（日本主義・国粋主義）に色濃く彩られたアジア太平洋戦争の「敗戦」がもたらした、飢餓と虚無と混沌によって彩られた社会からの「立ち直り＝復興」を至上命題として出発した。そして戦時下にその出発を二十代三十代の若手文学者によって秘かに準備されていた戦後文学も、「平和と民主主義」を中核とする戦後思想を表層に纏いながら、J・P・サルトルらのフランス実存主義哲学がその創作方法の基底とした「個」としての人間を、それを取り巻く現実と共に総合的、全体的に表現しようとする「全体小説論」を拠り所に、その中核を形成していった。戦後派作家を代表する野間宏が、個としての人間を「社会的・生理的・心理的」な存在として描き出すことを意図した「全体小説論」を唱えたのも、また野間の盟友だったと言ってもいい「マチネ・ポエティック」の中村真一郎がヨーロッパの「二〇世紀小説」論に終生関心を寄せ続け、そのことを糧に創作し続けてきたのも、はたまた中村真一郎にその才を見出され、野間の「全体小説論」に刺激された小田実が、ベトナム戦争終結後の「中心＝正義無き」経済（金儲け）最優先社会の現実を凝視するところから、七五〇〇枚超の大長編『ベトナムから遠く離れて』（一九九一年）を、一九八〇年代の十年間を使って書き続けたのも、個としての人間がこの現実の中でどのように生きて行くべきなのかを考え抜いた結果にほかならなかった。

野間宏は、サルトルの「全体小説論」に力を得て七〇〇〇枚に及ぶ『青年の環』（一九四七年六月執筆開始、一九七〇年九月に完結）を書き継いでいた一九六八年八月、平井啓之、竹内芳郎、北沢方邦との座談会「二〇世紀文学における全体小説の構想──野間宏《サルトル論》をめぐって」（「現代の理論」九月号）において、自分が考える「全体小説」について、次のように語っていた。

僕自身は、芸術というものは、人間が、現在おかれている自然と社会の統一体といいますか、そういうもののなかにおかれて生きているということ、そういう全体を、かくれている部分までふくめてとらえねばならないと思う。その全体的状況のなかに自分をおき、そのなかで自分自身を超えているものまでをとらえることによって、自分自身の自由な状態とはいったい何か、ということを明らかにしながら、真の自由へ進んでゆく。芸術とはそういう機能をもつものであり、それを追求しようとする作家の精神的な力が、フィクションを創りだす力をうみだすのだと考えます。魔術の力がはたらくとすれば、そこの所でしょう。そしてそのフィクションを創りだす根元にあるものとして、想像力というものを考えるわけなのです。そして、作家のそのような追求の過程のなかで、労働というもののもつ意味を問題にしたいわけです。《サルトル論》においては、まだ労働と芸術の関係については、十分明らかにしえなかった。

さらに、この引用の最後に出てくる「労働と芸術の関係」について、単行本『対話・野間宏　全体小説への志向』（一九六九年一月　田畑書店刊）の中で、野間は「〈社会主義の前進〉と〈想像力の深化と知覚の飛躍〉これが結びついて、文学において問われないといけない」と言った後、「全体小説論」

の核となる人間を「生理・心理・社会」の面から描くことにおいて、「労働」との関係は欠かすことができないことであるとした。『火山島』や『地底の太陽』、『海の底から』において、資産家の息子で無為徒食の身でありながらゲリラと密かに通じていた李芳根に対置して、日本（大阪）に「逃亡＝亡命」した南承之が、拷問で痛めつけられた身体に鞭打って、従弟が経営する神戸（長田地区）のゴム長靴工場で働き続けるのも、「全体小説論」における「労働」の意味を金石範が十分に理解していたからではなかったか。つまり、野間宏が言う「労働」は、「革命（運動）」や「反体制・反権力闘争」、「民族解放闘争」といった「（精神の）自由」という人間の在り方の本質と深く関わっており、その意味で金石範の『火山島』もまた野間宏らの「全体小説論」に何らかの影響を受けて書き継がれてきたのではないか、ということを意味していたのである。

　そして、以上のようなことを前提に、『火山島』がいかに「全体小説論」の中核となる「生理・心理・社会」を意識して書かれた長編であるかについて言えば、まず「生理」に関しては、主人公の一人李芳根《イ・バングン》のソウル在住の文蘭雪《ムン・ナンソル》との交情（恋愛）、及び李家の使用人（女中）ブオギとの「愛」のない性欲を処理するためだけ（と思われる）関係について、そのような「性愛」は人間の生理に基づくものだとして、物語の中で一定の役割を果たしている点に具現化されていると言っていいだろう。しかも、作者はこの「人間の生理」を描き出すことで、主人公の「変革者」と「寄生者」（親の財産で生きている）という「二面性」を浮かび上がらせることに成功しており、その意味では物語を重層化させるという結果をもたらしている。また、『火山島』の続編と言うべき『地底の太陽』や『海の底から』に明らかな、もう一人の主人公南承之《ナム・スンジ》と李芳根の妹李有媛《イ・ユウォン》との「純愛」、及びその「純愛」をあきらめた末の自分に好意を持っている高幸子との肉体関係について指摘すれば、金石範がいかに『火山島』においてて「人間の生理」を十分に考慮した「人間の全体」を描こうとしていたかがわかるだろう。これら主人公たちの「恋愛・性愛」を描くことの意味は、生きるか死ぬかの瀬戸際に追いつめられながらも、裡から湧出する「欲望（性欲）＝生理」に抗うことなくそのような欲望に従うことこそ、「四・三済州島蜂起」という民衆叛乱を支えるエートスの一部であった、と作者が確信していたことを証することでもあった。まさに『火山島』は、野間宏らが唱えた「全体小説論」が主張するところの「生理」の側面を十分に書き込むことで、それこそ個（人間）の在り様の「本質」を過不足なく描き出すことに成功していたのである。

「心理」に関しては、次節で詳論する自殺した李芳根の胸内に去米し続けていた「精神の自由」の問題に集約される。またその李芳根の「苦悩」とは別に、登場人物の全てが「内部」に何らかの問題を抱えており、『火山島』全体がそれら各人の「葛藤」を巡って展開する「心理劇」のような構造になっていることも、まさにこの大長編が野間宏たち戦後文学者の提唱してきた「全体小説」の骨格を持った作品であることの証になっている、と言っておけばいいだろう。

「社会」に関しては、「北朝鮮」を含む朝鮮半島全体がアメリカの極東戦略に翻弄されてきた戦後の歴史、つまり「親日派」という言葉が象徴する戦前の日本帝国主義による植民地支配の歴史を背景に、保守（右翼）と革新（革命勢力）の対立、また高等遊民的な生活を送る李芳根の存在が象徴する富裕層と済州島蜂起に参加せざるを得なかった南承之ら知識人や農民・貧民が、物語の中でそれぞれ重要な役割を果たしていること、さらには「でんぼう爺い」や「ブオギ」という最下層（最貧層）と言っていい放浪者や下女（女中）の存在を書き込むことで、「済州島」という地域社会を作者が丸ごと描こうとしているということを指摘しておけばいいだろう。『火山島』が過不足なく「四・三蜂起」に至る済州島の「社会」全体を描き切っていると断言できるのも、以上の理由に因る。また、この「社会」に関して言えば、韓国（朝鮮半島）社会に根強い「儒教」的な上下関係によって培われてきた「賤民差別」の現実や上流階級（両班）たちの「差別意識」の問題も十分に書き込まれており、それによって作品世界が重層化していることも忘れてはならない。

多くの在日朝鮮人文学論を持つ磯貝治良は、「金石範『火山島』覚書」（「新日本文学」二〇〇三年五、六月合併号『〈在日〉文学論』二〇〇四年刊）の中で、『火山島』と全体小説論との関係について、「全体小説」という言葉を使わずに次のように書いていたが、卓見と言っていいだろう。

歴史的状況のただなかにあって、それと対峙する人間主体はどのように行動を選択し、実存的投企をなしうるか？　あるいは自由を獲得しうるか――そのような二十世紀的問いを総体に描ききったのが、この思想小説である。類似の小説として私は、ジャン・ポール・サルトルの『自由への道』、アルベール・カミュの『ペスト』、アンドレ・マルローの『人間の条件』、手法は異質だがドス・パソスの『USA』、ギュンター・グラスの『ブリキの太鼓』、それに日本文学では野間宏の『青年の環』、大西巨人の『神聖喜劇』を即座に思い浮かべることができる。

磯貝が挙げたサルトルの『自由への道』以下の長編（大河）小説のうち、先に挙げた小田実の『ベトナムから遠く離れて』がカウントされていないのは何故かと思うが、それはそれとして、磯貝が挙げた作品はこれまでいずれも「全体小説」として評されてきたもので、上記の引用が明らかにしているのは、繰り返すが金石範の『火山島』が人間の在り様を「生理・心理・社会」の三側面から描き出す、紛れもない「全体小説」にほかならないということである。

〈3〉「ニヒリズムの克服」と「精神の自由」

金石範は折に触れて、例えば座談会「在日朝鮮人文学をめぐって」（出席者：金石範、飯沼二郎、大沢真一郎、鶴見俊輔、小野誠之、日高六郎、姜在彦《カン・ジエオン》　一九八一年「朝鮮人」第一九号）を収録した『「在日」の思想』（一九八一年　筑摩書房刊）や、それに先立つ『ことばの呪縛――「在日朝鮮人文学」と日本語――』（一九七二年　同）所収の論考などで、自分の文学の多くは「虚無からの脱却」を動機としてきた旨の発言を行ってきた。また、安達史人と児玉幹夫によるインタビューと解説によって構成された『金石範《火山島》小説世界を語る！』（二〇一〇年四月　右文書院刊）の中では、明確に「ニヒリズムの克服」と「四・三済州島蜂起」事件を書くこととは深い関係にあることとついて繰り返し語り、自分の根っこには作家として出発する以前、つまり学生時代から参加していた朝鮮総連系の「民族・大衆」運動の活動家であった時代から、「ニヒリズムの克服」が生きる上での課題として存在していたことを明らかにしていた。

もうひとつは、私はあの時分（青年時代――引用者注）にニヒリスティックなね、虚無主義的な考えを持っていて、いまから思えばかなりセンチでしたけど。そこから這いあがれない弱さがあったわけです。それをどのように克服するか。ニヒリズムの問題と済州島の虐殺の問題をね、克服しなかった。ああいう虐殺をまえにして私がニヒリズムでいるということはあり得ない。私のニヒリズムに関する話は、今後も何度か出てくると思いますが、青年時代深いニヒリズムに陥っていました（ドストエフスキーの小説のような）。そこから私が這いあがっていく道が、四・三事件から始まったと言えます。（「2　私が小説を書くに至るまでの重い軌跡と四・三済州島武装蜂起事件」）

金石範は、明確に故郷で起こった「済州島蜂起」に正対することで自らのうちに湧出する「ニヒリズム」を克服する方法を手にしたと言っており、その意味で『火山島』は文学が本質的に備えている「自他の救済」を図らずも実現した大長編小説だったということになる。この「ニヒリズムの克服」に関して、同書の「3　小説『火山島』の背景と登場人物たちをめぐって……」の節でも、次のように語っていた。

そうですね、私の大きなテーマというのはやはりまえにもお話したニヒリズムなんですよ。『火山島』の前の『鴉の死』でも、やはりニヒリズムがテーマになっています。ニヒリズムとか虚無という言葉そのものは出てこないのですが、そこには主人公のニヒリズムへの強固な意志というものがあります。だから『火山島』を書かなかったとしても、自分にとってニヒリズムの克服というテーマがしっかりあったと思います。それは私の若いときの課題だったんですね。それをやらないと生きられないというくらいの大きなテーマでした。人生なんて意味がないと言えば、まあないんですがね、ただ存在していたい、生きたいという気持はありますよ。それは今でもそう思います。意味がないと思えば死ぬしかないわけです。しかし、社会的なこととか、倫理的なこととか、自殺してはいかんとか、宗教的な問題もありますが、生きるということの意味や価値を前提にして人間は生きるわけです。

さらに金石範は、同じ「3　小説『火山島』の背景と登場人物たちをめぐって……」の中で、なぜ自分は『火山島』＝「四・三済州島蜂起」に関わる出来事を書こうとしたかについて、「目のまえでおこなわれた無垢な子どもの虐殺とかをニヒリズムで説明できるか、無意味ということで説明できるか」といった疑問が内部から湧出し、併せて「やっぱりニヒリズムというのは傲慢ですよ。傲慢というのはひっくり返して言うと私の場合はセンチメンタリズムになるかもしれません」との思いを持ったからだ、とも言っていた。つまり、センチメンタルな感情を抱いたまま自分自身の内部に閉じ籠っていては、「無垢な子どもの虐殺」＝反革命の暴力に対抗することも、またそのような状況を招く歴史を阻止することも批判することもできない、と言っているである。

ここで金石範が「ニヒリズム＝傲慢」、「傲慢（な感情）＝センチメンタリズム」と言うのは、『火山島』において最も重要な位置を占める、つまりこの大長編小説の中心人物の一人である李芳根が最期までこだわり続けた「精神の自由とは何か」という問い、あるいは「革命を実現するためには、殺人は許されるか」といった「神学的論争」に深く関係していたからではないか、と考えられる。具体的に言えば、李芳根は「四・三済州島蜂起」がゲリラ側の「敗北」という形で最終局面を迎えるような状況下において、蜂起軍（ゲリラ）を弾圧し続けてきた済州島警察の警務係長であり母方の親戚でもある鄭世容《チョン・セヨン》を殺害すべく、鄭世容を捕獲した共産ゲリラが潜む漢拏山《ハルラサン》へと向かうが、その途中で、鄭世容を殺害することが「蜂起＝叛乱」の「大義」に適うことなのか、そしてそれは人間＝個が希求してやまない「（精神の）自由」とどのような関係にあるのか、何度となく自問自答を繰り返す。まず、李芳根は人民裁判によって「死刑」の判決を受けた鄭世容を、「親戚」である自分が殺害することによって起こるおのれ「内部」の複雑な心理について、次のように自問する。

　おれには鄭世容を殺す個人的な理由はない。個人を親戚を越えて、殺害に向かう。殺すべき理由、人民裁判での処刑にすべき理由、罪状があるのに殺せないのであって、そこには道徳的理由はないはずだった。法の名の下で死刑を宣告する裁判官の殺人に、彼ら自身が持ちこたえられるのは、名分の傘の下にいるからに他ならない。それはときには逃避にもなる。殺人が悪なら、裁判だろうが、戦争だろうが同じことだ。

殺せない理由は、殺人の結果に耐えがたいから。なぜ、耐えがたいのだ……。水蒸気のような予感はかなぐり捨てろ。追い払え。殺すことなかれ。抽象的な、生命への畏敬か？　いやいや、バカな。戦場の修羅場で、殺される側の、こちらの生命への畏敬は？　自由な精神は殺すまえに自殺する。故に殺さない。この何年間か、自分を支えてきたものが、もはや観念的な屁理屈のような気がしてくる。

殺人の結果に耐えがたい堂々めぐりの理由は、まだ殺してもいないのに想像が先廻りをして耐えがたい予感を浮遊させているのは、殺人を避けよう、そこから逃げようとする意識の深部の恐怖を伴った影の動きなのだ。形の曖昧なままに道徳的なものにも働きかけながら。これが殺人への境界を分けるものだろう。（Ⅶ巻「三」）

この李芳根を襲った「反革命分子の処刑＝殺人」をめぐる「神学」的自問自答をどのように解釈するか。反革命分子の「処刑＝殺人」は、いかなる観点からも「正当化」できるという立場を李芳根が表明したものであると捉えるか、それとも「ニヒリズム」を裡に抱え込んだ李芳根が自身の「弱さ＝逃げ」を認めたくないために展開した「自己正当化＝鄭世容の殺害を避けるための弁解」と捉えるか、はたまた最後まで「奴は敵だ、敵は殺せ」といった「政治（革命）の論理」に与することのできなかった李芳根（＝金石範）のヒューマニズム（人間尊重主義）を打ち出すための自問自答だったと考えるか、何れの「問い」も「正解」と言えば「正解」だし、「不正解」と言えば「不正解」と言っていいかも知れない。ただはっきりしているのは、これらの「問い」の解答がいずれも大長編小説『火山島』の中心を貫く思想、それは「人はどのように生きるべきか」だが、その大命題をどう考えるか、読者の立ち位置によって左右されるのではないか、ということである。

このことは、李芳根が鄭世容を殺害した後、漢拏山中でピストル自殺をするために彷徨っている時に襲った次の引用のような「思い」をどう捉えるか、と深くかかわっていると言っていいだろう。李芳根は、鄭世容を殺害した後「あれだけ考え悩んだ挙句の殺害の代償は、満足ではない。一瞬に全存在がかかった情熱の爆発の結果は、何ともあっけない、空虚だった」（同巻「五」）と実感した後、以下のような「思い」に至るのだが、これは先の「政治の論理」に没入できない革命運動や反体制運動に関わった者の誰しもが経験する難問（アポリア）の一つと言っていいかも知れない。

李芳根はいまようやく、机上の空論の如き命題、もっとも自由な人間は殺人をしない、殺す前に自らを殺す、殺人者は自由ではない、の意味が分かってきた感じがしたが、すでに殺してしまったあとだ。（同巻「六」）

つまり、革命運動の過程で起こる「殺人」は、「自由」を求める「個人」の思いや感情を越えて、「大義＝正義」に殉じようとしたところに起こる出来事であり、そのことを前提として認めない限り、たとえ「敗北」で終わった革命運動であっても「正当化」することは出来ない、と李芳根は思い至ったということである。つまり、この作者の思想の重要な一部分を代弁している李芳根が陥ったジレンマであると同時にアポリア（難問）は、洋の東西を問わず、革命運動や反体制運動に関わった者が誰しも抱懐する「思い」だったのではないかということである。もちろん、李芳根は物語の最後でピストル自殺し、このジレンマ（アポリア）から解放される＝自由になるのだが、それが真の「解放」であり「自由」の獲得であったかどうか、金石範が『火山島』の続編として長編の『地底の太陽』や『海の底から』、短編の『地の底から』（「すばる」二〇一四年二月号）を書かなければならなかったことを考えると、答えは読者の数だけ存在すると言っていいかも知れない。

〈4〉「自爆」と「延命」

一万二〇〇〇枚を超える大長編『火山島』は、主人公の一人李芳根の漢拏山中でのピストル自殺で一応「終わる」。しかし、それで果たして作者金石範の「四・三済州島蜂起」事件は「片が付いた」のか、どうか。『火山島』が完結し、全七巻の大長編大河小説として刊行されて七年余り、「四・三済州島蜂起」の最終局面で日本に密航した「火山島」のもう一人の主人公南承之の物語、すなわち『壊滅』と題する連作を「すばる」誌に書かざるを得なかった事情を考えるならば、『火山島』は李芳根の自裁で終わったわけではないことになる――『壊滅』は、『豚の夢』（「すばる」二〇〇五年七月号）、『李芳根の死』（同　同年十月号）、『割れた夢』（同　二〇〇六年一月号）、『白い太陽』（同　同年四月号）、『バングンオッパァ』（同　同年七月号）と題して三ヵ月ごとに短編として書き継がれ、二〇〇六年十一月の単行本化に際して『地底の太陽』と改題する――。さらに言えば、最近刊の『海の底から』（二〇二〇年二月　岩波書店刊）も、李芳根の遺言「豚になってでも生き延びろ」を忠実に守ろうとして生きてきた南承之の、「亡命地」日本での一年後の、李芳根の妹「有媛」との恋愛を中心として「再生」していく過程＝死者に愧じない生き方を模索する姿を描いている。このことを考えると、金石範が「四・三済州島蜂起事件」に関わる物語を書き継ぐという「持続」の意思を失わず、今日まで書き続けてきたことの意味が自ずと理解できるだろう。

つまり、金石範は『火山島』では自裁した李芳根と「対」になる存在であった南承之が、日本（大阪）で「生き延びた」姿をどうしても書かざるを得なかったということである。その意味で、『地底の太陽』や『海の底から』は作者の『火山島』の続編としての意識を直に反映した作品ということになる。もちろん、『火山島』の完結から『地底の太陽』まで七年余り、『海の底から』までに十三年余り、金石範は『海の底から、地の底から』（二〇〇〇年　講談社刊）や『満月』（二〇〇一年　同）なども含めて、「四・三済州島蜂起」に敗れて日本に密航してきた「南承之」に関わる物語群と言えるいくつかの作品を発表し、またエッセイ集『虚日』（二〇〇二年　講談社刊）や評論集『国境を越えるもの――「在日」の文学と政治』（二〇〇四年 文藝春秋刊）に収められた文章を書き、その他に『金石範作品集』（全二巻 二〇〇五年 平凡社刊）や『〈在日〉文学全集三 金石範』（二〇〇六年 勉誠出版刊）を刊行するなど、以前と変わらず旺盛な執筆を行ってきた。このことは、金石範文学総体においていかに「四・三済州島蜂起」が重要な位置を占めてきたか、ということを示している。が同時に、それらの執筆活動もみな『地底の太陽』や『海の底から』――『火山島』に加えてこの二つの長編を「四・三済州島蜂起」物語三部作とするならば――を書くための準備であったように私には思われる。それは、例えば何度目かになる済州島訪問について書いた「私は見た、四・三虐殺の遺骸たちを」（「すばる」二〇〇八年二月号）の中に記されている次のような「思い」を、一万二〇〇〇枚余の『火山島』を書き終わってもなお持ち続けてきたことに通じるのではないか、ということである。「私は見た、四・三虐殺の遺骸たちを」の「三 対馬・乳房のない女」の中に、以下のような言葉がある。

現在、平和公園の慰霊堂内の壁面に刻まれている一万三千余の位牌には、四・三事件当時の李徳九《イ・ドクク》をはじめとするゲリラ指導者たちも、そして連座罪で逮捕、虐殺された李徳九の八親等までの一族も除けられている。つまり、いまなお四・三〝暴動〟、〝暴徒〟の位置から名誉回復がなされていないということだ。四・三事件における島民虐殺が、韓国の過去におけるおぞましい限りの国家犯罪として大統領自ら言明している現在、このねじれた過去の認識は修復しなければならない。現に漢拏山頂に、ゲリラ討伐隊長、第九連隊長劉《ユウ》某の戦勝碑がそのまま建っているというが、この顚倒した有様はおかしくないか。虐殺者の戦勝碑が六十年を経た現在、当時のまま残され、祖国統一とアメリカを背景にした李承晩《イ・スンマン》政府の国家暴力に抗してたたかった愛国者たちの位牌がいまなお平和公園慰霊堂に祀られていないとは何事だろう。論議を進めなければならない。済州島の若者は何をしているのだ。私だったら、ハンマーを持って行って、その虐殺者の名を刻んだ戦勝碑を叩き潰したい……。

権力は自分たちの都合に合わせて思うがままに「歴史」を改竄する。日本の近代史を繙いてみても、最近の権力者の言動から窺えるのは、関東大震災時における「朝鮮人虐殺」、あるいはアジア太平洋戦争（日中戦争・太平洋戦争）時の「南京大虐殺」、マレーシアやシンガポールでの「華人（中国人）虐殺」、朝鮮人女性やアジア各地の女性を日本軍の「従軍慰安婦＝性奴隷」としたこと、等々に対して、いかに「歴史」を隠蔽・改竄するかに腐心しているように思える。その意味で、金石範が「四・三済州島蜂起」事件に拘り、そこで起こったことを「歴史の闇」の中に葬り去ろうと意思に対して、心の底から「怒り」を隠さない在り様は、「歴史」を重視する変わらぬ姿勢と共に、現代文学の世界にあって貴重なものと言っていいのではないか。民主化が実現した韓国の今でこそ、「四・三済州島蜂起」事件及び関係者の「復権」が一部実現したが、『火山島』の作者金石範にとって、それは未だ十分なものではなく、中途半端なものとして映じているのだろう。

加えて、金石範には故郷済州島の「蜂起」に参加することができず、内に「虚無（ニヒリズム）」を抱えながら、戦後日本における「革命運動」に朝鮮総連系の在日朝鮮人として関わってきた「挫折＝転向」の自分史もある。その「転向」体験があったからこそ、「四・三済州島蜂起」事件の「真実」に迫ろうとする思いは、金石範の内部でずっと醸成され続け、故に南朝鮮（韓国）の戦後初の反体制運動を「歴史の闇」の中に葬るなど露ほども考えつかなかった、ということである。この金石範の「四・三済州島蜂起」への思いについて別な言い方をすれば、戦後ずっと「日本」で生活するようになった金石範にとって、故郷の島で起こった「四・三済州島蜂起」は自らの「転向」意識と共に、一度も消えることなく「重い澱」となって内部で増殖し続けたということを意味する。そこで思い出されるのが、戦前のプロレタリア文学運動が一九三〇年代の初めに「転向の季節」を迎えた際に、「転向」したプロレタリア作家の貴司山治《きしやまじ》が「文学者に就いて」（「東京朝日新聞」一九三四年十二月十二〜十五日号）の中で、「転向作家の生活は第一義性を一応失つた生活である。転向作家の産みだす文学は、プロレタリア階級が要求してゐる文学の観点に立つていふならば、随つて今のところ一応も二応も第二義的な作品である。（中略）故に政治的にも、又文学的にも、第一義的たる能はない」として転向作家批判を行った際に、中野重治が次のように反論したことである。

僕が革命の党を裏切りそれにたいする人民の信頼を裏切ったという事実は未来にわたって消えないのである。それだから僕は、あるいは僕らは、作家としての新生の道を第一義的生活と制作とより以外のところにはおけないのである。もし僕らが、みずから呼んだ降伏の恥の社会的個人的要因の錯綜を文学的総合のなかへ肉づけすることで、文学作品として打ちだした自己批判をとおして日本の革命運動の伝統の革命的批判に加われたならば、僕らは、そのときも過去は過去としてあるのではあるが、その消えぬ痣《あざ》を頬に浮べたまま人間および作家として第一義の道を進めるのである。（中野重治「『文学者に就いて』について」「行動」一九三五年三月号、『中野重治全集』第十巻「論議と小品」所収）

『火山島』で、最終的には李芳根の「ピストル自殺（自裁）」と、李芳根の遺言とでも言うべき「豚になってでも生き延びろ」という言葉を「唯一の指針」にして、日本（大阪）へ「亡命」することになった南承之の存在が「対」の形になっているのも、先にも記したように作者金石範の内部に「四・三済州島蜂起」を「敗北」のままで終わりにしたくない気持ち、言い換えれば李芳根の「ピストル自殺＝自爆」的行為だけでこの大長編を「終わり」にしてはならないという使命感があったからにほかならない。そこには、「豚になってでも生き延びろ」という「延命の論理」を是とせざるを得ない若き金石範の「転向」体験があったから、ということになる。もちろん、革命運動＝反体制・反権力運動からの「転向」には、どのような場合にも仲間を「裏切った」という意識が伴う。大阪の母の下に身を寄せた『火山島』の続編と言っていい『地底の太陽』の南承之を襲った次のような「夢魔」こそ、中野重治が言う「頬に（転向という）痣を浮かべ」ながら生きて行くことを強いられた人間の宿命にほかならなかった、ということになる。

しかし済州島の地獄を脱出して、日本へやって来たのは、犬になって舐めたのと同じではないのか（南承之は、戦後まもなく日本からソウルにわたり、そこで共産党のシンパとして逮捕され拷問を受けるが、その最中に捜査局長から長靴をなめることを強要される——引用者注）。おぞましい国境の海を越えて日本に逃げてきたのは、四つん這いになって長靴をなめたのとどれだけの違いがあるのか。それが母の家で何日も繰り返し続いた金縛りの夢の内容。日本から解放祖国へ帰り、そしてふたたび日本へ逃れて来た南承之の心の風景だ。豚になっても生きのびたい。豚になった男。糞まみれの豚になって生き延びた存在。これが存在か。（「豚の夢」）

ここに見られる李芳根の願いを自分なりに敷衍した南承之の『豚になってでも生き延びたい』というギリギリの思いは、『地底の太陽』や『海の底から』をその底部で支える思想と言ってよく、その意味で「転向」は「敗北」であると同時に、中野重治が言うように「消えぬ痣を頬に浮べたまま人間および作家として第一義の道を進める」ためのもう一つの方法として、おのれの生き方を「反転」させる契機を持つ心的転換の謂いだということになる。つまり、「裏切り」の意識を心底に潜ませながら、それでも「第一義的」なものを求めて生き続けていく、「転向」が単なる「権力への屈伏」だけでなく、そのような心理をも内包した時、転向者もまた生きる価値を持つことになる。金石範が『火山島』の続編として『地底の太陽』を、そして『海の底から』を書かざるを得なかった理由もそこにあった、と言っていいのではないだろうか。

その意味で、南承之が『地底の太陽』や『海の底から』で終始一貫して自分のことを「豚」と自称し、その上で「地獄」の済州島から盟友（同志）である李芳根の助けがあって日本（大阪）へ「亡命＝逃亡」してきてからずっと、「生き延びたい」と周囲に本音を洩らし続けたのも、「延命」もまた「革命」や「反体制・反権力闘争」に関わった者の「生き方の一つ」だ、と作者の金石範が「裏切り」意識と共に思い続けてきたことの反映だったということになる。南承之が、李芳根の暗黙の同意を得てすでに日本のM音楽大学に留学していた彼の妹李有媛《イ・ユウオン》との「純愛」を「生きる糧」とし、ゲリラ活動によって体を壊した自分の世話を献身的に行ってくれた高幸子《コウ・ヘンジャ》――彼女とは「肉体関係」もあり、一度は結婚を考えた――との関係を裁ち切ったのも、「亡命先」となった日本（大阪）で「捲土重来」を期して「生き延びる」ことを選んだ結果にほかならなかった。『海の底から』の最後が、南承之が李芳根の弟分を自称する韓大用によって済州島から対馬まで「密航」してきた「反体制分子」の女性二人を一人で対馬まで迎えに行き、大阪（猪飼野）の母宅まで連れてくるところで終わっているのも、南承之が「日本（関西）」でも『四・三済州島蜂起』に関わって生き続ける（生き延びる）ことを決意したことの現れにほかならなかった。『火山島』三部作は、まさにそのような南承之のそのような「決意」を中軸に展開する長編大河小説として読むべきだということである。

まだまだ不確定要素は多々あるが、この『地底の太陽』や『海の底から』の南承之の姿からは、「豚」になってでも生き延びる」ことがまた「革命への道」であると信じ、「亡命」先の日本（大阪）でもう一度やり直そうとする決意が透けて見える。それは、先に取り上げた中野重治に「辛《しん》よ　さようなら

／金《きん》よ　さようなら」で始まる詩『雨の降る品川駅』（「改造」一九二七年二月号）の最終連で、「行って　あのかたい　厚い　なめらかな氷をたたきわれ／ながく堰かれていた水をしてほとばしらしめよ／日本プロレタリアートのうしろ盾まえ盾／さようなら／報復の歓喜に泣きわらう日まで」と「共闘＝共生」を宣言された側である金石範の、変わらぬ「変革」への熱い思いを反映したものと言っていいかも知れない。その意味で、『火山島』と『地底の太陽』、『海の底から』の「三部作」から浮かび上がってくるものは、まさに今や「恨《ハン》」と化したかのように見える在日朝鮮人作家金石範の「変革」と「書くこと」への執念にほかならない。

補論Ⅰ　井上光晴文学と「朝鮮（人）」
——〈差別〉に抗する「原体験の海」

〈1〉　一つのエピソード——戦後文学史から消えた井上光晴

私は、筑波大学を定年退職した後、懇願され二〇一二年九月から中国湖北省武漢の一二〇年余の歴史を誇る「国家重点大学＝一流大学」の華中師範大学の外国語学院日本語科大学院で、「楚天学者（特別招聘教授）」として足掛け三年、近代文学史講義・演習、戦後文学史講義・演習及び修士論文指導の一週五コマの授業を担当するという経験をした。その折、学生の一人が「最新刊」だという黒龍江省の某一流大学——中国の大学は、教育部（日本の文科省と同じ）の管理下に一二〇余りの「国家重点大学」及び四川外国語大学等の外国語大学や中国人民大学、中国海洋大学等の特別大学と数百の省立大学、そしてその下位に位置付けられる「官立民営大学」によって成り立っている——の教授が書いた『戦後文学史』なる三〇〇頁余りの本を持ってきて、「参考書として適切であるかどうか」を訊かれたことがある。

残念ながら中国語の読めない私は、その新刊書の内容を詳細に吟味して参考書として適切かどうか判断できなかったのだが、「漢字」を頼りに目次に目を通すと、「第一次戦後派」から「第二次戦後派」、「第三の新人」、「内向の世代」を経て、現代文学の作家まで、各時代に活躍した作家を中心にその時代の文学傾向や特徴などがかなり細かく記述されており、一見すると「戦後文学」を学ぶ学生や院生には格好の教科書（参考文献）であるかのように見えた。

ところが、その参考文献を見せてくれた院生からも指摘があったのだが、私の講義でも取り上げることになっていた、日本の戦後文学史を記述した本では絶対あり得ない第一次戦後派の「武田泰淳」、第二次戦後派の「井上光晴」の名前がその本の目次には記載されていなかったのである。では、本文中ではどうかということで、学生に名前の記載および紹介がなされているかどうか調べてもらったのだが、残念ながらその本の中には武田泰淳と井上光晴の名前はどこにも存在しなかった。何故このようなことが起こったのか。「あとがき」を中国語訳してもらうと、著者が学生時代や日本に留学中に学んだ戦後文学史の本には、武田泰淳、井上光晴を戦後派作家として高く評価するものが無かったようで、その結果、件の教科書（参考文献）から武田・井上両者の名前を欠落させてしまったのではないか、ということになった。

日本では絶対あり得ないことだと思うが、戦後も八十年近くが経つ現在、戦前の日本軍の数々の「蛮行」が中学や高校の歴史教科書から徐々に消されていくのと同じように、「文学史」も知らないうちに、それまで「カノン（正典）」とされていたものがいつの間にか「改変（改竄）」されるということがあるのかもしれない。もちろん、例えば一九七〇年代以降世界的に認知されたフェミニズム批評によって、それまでの男性中心主義史観によって記述されてきた各時代を彩る作家や詩人・歌人、批評家などの「評価」が変化したことからも明らかなように、各時代や文学者たちの評価が不変なまま後世に伝えられるなどということは、古今東西ありえない。

ただ、戦後文学史から武田泰淳と井上光晴の名前が欠落するということはどう考えても有り得ないことで、もしそのような戦後文学史（参考文献）があったとしたら、そのような武田泰淳、井上光晴を欠落させた文学史を記述した著者や研究者・批評家の見識（文学観・文学史観）を疑わざるを得ない、ということになる。武田、井上の両作家が残した作品の数――武田泰淳の場合は、没後に刊行された『武田泰淳全集』（別巻三、研究一を含み全二二巻　一九七一年～八〇年　筑摩書房刊）、井上光晴の場合は活躍中の『井上光晴作品集』（全三巻　一九六五年　勁草書房刊）、『井上光晴最新作品集』（全五巻　一九六九年～七一年　同）、『井上光晴第三作品集』（全五巻　一九七四年～七五年　同）、『井上光晴長編小説集』（全一五巻　一九八三年～八四年　福武書店刊）の刊行に加えて、その後も原子力発電所の問題に切り込んだ『西海発電所』（一九八六年）や『輸送』（一九八九年）等、亡くなるまで精力的に問題作を発表し続けた――を考えても、両作家を戦後文学史から欠落させることはできないからである。

さらに言うならば、戦後文学がどのような歴史を積み重ねて、例えば村上春樹や吉本ばななに代表される「現代文学」を準備したか、『戦後文学史』を上梓した件の中国人研究者にはそのような視点（文学史観）がなかった、としか考えられない。そして、さらに言葉を重ねれば、このような「事実」の集積によって文学史から重要な文学者や作品が消えていくことを思うと、いかに批評家（文学史家）の文学観、歴史観が重要であるかについて改めて考えさせられた。

〈2〉「勤皇青年」井上光晴の原基――戦争・天皇（制）・炭坑・朝鮮（人）・共産党

特に、井上光晴の場合は、「滅亡教の教祖」と言われた武田泰淳とは別に、その作家的出発やその後の在り様が他の戦後派作家に比べて「特異」だったということもあり、戦後文学の幅の広さや深さを考えた時、決して戦後文学史から消去させていい作家ではなかった。言い方を換えれば、井上光晴文学には「文学作品は、その作品が書かれた時代の政治や経済、文化、人々の暮らし方を鮮明に刻印し、なおかつそのような状況を打破する意思を裡に秘め、そして〈未来〉を展望するところに価値がある」といった近代文学成立の原理とも文学表現の王道と言ってもいい内実が備わっていたからである。

具体的には、まず井上光晴がこの国の近代史において「最暗黒時代」と言われる十五年戦争（アジア太平洋戦争）下において「勤皇少年」として青春時代を過ごし、なおかつその戦争が敗北過程――太平洋戦争の開始から約半年後の一九四二年六月のミッドウェー海戦の大惨敗を期に、日本は敗戦に向けて悲惨な道をひた走ることになる――に入った時期、つまり「聖戦＝侵略戦争」完遂のために増産体制を敷くようになった時代に、極めて「過酷」な炭坑労働（佐世保港沖の崎戸炭坑における）に従事していたということを「創作」の原点にしていた。このことは、他の多くの戦後文学者とは違って、井上光晴が戦時日本社会の「底辺」において「日本」という国の在り様や人間の生き方について考えざるを得ない境遇にあったことを意味し、その境遇を凝視し総括することから「創作＝文学」を始めたということである。

この井上光晴の戦時―戦後の在り様について、一言で言うならば、大江健三郎が軍国主義教育下の小学校時代を回想して、授業中に教師から「天皇の赤子として死ねるか」と問われ、多くの子供が「死にます」と答えたと報告していたという戦時下青少年の現実以上に、意識的に「勤皇青年」であろうとしていたことを意味していたのではないか、と思われる。しかし、その半面で井上光晴は「炭坑」という労働現場で青春時代を過ごしたことから、戦時下における絶対主義天皇制が「植民地朝鮮」の人々を強制的に苛酷な労働に従事させていたことや、若い朝鮮人女性を慰安婦（性的奴隷・売春婦）として日本人及び朝鮮人労働者の「慰み者」に仕立て上げていたことも熟知しており、実は「絶対主義天皇制＝勤皇思想」――「万世一系」とか、「大和民族の優秀性」とか――もまた、近代国家日本が創り上げた「虚構」であったことを「肌」感覚で知っていたことも意味していた。つまり、井上光晴は「炭坑」という現場で苛烈な労働を強いられた「勤皇青年」であったが故に、日本を支配していた絶対主義天皇制の「まやかし・いかがわしさ」を同時に知ることができたということである。

そのような戦時下体験があってこそ、文壇デビュー作となった『書かれざる一章』（「新日本文学」一九五〇年七月号）に明らかなように、井上光晴は戦後に「平和と民主主義」社会が到来したのを機に、いち早く「中央」との関係抜きで、「勝手に」日本共産党九州委員会を立ち上げ、その組織員＝常任活動家として苛烈な日々を送ることになったものと思われる。このことを戦時下における炭鉱労働体験とそこにおける朝鮮人（男女）との交流との関係でいえば、長崎県佐世保の炭鉱地帯で醸成された井上光晴の「勤皇」思想は、「強制連行」されてきた朝鮮人――男は低賃金で危険な切羽（採掘場）での労働を強いられ、女性は「朝鮮ピー屋」での売春を余儀なくされるような状況下にあった――と共に過ごした苛酷な肉体労働の現場における「戦時下（戦争）」体験を裡に持っていた。そうであったが故に、戦後はその体験を反転させ、日本共産党九州支部の活動家として「革命」を夢見て、「食うや食わず」の生活を甘んじて受け入れるような、「複雑」かつ「矛盾」を裡に孕むようなものでもあったということである。その意味で、井上光晴の戦時下―戦後体験は、他の戦後派作家たちとは著しく違った形で精神形成が行われたと言ってよく、そのことだけでも井上光晴という戦後派作家は、異彩を放つ存在であった。戦後文学史を語る時、井上光晴は欠かすことができないと言われる、以上が所以の一つである。

このことは、例えば戦後文学史に名を連ねる作家や批評家の「学歴」と井上光晴のそれを比べてみれば、歴然とする。もちろん、「学歴」と作家の評価が直接的に関係するとは思わないが、日本の近代文学がその黎明期を飾った坪内逍遥（東京帝国大学政治学科）や二葉亭四迷（東京外国語学校露語科）、あるいは尾崎紅葉（東京帝大中退）や森鷗外（東京医学校）、夏目漱石（東京帝大英文科）等の高学歴の文学者（知識人）によって担われてきたという伝統が存在する以上、日本の近現代文学と「高学歴」とがまったく無関係であるとは考えられない。確かに、日本近代文学史を繙けば、大正期の宮嶋資夫や平沢計七、吉田金重、新井紀一といった「労働文学」作家が存在したし、また昭和期のプロレタリア文学には「労働者」出身の徳永直や佐多稲子らが活躍していたという歴史も厳然と存在していた。そのことを十分承知した上でなお、日本の近代文学（現代文学もまた）は「高学歴」の人々によって担われてきたのではないか、と言いたいのである。

というのも、例外は多々あっても、戦後文学もまた「高学歴」の人達によって担われてきたと思われるからである。因みに、戦後派文学（第一次戦後派、第二次戦後派）を代表する作家の学歴を列記してみる。そこで明らかになるのは、彼らの文学も近代文学の黎明期から昭和戦前までと同じように「高学歴」の文学者たちによって担われたものであることが判明する。野間宏（京都帝大仏文科卒）、武田泰淳（東京帝大支那文学科中退）、梅崎春生（東京帝大国文科卒）、中村真一郎（東京帝大仏文科卒）、椎名麟三（旧制姫路中学中退）、堀田善衛（慶応大仏文科卒）、大岡昇平（京都帝大仏文科卒）、三島由紀夫（東大法学部卒）、安部公房（東大医学部卒）、島尾敏雄（九州帝大法文科卒）、長谷川四郎（法政大学独文科卒）となり、批評家の場合も例えば戦後批評をリードした「近代文学」の創刊時の同人七人、平野謙（東京帝大社会学科中退）、本多秋五（東京帝大国文科卒）、佐々木基一（東京帝大美学科卒）、荒正人（東京帝大英文科卒）、小田切秀雄（法政大学国文科卒）、山室静（東北帝大美学科卒）、埴谷雄高（日大中退）、といった具合で、旧制中学中退の椎名麟三以外はみな高学歴を有していた。

このような事実を踏まえて、種々の検定試験に合格し高等教育を受ける資格を得たとは言え、高等小学校（現在の中学校）中退で、戦時に来たるべきレーダー戦（電子戦）に備えて緊急に設置された電波兵器技術養成所で学んだだけという井上光晴は、繰り返すが戦後派作家の中で異色だったということになる。だからなのか、戦後派の作家や批評家の多くが、例えば内閣情報部に勤めていた平野謙のように、「高学歴」故に「多くの（戦争に関する）情報」を得る立場にあったのに反して、井上光晴の場合は自伝の『岸壁派の青春　虚構伝』（一九七三年五月　筑摩書房刊）に様々な書物から「勤皇」思想やアジア太平洋戦争に関する「情報」を集めていたことが記されているが、高学歴の文学者が自然に身に着けていた「体系的な知識」ではなく、「皮膚感覚」で絶対主義天皇制（勤皇思想）や「戦争」に関する様々な情報を手に入れていた、というのが現実であった。つまり井上光晴は、戦時下において「知」を求め、炭坑労働という最下層労働から「這いあがる」一つの手段として、「勤皇青年」になることを選んだのではないか、ということである。勤皇思想＝天皇崇拝思想こそ、当時（戦前・戦時）において最も歓迎された思想だったからである。このことは、例えば高等教育を受けながら第一線の兵士として「死」を従容せざるを得なかった者たちの手記を集めた『きけわだつみのこえ――日本戦没学生の手記』（一九四九年十月初版）に満ち満ちている「無念」や「慙愧の念」と較べてみれば、歴然とする。つまり、「無念」の気持ちを抱いたまま「死」を受け入れざるを得なかった戦没学生たちの裏側には、井上光晴のような向上心に富んだ下層労働に従事する若者が「勤皇青年」として生きざるを得なかった現実も存在していたこと、このことは戦後文学史を俯瞰する時、見逃すことの出来ない視点に他ならなかった。つまり、『きけわだつみのこえ』の戦没学生たちも井上光晴のような「勤皇青年」も、絶対主義天皇制下の日本社会にあっては裏表の関係にあったと言ってよく、共に「歴史（戦争）の犠牲者」として捉えなければならないのではないかということである。

以上のようなことを井上光晴の文学との関係で言えば、十分な「学校教育」を受けられず炭坑労働者として働かざるを得なかったことと、「勤皇青年」として青春時代を送らざるを得なかったことに繋がり、その「青春」時代における体験が第二次戦後派作家として出発する時に、「天皇制」を問い、「戦争」や植民地朝鮮から強制連行（強制労働）されてきた朝鮮人の問題など突き詰めることをテーマとせざるを得なかったということである。先走って言えば、井上光晴は、それらの問題を「習作」時代から亡くなるまで表現の基底に置いたことということである。そして、それはまた「文学は時代（状況）を刻印する」という文学の本質（命題）を井上光晴が全身で最期まで生き切ったことを意味していた。

まとめて言えば、このような思想形成があったからこそ、戦後になって『すばらしき人間群』（大場康二郎との共著　一九四八年十一月初版）に収録された詩作品や『書かれざる一章』、『病める部分』（「新日本文学」一九五一年八月号）などに昇華される短編群を書きつつ、「日本共産党＝革命党」の活動家として下層労働者＝民衆の「解放・自由」を求めて、一身を擲つような活動を行ったことに繋がっていたということになる。井上光晴は、戦時下―戦後の「青春」について、戦時下から綴ってきた「創作ノート」や「日記（心覚え）」、あるいは後に発表した小説内容に即しつつ書き綴った先の『岸壁派の青春―虚構伝』（以下『虚構伝』とする）の「Ⅱ」の中で、戦中から敗戦時の自分の心の在り様について、次のように書いていた。

戦争は始まり、そして終った。十五歳七ヶ月から十九歳三ヶ月まで。いや、厳密にいえば物心ついてから十五年間つづいた私のなかの戦争について語ることは容易でないし、文字通り終った日から逆流しはじめた内部の戦争を追究すること自体が「虚構伝」の意図でもあるのだが、敗戦までのしかかっていた赤黒い閃光の記憶は決して私の脳裏から消えないだろう。

幸い私は当時の日記と自分の編集した詩の手帖を七冊。それに便せん七十枚に書き込んだ手記風の小説（？）『愛国者』を保存している。納屋の飢える子供から勤皇少年に移行する過程。私の胸を、しょっちゅう燃えさかる泥炭の火花のようなものが黒い炎を吹き上げていた。

十代の井上光晴の胸の中を吹き上げていた「黒い炎」、それは〈3〉節で詳しく見るように、十五歳で童貞を失うという経験がよく表していると言っていい。それは「性（欲）」にたいする悩みであり、いかに自分が「勤皇少年」として祖国に貢献できるかという思い＝想念でもあった。『虚構伝』の中に、一九四三年五月十五日の「満十七歳の誕生日」に作ったという以下のような詩が記載されている。

戦争に勝つためにはどうすればよいか

おれの立つ断崖は明方の海にむかって
かすかに顫える

川内金義は土浦航空隊
西村誠は相浦海兵団
そして村井剛次は南京にいる

聖戦を戦い抜くためには
何よりも卑怯なおれの心を斬るのみだ
霧のむこうに漁船が走っている
祖国に誓う
新しき決意の生れる朝

（大いなる朝）

ここで、井上光晴は「勤皇青年」の一人としていかに「祖国日本」に「命を捧げる」ことができるか、その「決意」を表明しているわけだが、この「聖戦を戦い抜く」決意、井上自身の別な言葉で言えば「太平洋戦争の暗鬱な進展につれて、私の心の中に形成された黒い思想」も、この詩を記した一年後の日記では、「勤皇」思想（絶対主義天皇制を遵守する考え・生き方）を象徴する奈良時代末期に編まれた『万葉集』の「防人の歌」として記載されている「今日よりは顧みなくて大君の醜の御盾と出で立つわれは」について、次のような「疑念」を書きつけることで明らかにしようとしていた。

『醜御盾《しこのみたて》』（注＝満州国新京芸文社発行『芸文』掲載、作者工清定）をよむ。奇妙な感じがするのは、作中人物の摂津国主典磐余諸君《いわれのもろきみ》が大伴家持に「いままで年毎に書留めましたる彼ら防人《さきもり》の歌でございますが、旅の御慰みにもと諸君存じ、おこがましくもかくのごとく、へへへ」といって防人の歌をさしだす場面である。しかもその歌は「障散《サヘナ》ヘヌ勅命《ミコト》ニアレバ悲シ妹《イモ》ガ手枕ハナレ奇《アヤ》ニカナシモ」（否の言えぬ天子様のご命令とあってみれば、おれは防人として、なつかしいあの妻の手枕を離れて来は来たものの、われながら、なんとまあ不思議なほど、あの妻がいとしいわい）というようなものだ。

これはどういうことか。大伴家持の手元に集められた防人の歌はあわせて一六五首、そのうち「今日ヨリハカヘリミナクテ大君ノ醜御盾ト出デ立ツ我ハ」とうたわれ、おおきみのために絶対服従を意識したものは、わずかに八三首。残りの歌はすべて「カラ衣《コロモ》スソニトリツキ泣ク子ラヲ置キテゾ来ヌヤ母《オモ》ナシニシテ」（おれは旅立ちのとき、おれのこの着物の裾にとりついて、泣きわめきながらはなれようともせぬ子どもたちを、なだめすかして後に残してきたものよ。その子どもたちは母もない孤児なのに、ああ思えば可哀相なことをしたわい）ふうなものとは驚く。果たしてこの作者はなにを訴えようとしているのか。判断に苦しむ。

外敵から「国＝天皇」を守るため、故郷（東国）を離れて遠く九州の地まで赴かなければならなかった「防人」たち、彼等の歌一六五首のうち、「忠君（愛国）」＝公的世界を歌ったものが八三首、それに対して残りの約半数が「私的な気持」を歌ったものであるということに、井上光晴は「疑問」を持ったのである。しかし「勤皇青年」時代について綴った『虚構伝』の前半を読む限り、井上光晴の胸中に巣食った「太平洋戦争の暗鬱な進展につれて、私の心の中に形成された黒い思想」＝勤皇の念は、上記の二つの引用からもわかるように、「公＝勤皇思想」と「私＝家族や自身の恋愛（性欲）」の間に揺れ動いていた（ひき裂かれていた）のである。

このような「勤皇青年」であった戦時下の経験を綴った『虚構伝』は、次の「あとがき」が如実に示すように、そもそも自らの創作の「原点」を剔抉するために書かれた「体験」や「思惟」をめぐる「正直な告白」でもあった。

「戦争は終った。そして……」という傍題を持つ『虚構伝』は、雑誌『展望』に一九六八年一月号から十二月号まで掲載された。今日まで刊行を延期したのは、自己の青春をそのような卑小さでしか表現できないのかという、情けない気分をどうしても吹っ切ることができなかったためである。

現在私は小説書きを職業とする人間のひとりであるが、文学を生活の糧とするとは本質的にどのようなことなのか。その根底を探ろうとして詩と小説にかかわりはじめた時代を洗える地点まで洗いだそうとしたのだが、結果として激しい悔いをひきずる始末となった。

およそうまく書かれた、感動的な青春の自画像ほど飽々する読物はないであろう。この本に取柄があるとすれば、文学的な虚構を徹底して排除したことだが、にもかかわらず吐気をもよおすのは、文学の毒がかけがえのない青春を早くも腐食しはじめているからである。

逆説的にいえば、私の青春にとって、文学はそれほど根本的な生き方と結びついていたのだ。生きる意味を求めて小説を書こうとし、小説を書くために真実を問う。そして拮抗する虚実のバランスが崩れる瞬間、芸術という名の溶液は逃れようもなく書く人間を蝕む。（傍点引用者）

「生きる意味を求めて小説を書こうとし、小説を書くために真実を問う」、果たしてこれほど赤裸々に「創作の秘密」を吐露した戦後派作家がいたであろうか。話は少しずれるが、このような創作への「熱い思い」を抱いていたからこそ、井上光晴は文学の「未来」を信じて、ずっと後のことになるが、五十一歳になった一九七七年の佐世保を皮切りに、函館や山形、前橋、等々、全国各地に次々と「次代の書き手」や「読み手」を育成するために「文学伝習所」を開設していったのだろう。

〈3〉「朝鮮（人）」へのこだわり（1）

井上光晴の最初の長編と言っていい『虚構のクレーン』（一九五八年十一月発刊の「現代批評」に五号まで連載、単行本一九六〇年一月　未來社刊）には「朝鮮人」が衝撃的な形で登場する。敗戦間際の関門連絡船の待合室、米軍機の空襲を受け防空壕へと急ぎ避難する日本人の群れとは別に、待合室の「中央の椅子に十二、三人の人々がまるで縛りつけられるような格好で座って」おり、主人公（仲代庫男）の「あなたたちは待避しないんですか」の呼びかけに、リーダーと思しき男が「班長さんがここにおれといった」と明らかに朝鮮人とわかる訛で返事があった後、仲代は突然次のような言葉を聞く。

「テンノーヘイカノタメ、タンコウユク」

炭坑労働のために北部朝鮮から徴発されてきた朝鮮人が発したこの「テンノーヘイカノタメ、タンコウユク」の言葉を聞いた仲代は、次のように思いに駆られる。

恐らく他の日本語はろくろく覚えぬままに、北部朝鮮から日本内地に向けて出発する時、その言葉だけ無理に暗唱させられたのであろう。仲代は何故かその「テンノー」という片言がひどく実際の天皇陛下を侮辱したもののように感じた。そしてその侮辱感は朝鮮勤労者をおき去りにしたまま自分だけ防空壕に待避した班長（多分日本人であろう）の卑怯なふるまいにそのまま結びついているように思われたのである。「朝鮮人も日本人じゃないか」と仲代庫男はおもった。「テンノーヘイカノタメ」という言葉だけ覚えさせて、その言葉の意味の重さに責任も持たず、自分だけ卑怯に待避したのだと彼は考えた。佐世保港外の海底炭鉱に彼は昭和十二年から昭和十七年春まで（その間一年ほど大阪の工場で働いていた期間をのぞいて）いたが、その小学校五年から高等一年を終え、そして炭札夫、坑内道具方で働くようになるまで、彼の友達の半数は朝鮮人だったのだ。

連行されてきた朝鮮人が発する「テンノー（天皇）」という言葉に天皇が「侮辱」されたように思い、と同時に彼らを置き去りにしていち早く防空壕に避難した引率者（班長）に対しても、「貴重な」労働力である朝鮮人労務者を置き去りにしたということで「侮辱感」を感じる仲代（井上光晴の分身）、ここには戦時下にあって「勤皇青年」として純化を目指していた井上光晴の在り様が反映している。つまり、日本帝国主義＝絶対主義天皇制によって植民地化された（侵略された）朝鮮の人々に対して、仲代が「朝鮮人も日本人じゃないか」という一見「ヒューマニズム」の立場から発した言葉も、実は仲代（井上光晴）もまた戦時下にあっては、日本帝国主義の「支配の論理」＝植民地思想を全面的に肯定するような至極「良識」的人間でしかなかった、ということの証だったということである。

ただ、『虚構のクレーン』で朝鮮人が発する「テンノー」という言葉に敏感に反応する「勤皇青年」であった仲代庫男（井上光晴）は、敗戦直後のことになるが、また以下のようにそれまで聞いたことのない「天皇制廃止」という言葉と思想に「驚愕」する青年でもあった。

天皇制廃止という考えがあるのか、天皇制廃止という考え方ができるのか、と昨夜からずっと思いつめてきたことを反芻しながら、仲代庫男は市街全体を見下ろすことのできる山裾を縫う坂道を歩いていった。天皇制廃止とは昨日日記に書き写した共産主義者の出獄を伝えた新聞記事の中にでてきた言葉であったが、彼はその新聞を読んで、呻くような衝動を受けたのである。天皇制廃止ということが正しいのかどうか、彼にはまだよくつかめなかった。しかしその天、皇、制、廃、止という五つの文字を書き並べることができるのだという考えが、何か信じられぬようなさけびを一晩中彼の中であげつづけたのである。（『虚構のクレーン』第六章）

もちろん、井上光晴は「小学校五年から高等一年を終え、そして炭札夫、坑内道具方で働くようになるまで、彼の友達の半数は朝鮮人だった」ということ（多分事実であろう）が、朝鮮半島を植民地化し、そこからの「収奪」を常態化してきた日本帝国主義＝絶対主義天皇制に対する「免罪符」になるなどとは露ほども思っていなかったであろう。しかし、この長編に先立つ『長靴島』（「新日本文学」一九五三年六月号）や『トロッコと海鳥』（同　一九五六年二月号）などを読めば明らかなように、長崎（佐世保）の炭坑では強制連行（半強制連行）されてきた朝鮮人炭坑夫への「差別」が常態化していた現実を、「勤皇青年」井上光晴は熟知していた。そのことを前提に「彼の友達の半数は朝鮮人だった」という言葉の意味を考える時、そこには「勤皇青年」＝天皇主義者（日本帝国主義の植民地政策を肯定せざるを得ない立場）である自分と、「朝鮮人差別」を「同じ日本人（人間）」という理由で認めることのできない自分との「矛盾」に引き裂かれた井上光晴の「呻き」が、作品の背後から聞こえてくるように思われてならない。

また、この連行されてきた朝鮮人炭坑夫への「差別」に関わる複雑な思いの表現は、過酷な炭坑労働の合間に「勤皇」思想の断片や「詩」、「小説」の草稿をノートに書き連ねてきたことと考え併せると、井上光晴が中野重治の朝鮮人同志への熱い思いを綴った詩『雨の降る品川駅』（「改造」一九二九年二月号）に示された思想から大いなる示唆を受けたのではないか、との誘惑的思いを禁じることができない。「辛《しん》よ　さようなら／金《きん》よ　さようなら／君らは雨の降る品川駅から乗車する」で始まる『雨の降る品川駅』は、以下のような詩行によって終わる。

君らは出発する
君らは去る

さようなら　辛
さようなら　金
さようなら　李
さようなら　女の李

行ってあのかたい　厚い　なめらかな氷をたたきわれ
ながく堰《せ》かれていた水をしてほとばしらしめよ

日本プロレタリアートのうしろ盾まえ盾
さようなら
報復の歓喜に泣きわらう日まで

なお、ここで注記しておきたいのは、長編『虚構のクレーン』に描かれている「テンノーヘイカノタメ、タンコウユク」という言葉を発した朝鮮人労働者が描かれている時代は「戦前」であるが、この井上光晴の最初の長編が書かれたのは「戦後」であり、戦前に「転向」した中野重治が、戦後「再転向」を行い、井上光晴が処女作『書かれざる一章』を投稿した「新日本文学」の初代編集長（創刊に尽力した）として「民主主義文学」陣営の最前線に立つ作家・詩人だったということである。井上光晴は、『井上光晴作品集　第一巻』（一九六五年刊）の「自作解説」の中で、処女作『書かれざる一章』に関して日本共産党臨時中央指導部（所感派）が、「明らかに党の権威と信用を大衆の面前において失墜させる効果しかもたない分派的作品」と決めつけたことに対して、中野重治が「嘘と文学と日共臨中」（「新日本文学」一九五一年六月号）で、次のような反論（批判）を展開したことについて、「半ばしかうけいれることができなかった」としながらも、肯定的に紹介していた。少し長くなるが、井上光晴と中野重治との関係がよく分かる部分なので、以下に引く。

井上のあの作は何を反映していたか。端的にいえば、（長橋その他がくわしく触れている）、一九四五年以前の日共の弱点（一九三二年の「三二テーゼ」、三五年の『日本共産党統一のために』を見よ。）と四五年以後の根本誤謬（四つの国際批判を見よ。）とにもかかわらず、この弱点を克服し、この誤謬から立ちなおって、党本来の面目を発展的に恢復しようとする努力が党内に生まれつつある姿だ。同時に、この勢力がまだ弱くて、そのことをどう実現するか理論的組織的に確信を持てずにいる姿だ。そこで同時に、この正しい、しかし弱い勢力、分子がともすれば悲観的になり、内攻的、敗北的になって行く悲しい姿だ。これは、つづめていえば、日本人民がそれを押したてて行かねばならぬ前衛としての日共の或るときの姿を反映したものだ。いかに反映しているか。姿のいたましさに押され気味な作者の態度において、国際・国内的な正しい勢力の展望から切り裂かれた、主人公の孤独な心情にしたがえられて反映している。すすめていえば、主人公の主観的願いが客観的には実現されかねる仕方で反映しているのだ。主人公たちの姿（党の姿）を心の痛みとして受けて、そこからの脱《ぬ》け道をかわくように求めている作者は、解決のための、宮本百合子のいう「実際的で聡明なたたかい」の意義を十分つかんでいない。

引用中の「四五年以後の根本誤謬」が具体的には「五〇年問題＝党が〈国際派〉と〈所感派〉に分裂したこと」として、その後の日本共産党の在り様に大きな影を落としてきたことは今は措くとして、この中野重治の『書かれざる一章』批判を井上光晴が「半ばしかうけいれることができなかった」という言葉の背景に、井上光晴独特の「日本革命」への思いがあったことを考える必要があるだろう。

また、もう一つの背景として、大場康二郎との合同詩集『すばらしき人間群』（一九四八年　九州評論社刊）のいくつかの作品が、主題的にも方法的にも、植民地下の朝鮮から来日し、共に「天皇制打倒」を叫んだ「仲間」である朝鮮人への「連帯」の挨拶でもある『雨の降る品川駅』を収録した『中野重治詩集』（ナップ出版部版　一九三一年十月刊、ナウカ社版　一九三五年十二月刊）と「類似」していることの自覚があったことも、忘れるわけにはいかない。『すばらしき人間群』の『きびしい道』や『オルグI』、『もっと身近に』、『しんじつ』等の作品に漲る「理不尽な社会や論理」に異議申し立てる井上光晴の詩精神は、『中野重治詩集』の、例えば『万年大学生』や『彼が書き残した言葉』、『兵隊について』、『やつらの一家眷属を掃き出してしまえ』、『待ってろ極道地主めら』、『いよいよ今日から』、『今夜おれはおまえの寝息を聞いてやる』、等々のプロレタリア文学運動を牽引していた「プロレタリア芸術」（日本プロレタリア芸術連盟機関誌）や「無産者新聞」に発表した作品から見えてくる無産者（プロレタリア）階級の「困苦」や「怒り」、あるいは資本主義体制からの「解放」や「自由」を必死に願う純粋な気持に通底している、と思えるからである。

さらに、『中野重治詩集』に関わって井上光晴と中野重治の「詩精神」と方法について想像を巡らせれば、井上光晴は『中野重治詩集』所収の『雨の降る品川駅』に通じる『新聞をつくる人々に』における、「それから巡査が崖っぷちから突きおとされ／校長が女学生に袋だたきにされ／そして兵隊が脱走したという報道を／それから村中のヨボとチョンガとが一かために焼き殺され／おふくろと娘とのアイゴーがずっと遠方の町まで聞こえたという報道を／それから村じゅうのたんぼと畑が書きかえられ／むきだしの土まんじゅうが掘つくりかえされて八間道路が突つ走つ／たという報道を／その八間道路を装甲自動車がけとばしその上に赤ら顔の人殺し請負師がそつくり／返つていたという報道を」といった詩行から、植民地朝鮮における「差別」に対する中野重治の「怒り」を読みとっていたのではないか、と考えられる。

なお、井上光晴と中野重治との関係を考える際に欠かせない文献として、井上光晴の論考に、中野の転向と戦時下の『斎藤茂吉ノート』（一九四二年六月初版）に示されている「たたかい」について言及した『中野重治ノオト（1・ノオトを取る意味と立場）』（『新日本文学』一九五七年二月号）のあることを付記しておく。井上光晴は、この論考に関して、（２）（３）……と書き継ぎ、文学者の「転向」と「戦争協力」に関する長編評論を予定していたようだが、ついに最後まで完成することはなかった。もし完成していれば、本多秋五や吉本隆明の「転向論」とは違った「転向論」を私たちは手にすることができたのではないかと思い、残念な気持にさせられる。

〈4〉「朝鮮（人）」へのこだわり（2）――共に生きる者

では、井上光晴にとって「朝鮮人」とはどのような存在であったのか。井上光晴の小説で最初に「差別」される存在である朝鮮人労務者が登場するのは、先に記した『長靴島』である。

「わたしはなんどもヘンコをたのんだ、たのんでいました。ヤンバン、〈西二片払〉のヘンコを……」

電球が揺れ、橋本がかすれ声で「陣田さん」と叫んだ。

「ヤンバン、わたしは前も、前の前も〈西二片払〉でした。こんどヘンコ日がきたら変えてやるといって……」

電話機の前に座っていた陣田が「季本っ」といったので季本三鎮の声はそのままくたくたとくずれた。

「季本、模範鮮人だとおもってつけ上りすぎるとひどいぞ、変更の文句は後からつけろ、後から来いっ」

それは「変更に文句があったら、後でどやしつけるぞ」ということと同じだった。誰か後から「李、李」と叫んだ。橋本がりきんだ声でもう一度「〈西二片払〉」と叫んだ。

エネルギー政策の転換によって、すでに北海道の夕張炭田も九州の筑豊炭田も、ましてや長崎佐世保の炭坑地帯も無くなっている現在、「払」という石炭の採掘現場を指す言葉も死語になっており、この『長靴島』の地下水の湧き出る採炭効率の悪い「払〈西二片払〉」に朝鮮人労務者が集中的に配置されるということが、実は「朝鮮人差別」が炭坑では日常的に行われていたことを意味することだったことも、今は忘れ去られているのが現実である。井上光晴は、同時代に炭坑労働に従事していた経験から、上記のような炭鉱現場では「朝鮮人差別」が日常茶飯事であったが故に、そのような「事実」について繰り返し書かずにはいられなかったのではないか、と思われる。

次の引用は、『長靴島』における「日本人名」を名乗らされていた「李（季本三鎮）」の娘「芳英」と炭鉱事務所で働いている芳英より年下の杉昭夫との会話である。


「でも、戦争になったら杉さんも兵隊に行くんでしょうが」

「兵隊に行くさ、しかしまだ五年もある」

「アメリカと戦争したら十六歳以上は全部総動員だって、労務の人がいっとよ」

「そんな時は俺だってやるさ……」

「そんな時、あたいは……」

「あたいは？」

杉と芳英は同時にいった。芳英は「もし、その時杉さんが戦死したら、あたいはどうなるのか」というつもりだったのだ。

「あたいはって、李さん」杉は聞いた。

「あたいは朝鮮人だから……」芳英はいった。全然別なことをしゃべっているのだ。「そんなこと、李さん。君は日本人じゃないか」杉はいった。私は朝鮮人だ。杉さん、あんたには分からないのよ、と芳英は思った。日本人の嫁に、朝鮮人はなれない。

この「杉」と「李芳英」の会話から井上光晴の朝鮮人観や「差別」に対する考え方を探るならば、「そんなこと、李さん。君は日本人じゃないか」という杉の言葉が意味する、朝鮮は絶対主義天皇制国家に「併合」され「日本の植民地」になったのだから、「朝鮮人」も内地の日本人と「同じ日本人だ」という思想を底意に持つものだと言えるだろう。つまり、当時スローガン的に叫ばれていた「内鮮一体」がいかに「まやかし」であったかを強調するために、杉の「李さん。君は日本人じゃないか」という物言いがあくまでも「建前＝観念」としか思えない、そのことを強調しようとしたのではないか。言い方を換えれば、当時の井上光晴が個人的にいくら「朝鮮人も同じ日本人」と思っていたという前提に立っても、そのような「考え方」は結果的に「主観」でしかなかったということを踏まえて、朝鮮人を劣悪な採炭現場で働かせていた現実を強調したのではないか、ということである。そして、井上光晴は炭鉱労働の現場において「朝鮮人差別」が厳然として存在していたということを、「平和と民主主義」の戦後日本で安穏と暮らしている日本人の前に改めて突き出したのである。

更に言えば、井上光晴が初期作品において「炭坑」労働を描くことは当たり前と考え、その炭坑で「徴発（強制連行・半強制連行）」されてきた朝鮮人とその家族（の一部は、「朝鮮ピー屋」と言われていた女郎屋で「売春」を生業にさせられていた）が多数存在していた現実を目の当たりにし、まさに創作の「原点」とせざるを得なかったのである。と同時に、そのように「差別」され虐げられていた朝鮮人炭鉱夫を描いたことの底意には、そのような最底辺の「朝鮮人労務者」の存在に気づくこともなかった「高学歴」戦後派作家への「異議申し立て」も潜んでいたのではないかと思われる。もちろん、そのような思惑が井上光晴の「朝鮮人」が登場する作品には存在していたと考えるのは、井上光晴文学に対する「深読み」と言えるかもしれない。このことを別言すれば、初期の井上光晴が執拗に炭鉱やそこで働く「朝鮮人」のことを描いたのも、他の多くの戦後派作家が自らの「左翼・転向」体験や戦争体験に重ねながら、高校や大学初年級が使用するレベルの近現代文学史と同じように、戦時下（太平洋戦争下）の文学状況に対して「暗黒時代であった」として、自らの「戦争協力」や「転向」、あるいは「沈黙」等々の「欺瞞」を隠蔽してきたことへの、「勤皇青年」井上光晴なりの「異議申し立て」・「反撥」の意味もあったのではないかと思われるからである。

なお、『長靴島』には杉と李芳英の「恋愛」とは別に、唐突感を持って「沼崎」と言う刑務所帰りの「元左翼活動家」と朝鮮人売笑婦「余梨春」との「淡い恋」も書き込まれているが、そのことの意味する所は何であったか。ここにもまた、初期井上光晴文学が「朝鮮人」を小説の主要登場人物としてきた理由が隠されていたと思われる。

「戦争、戦争になって何もかも潰滅か、かえってその方がさっぱりしていいよ……」梨春がびっくりするほど激しい虚無的な口調で沼崎は応じた。「戦争にでもならなきゃあ、君たち朝鮮人は浮かぶ瀬なしさ」梨春はまじまじと沼崎の顔をみつめた。京城、K女学園事件、伊経倫。……それから数日たった夜。二人は鱶浦の暖竹の生えた海岸でひそかに逢った。長靴島に他の場所はなかった。

沼崎透は余梨春の胸の中でその時嗚咽した。はるかに見えるN島の漁村の灯が梨春の眼と水平に明滅し、波音ひとつたてぬ真夏の海に沼崎の横顔と重なって、八年前、ニホン憲兵に殺された唯一人の愛人、伊経倫の俤を淡く映しだした。

「僕は刑務所をでた時、もう何も信ずることができなかった……自分自身さえも」沼崎は低く自分にいいきかせるように話しはじめた。「それから鼠のような生活がつづいた。何も信ずるものがなくなって、泥の中だけを生きていくのだ……」「泥のような転向、泥のような再生……裁判長が僕に執行猶予を言い渡す時、そんな言葉を使った。泥のような……どこかでしょっちゅう誰かが僕を嘲笑していた。僕の奥底でだ。しまいにはその嘲笑すら、僕から消えてしまった。僕が僕を嘲笑しているうちはまだよかったのだ……」

このような形で、井上光晴は戦時下をあたかも「暗黒＝無」であるかのように「偽装（仮想）」してやり過ごそうとした「戦後」社会や知識人（文学者）たちの在り様に対して、厳しく「異議あり」の声を上げたのである。ところが、残念なことに、この引用のような「朝鮮人」と「日本人転向者」の会話から容易に察しが付く井上光晴の「戦後」社会や戦後の知識人（文学者）に対する「批判」——「朝鮮人差別」に集約されるそれ——に関して、『書かれざる一章』等の初期作品を批評した平野謙をはじめとする戦後文学者たちの誰一人として気付く者はいなかった、と言わねばならない。

つまり、若い「杉」から「沼崎さん、日本人が朝鮮人を好きになってはいけんでしょうか」と問われた沼崎が、かつて自分が京城大学在学中から関わってきた民族解放運動（朝鮮解放運動）の活動家だった時、恋愛関係になり妊娠させた朝鮮人の娘を、特高の拷問で死なせてしまったと告白させることで、井上光晴は戦時下に亀のように首をひっこめたまま「沈黙」を守ることで「延命」を計ってきた戦後派知識人（文学者）たちも「差別者」として同罪ではないか、と告発したのである。戦時下の厳しい弾圧をくぐってきた戦後派知識人（文学者）たちには、国の内外で繰り広げられていた「朝鮮人差別・弾圧」にまで考え及ばなかったのではないか、と初期井上光晴文学はそんな底意（批判）を潜めていたということである。

沼崎の行方を突き止めるための拷問が原因だった。流産して。――その娘が余梨春とどこか似ていた。失われてしまった自分を、余梨春を愛することでもう一度取りもどそうとする、彼の心のどよもすような動きもそこにあった。彼はこの一年来（余梨春を愛しはじめてから）もう一度本来の人間として生きたいと考えていた。余梨春への愛情をテコとして、崩壊への道をまっしぐらに驀進していく日本帝国主義の渦中で、同じく崩壊しつくした自分の最後のものを朝鮮人余梨春への愛に賭けていた。いわば余梨春との愛を完成させることが、戦争と朝鮮民族隷属化に反対する、彼の残された最後の闘いであった。

〈5〉「朝鮮（人）」へのこだわり（3）――「恋愛」・「性」・「同志」

在日朝鮮人文学に詳しい磯貝治良は、その著『戦後日本文学のなかの朝鮮韓国』（一九九二年七月大和書房刊）の「腐蝕をうつものたち――井上光晴の文学と朝鮮」の中で、「井上光晴は、いわゆる第一次戦後派作家たちがほとんど描くことなくきた〈朝鮮〉を、その空白を埋めるようにして、自らの母斑として、描きつづけてきた作家である」とし、また「朝鮮と朝鮮人体験は、ほとんど作家の存在そのものを呼びつづける現身《うつしみ》の胎児のようなものであった」と、初期の井上光晴文学と朝鮮（人）とがいかに深い関係にあったかを喝破した。では、井上光晴が「自らの母斑」としてきたものとは一体何であったのか。それを説明するにはまたしても中野重治に登場してもらわねばならない。中野がその「転向」に関して発した貴司山治の転向作家批判「文学者に就いて」（「東京朝日新聞」一九三四年十二月十二日～十五日）に対して、第六章『『運命』と『自爆』の彼方へ』で言及した以下のような反論『『文学者に就いて』について」（「行動」一九三五年二月号）の「頬の消えぬ痣」と井上光晴の「自らの母斑」とは、どういう点で「類似」し、どこが「違っていた」のか、戦後文学史の在り様を正しく理解するために、もう一度検討し直す必要がある。さらに、そのような「歴史」の再検討は、文学の分野だけでなく政治や経済などの学問世界においても「歴史」から何も学ぼうとしない「反知性主義＝情緒的判断」が横行している現在、より必要とされているのではないだろうか。

弱気を出したが最後僕らは、死に別れた小林（多喜二――引用者注）の生きかえってくることを恐れはじめねばならなくなり、そのことで彼を殺したものを作家として支えねばならなくなるのである。僕が革命の党を裏切りそれにたいする人民の信頼を裏切ったという事実は未来にわたって消えないのである。それだから僕は、あるいは僕らは、作家としての新生の道を第一義的生活と制作とより以外のところにはおけないのである。もし僕らが、みずから呼んだ降伏の恥の社会的個人的要因の錯綜を文学的総合のなかへ肉付けすることで、文学作品として打ちだした自己批判をとおして日本の革命運動の伝統の革命的批判に加われたならば、僕らは、そのときも過去は過去としてあるのではあるが、その消えぬ痣《あざ》を頬に浮かべたまま人間および作家として第一義の道を進めるのである。

ここで中野重治の言う「頬の消えぬ痣」とは、まさに「権力の強制」によって「転向」を余儀なくされたという事実を指すわけだが、「痣＝母斑」と考えれば、作家井上光晴の「母斑（痣）」とは、やはり戦時下にあって「勤皇青年」――それはまた「戦争」体験でもあった――として生きていたことと、そのことと表裏一体の関係にあったと言っていい。そして、それは磯貝治良が指摘したように「炭坑」労働に従事していたことから派生した「朝鮮（人）」体験ということになるだろう。

特に、「朝鮮（人）」体験に関しては、先に〈2〉節で指摘したような苛烈な「朝鮮人差別」とは別に、『虚構伝』で明らかにしているが、若い朝鮮人女性との「恋愛（性愛）」体験および「朝鮮独立」運動に関わっての人間関係が、井上光晴の「消えぬ痣」になっているのと考えていいのではないか。「銅鑼―息子の哀号ききたいか―崔和代のこと―菅牟田部落の「朝鮮ピー屋」―兄サン初メテネ―三上於兎吉の『白鬼』―張成伊のこと―民族独立と独学同盟の「独」」という説明文が添えられた『虚構伝』の「I」に、友人の採炭夫「張成伊」こと日本人名「浅元英世」が「朝鮮独立運動」に関わった嫌疑で警察に逮捕され、井上光晴も張成伊の仲間として留置場にぶちこまれるということがあったという。この事件について、井上光晴はなぜ自分が逮捕されたのか、取り調べを受けるうちに判明した理由のいくつかについて、次のように書いていた。

2、次に浅元英世は勤務先の二坑繰込場で、中途昇坑してきた朝鮮人坑夫が、労務課員から殴打されているのを見ると、「日本人ハナゼ朝鮮人バカリ叩クノカ」といって泣きだした。その時、「井上光晴ハ浅元英世ヲナグサメテ、朝鮮人ダケガ苦シム。朝鮮人サケガ中途昇坑シテモ叩カレル。朝鮮人ダケガ悪イ払イ（坑内採炭個所）ニヤラレル云云トイウ言葉ヲツネニ浅元英世ニササヤイテイタ……」

3、さらに「井上光晴ハ前記状態ノ時、イクラ泣イテモ仕方ガナイ。日本人カラ叩カレタリ馬鹿ニサレナイヨウニスルタメニハ、大学ヲ卒業スルコトダ。朝鮮人デモ大学卒業サエスレバ馬鹿ニサレズニスム。ソシテ自分タチノ国ノ朝鮮ニ帰リ、独立運動ヲヤレト示唆シタ」

要するに、井上光晴は朝鮮人が炭坑労働において「差別」され続けてきたのは、「学問を身に付けてこなかったから」であるから、何が何でも「大学」に行き、母国朝鮮へ帰り、大学で得た「知識」を武器に「独立運動」をすべきだ、と朝鮮人の友人「張成伊＝浅元英世」に示唆した、という嫌疑で警察に捕まり留置場にぶち込まれたのである。

しかし、この「朝鮮独立云々」は、日本帝国主義＝絶対主義天皇制下において行われた「朝鮮併合（侵略＝植民地化）」を、「勤皇青年」として基本的には「肯定」していたと思われる井上光晴の思想と心情にはそぐわないことであった。というのも、井上光晴はそのような「朝鮮独立運動」よりも、炭坑夫の「仲間」である朝鮮人が過酷な労働（待遇）を強いられていたことに対して「理不尽」と思い続けてきたということがあり、そこから派生した「朝鮮人も同じ日本人」という考えが井上光晴の「思い込み＝観念」だとしても、「仲間」である朝鮮人坑夫に対して「同情」の念を確かに持っていたと思われるからである。そのような井上光晴の日頃の言動や朝鮮（人）観が、朝鮮人青年に「朝鮮独立」を示唆したのではないかという疑いを誘引したと官憲が考えたとしても、仕方のない面もあった。このことを井上光晴が胸内に抱えていた思想との関係で忖度するならば、「朝鮮独立云々」の問題は、井上光晴が戦時下において「勤皇青年」と「民族自決」＝朝鮮独立思想との間で揺れていたことを象徴していたのではないかということになる。

ところが、この「朝鮮独立云々」よりも、井上光晴と「朝鮮（人）」との関係を考える上で更に重要なことが若い朝鮮人女性をめぐる「三角関係」を描いた中編の『褐色の唾』（「新日本文学」一九六一年四月号）に書かれている——なお、この作品に描かれた主人公（語り手）の「童貞喪失」のエピソードが「創作＝虚構」ではなく、「事実」に基づくものであることは『虚構伝』でも明らかにされている——。「昭和十六年冬、海底炭鉱で働いていた十五歳の時、彼ははじめてその崔和代のいる朝鮮ピー屋で女を知ったのだ。」で始まる井上光晴の「童貞喪失」話は、次のような経緯があってのことであった。

水尾英樹は高等一年になって、崔和代と同級になってからずっと崔和代を好いていた。父親に早く死に別れ選炭婦の母親と二人きりでくらしている大柄で美貌の彼女には、その頃から「労務助手の誰さんが通いよらす」とか「崔和代はもう女になっとる」という噂がついてまわっていたが、彼はいつもその噂をむきになって否定した。ある日偶然渡し船で乗合わせ、本を貸してくれといわれてから、話も何もせずただ本だけ誰にもしられず中段の共同浴場の横にある捲上機のところでやりとりするという関係が高等二年を終えるまで続いたが、彼はそれだけでみち足りていたのである。（中略）
「昨日行列の中にいたけど、崔さんはやっぱりあそこに勤めているとね」（中略）
「崔サン、アア、春子サンネ、イルヨ。家ニキナサイ、イルカラ」と女はいった。（中略）
「春子サンハイマオ客ネ、コラレナイカラネ、ワタシガ相手ニナルヨ」毛布をひらひらさせて女はいった。
「崔さんがこなければおれは帰るよ」彼は立上がった。
「待チナサイ、カエルトイッテモ。ココニアカッタラ、金ハ返セナイヨ、兄サン損スルヨ」女は彼

の菜っ葉服の下にはみだしている毛糸のシャツをひっぱった。（中略）
大東亜戦争が勃発したというのにおれは堕落してしまったという泣きだしたいような気持で菅牟田部落から二坑までの道を下ってくる坑夫たちにみられまいと顔をそむけて（中略）兄サン初メテネ、初メテナラ初メテトソウイウトヨカッタノニネ、コンナ朝鮮ノ女ノタメニワルカッタケト、シラナカッタカラカンニンシテネ。コントキタライクラオ客サンアッテモ春子サンヨプヨ。シカシ兄サン初メテタカラ私ノコト誰ニモイウタラタメヨ。

長い引用になったが、井上光晴にとっての「初めての女性」が朝鮮人の売笑婦（売春婦＝朝鮮ピー屋の女性）だったということ、このようなことは戦前、特に炭坑地帯では「当たり前」のことだったかもしれないが、自らの青春時代を語るエピソードとしてこの「童貞喪失事件」を井上光晴がさまざまなエッセイの中で繰り返し持ち出すのは、この「事件」が井上光晴にとって「精神的トラウマ」になっていたからではなかったかという推測を可能にする。言い方を換えれば、小説家井上光晴にとって朝鮮人女性との「関係＝恋愛（性愛）」は、それだけ「重い主題」として内部に居座り続けてきたということになるのではないか、ということである。

被爆者差別の問題を戦後社会に鋭く突き出した長編『地の群れ』（一九六三年九月　河出書房刊）の冒頭部分で、主人公宇南親雄が十六歳の夏に働いていた戸島海底炭坑で朝鮮人の安全灯婦朱宝子を坑木置き場で犯し、妊娠させたという過去が語られるが、この「朱宝子」は『褐色の唾』の「崔和代」に重なる女性である。このこともまた、井上光晴が「朝鮮（人）」と日本（人）との関係を手放すことなく、戦後日本が朝鮮半島を一九一〇（大正九）年から三十六年間「植民地統治」してきた歴史を忘却したかのように振る舞ってきたこの国の在り様（精神風土）に対して、確かに「異議」を突き付けるものだったと言える。

なお、作家井上光晴にとって、「戦争（戦時下）」体験およびその体験と密接な関係にあった「朝鮮（人）」体験がいかに大事なものであったか。それは、例えば一九七〇年代から八〇年代に書かれた三つの長編小説――『心優しき反逆者たち』（上下　一九七三年十二月　新潮社刊）、『曳船の男』（上下「毎日新聞」連載時の原題『気温一〇度』一九八〇年五月）、『憑かれた人』（上下　一九八一年四月　集英社刊）――のいずれの作品にも、井上が青春時代を送った長崎県佐世保港沖にあった「崎戸炭坑」と共に「朝鮮人」が重要な役割を担って登場するところに、よく現れている。その意味で、井上光晴文学における「朝鮮（人）」は、先に挙げた磯貝治良の言に従うならば、「日本人の〈原罪〉をたたく（撃つ）」ものにほかならなかったのである。

現在、「歴史＝事実」の重みが顧みられることなく、表層の「悪しき保守政治」に翻弄された「嫌韓」「反韓」を旗印にした書籍や雑誌の類が巷にあふれかえっているが、「歴史」を無視した感情論が何をもたらすかは、「悲惨な結末」となった先のアジア太平洋戦争に至る過程や渦中の指導者やその追随者たちの言動を顧みれば、即座に了解できることである。井上光晴文学が伝える「朝鮮（人）」像は、まさに「歴史＝事実」がいかに今を生きる人間にとって大切であるかを、よく教えるものである。

補論II　「共苦」する魂——小林勝と「朝鮮」

〈1〉その「出発」にあって……

一九五二年六月二十五日、朝鮮戦争及び破壊活動防止法（破防法）反対のデモにおいて、火焔壜を投げて逮捕された小林勝は、二ヵ月間警視庁の留置場生活を余儀なくされた後、小菅の刑務所に一九五三年一月まで拘留される。この半年余りの留置場と刑務所での生活を送るうち小林は「文学」に目覚め、「習作」と言うべき『ある朝鮮人の話』（『人民文学』一九五二年十二月号）などの「朝鮮（人）」に材を取った作品を書き始める。その時の小林勝の「思い」はどのようなものであったのか。一九七一年三月二十四日に四十三歳の若さで急性肝硬変と腸閉塞のため逝去する約一年前、小林勝は「新日本文学」の一九七〇年二月号の呉林俊との往復書簡「あなたの『日本』私の『朝鮮』」の中で、「火焔壜事件」で逮捕され留置場や刑務所に入っていた時に小説を書こうと「決意」したと告白し、その中で

「小説を書こう」と思い至ったことと、近代社会の到来を告げた明治以来日本の中で続いてきた「朝鮮人差別」の現実とは全く無縁でないとして、次のように書いていた。

私はいま、私自身の魂の深みにおそらくひそんでいるであろう差別意識とあえて書きました。私は、自分が生涯をかけるべき重要なテーマの一つとして、日本にとっての朝鮮とは何か、何であったか、今何であるか、将来何でなければならないだろうか、を追究することを私の文学の出発の時に己れに命じ、その道を十余年歩いてきました。私はその過程の中で少しずつ朝鮮人の友人もできてきました。そして、長い精神の苦闘を通して、今の私自身には差別感はないはずだと思っております。しかしながら、ひょとしたら、私は勝手に、差別意識から解き放たれていると思いこんでいるだけの話であって、その深層意識の底には差別意識がぴったりと貼りついているのかもしれないのです。私が日本人の一人として育ってきた以上、私が日本の歴史の埒外にあり得るわけはなく、長い歴史と共に日本人の中につくりあげられた民族蔑視、差別感から私一人が完全に自由で、解き放たれているわけはないからであります。

この「(朝鮮人への)差別意識」は、呉林俊からの書簡「一人の朝鮮人としての〈日本人〉」の次のような言葉に応えたものであった。

小林さん。〈朝鮮〉、および〈朝鮮人〉をなりふりかまわずにたぐりよせようとしてきた「文学」が、どれほど腫物に触れるようにやっかいな、「とてもつらいな。うん、ぼくもつらいんだ」をあらかじめかくごしながら切開にまでこぎつけねばならぬという、のっぴきならぬ状況の息づまらんばかりの確執を媒介とする〈朝鮮人〉に逢着するとき、しばしば、いっそのこと放擲しまいたい衝動にかられるときもあるのではないか、ひそかに推察いたします。しかし、この岐路こそは、文字づらだけの〈連帯精神〉から、あきらかに「何万回繰返してもなんの役にもたたない」、その接点の〈核〉を隔靴掻痒ではない、かけねなしの〈連帯への道〉なのであり、ひとたびもふたたびも通らねばならない関門なのではないでしょうか。

この文章に続けて呉林俊は、小林勝が書下ろし長編である『断層地帯』以来の二作目の長編『目なし頭』（「文藝」一九六七年十一月号）の中で、自分の内部に育まれてきた朝鮮及び朝鮮人に対する「意識」を総括した、次のような個所を引用する。

お前は朝鮮に生まれ、そこで育ったために、朝鮮人をよく知っていると、少し思い過してはいないか。彼等は、身内ではない。彼等は外国人なのだ。そして、外国人の中でも、いちばん、その正体の見えにくい外国人なのだ。

この『目なし頭』における「朝鮮人は、外国人なのだ」という冷厳な事実を指摘した言葉と、呉林俊の小林勝宛ての先の書簡が私たちに教えてくれるのは、朝鮮慶尚南道晋州に生まれ、日本が太平洋戦争に敗北する少し前(一九四五年三月)に本土(埼玉県朝霞市)の陸軍航空士官学校に入学するまで、ずっと「生まれ故郷の朝鮮」で暮らしてきた小林勝にとって、当たり前のことだが、「朝鮮人」は自分がよく知る「隣人」だったということである。その上で、アジア太平洋戦争の敗北によって手に入れた戦後(民主主義)社会では、「朝鮮」と「日本」とは長い歴史を持っているにもかかわらず、いつの間にかその歴史を持つ「朝鮮人」が「正体の見えにくい外国人」になってしまった、ということを指摘したのである。言い方を換えれば、日本と朝鮮との決して「対等・平等」でなかった「関係史」、それは金達寿の『日本の中の朝鮮文化』(全十二巻　一九七〇年十二月〜二〇〇二年五月　講談社刊など)を俟つまでもなく、古くは古墳時代や三韓時代にまで遡ることができ、豊臣秀吉による朝鮮侵略(文禄・慶長の役)はもちろん、明治維新時における「征韓論」に始まり、日清・日露の戦争を経ての「日韓併合」(一九一〇〈明治四十三〉年)以後「三十六年間」に及ぶ植民地支配と、アジア太平洋戦争の「敗北」によって「在日朝鮮人」という存在を生み出した「歴史」ということになる。しかし、そのような歴史から生起する「贖罪意識」と「差別」意識が混然としている「日本社会」にあって、小林勝は「安直」に「私の故郷は朝鮮だ」「日本人(私)と朝鮮人は深い友情で結ばれている」などと言ってはいけない、と主張したということである。

さらに言えば、小林勝は『蹄の割れたもの』(「文藝」一九六九年二月号)、『架橋』(「文學界」一九六〇年七月号)、『無名の旗手たち』(同　一九六二年七月号)、それに『目なし頭』を収めた作品集『チョッパリ』(一九七〇年四月　三省堂刊)の「私の『朝鮮』――あとがきに代えて――」の中で、先の呉林俊への書簡をほぼ全文引用・紹介した後、現在自分の「朝鮮」及び「朝鮮人」への思いがどのようなものであるか、次のように書いた。

私にとって朝鮮とは何か、という問題を考える時、私は、私がかつての「植民地朝鮮」で生まれ、軍の学校へ入学するまでの十六年間そこで過ごしたという直接体験を含む「過去」の問題としてそれを捉えようとするわけではありません。もちろん、日本及び日本人の歴史にとって、朝鮮および中国に対するその「過去」は、現在の日本と日本人形成について考える場合にぬきさしならない重要なものでありますが、私は、それを、すでに終ったもの、完了したもの、断絶したものと考えることが出来ません。いやむしろ私は日本にとっての朝鮮と中国とは、その「過去」から現在へ、現在から未来へと連続して生きつづける一つの生きた総体と考えるのです。その「過去」はまことに耐えがたく、現在もまた耐えがたくいまわしい。そして日本近代資本主義が、朝鮮と中国の血を自らの養分としてすすりながら成長してきたというその「過去」をすっぽりと欠落させた、いわゆる「明治百年」思想を持つ日本支配階級が、これからいよいよアメリカにかわってアジアへ進出すると豪語するのを許容すれば、さきに述べた一つの生きた総体としてのその未来もまた、確実に、さらに耐えがたくいまわしいものとなるに違いないということは容易に理解できることであります。

私にとって朝鮮とは何か、ということは現実問題としてはまさにその未来にかかわることなのであり、その未来を展望しようとする私の文学的視点がどこにすえおかれ、どこから光を発するかといえば、それはこの総体における「過去」の、そもそもの出発点なのです。私は「過去」をふりかえるのではなく、その原点に立って、そこから未来を見透していこうと考えているのです。（傍点原文）

これは、まさに朝鮮で生まれ十六歳まで彼の地で育った小林勝の戦後二十五年を経た一九七〇年時点での「朝鮮」及び「朝鮮人」との関係に対する認識＝総括にほかならなかった。何故なら、一九六五年から始まった「ベ平連（ベトナムに平和を！市民連合）」や新左翼諸党派による「ベトナム反戦運動」の過程で起こった「脱走米兵」への海外逃亡援助――一九六七年、ベ平連は秘密組織JATEC＝Japan Technical Committee to Aid Anti War GLs（反戦脱走米兵援助日本技術委員会）を使って、アメリカ海軍の航空母艦イントレピッドから脱走した四人の米兵をソ連経由でスウェーデンに逃がしたのを皮切りに、その後もベトナム戦争に参加したくない「良心的兵役拒否兵士」を何人も海外に逃亡させた――にヒントを得て構想したと思われる『午後八時』（「新日本文学」一九七〇年十月号）が厳に存在するからである。

この五〇枚余りの作品に関しては、小林勝の思想と文学の全体を考究した原佑介の浩瀚な『禁じられた郷愁――小林勝の戦後文学と朝鮮』（二〇一九年三月　新幹社刊）でも、また『戦後日本文学のなかの朝鮮韓国』（一九九二年七月　大和書房刊）の中に「植民者の原風景と自己剔抉――小林勝の作品」と題する長文の小林勝文学の核心を衝いた論考を収録した磯貝治良も触れていない。しかし、小林勝が晩年においてどのような「朝鮮（人）」観を持っていたのかを考える時には、この短編は欠かせない作品であり、晩年の小林勝文学の中で最も重要な意味を持つものであると言っても過言ではない。

一編は、「新日本文学」の前号（一九七〇年九月号）が「朝鮮人――その断絶と連帯をめぐって――」（呉林俊）、「同質性のなかの異族の発見」（森崎和江）、「朝鮮の運命とわたし」（村松武治）、「朝鮮人の虚像と実像」（中薗英助）、座談会「〈境界線〉の文学――在日朝鮮人作家の意味」（参加者：小沢信男・木島始・小林勝・北村久）によって、「創造的課題としての朝鮮」を特集したことを受けて（と思われる）、「新日本文学」十月号の冒頭を飾った作品である。一年前の秋に肺摘出と補正成型の手術を終えようやく大学に復学してきた女子大生（両角圭子）が、誘われて参加していた「学生と市民の朝鮮研究会」というサークルの「カストロ」とあだ名されていた幹部ら二人から、「（君は治安当局にまだ知られていないメンバーだし、元大学教師の祖父と外科医の叔父という知識人一家なのだから）一人の青年を一週間圭子の家にかくまってもらえないか」と申し出されたされたところから始まる。その「青年」というのは、「カストロ」らの説明によれば、次のような事情を抱えている朝鮮人であった。

その男の父親は朝鮮慶尚北道出身の朝鮮人で、戦時中に強制連行されて日本の炭坑を転々とした。そして昭和二十年の日本敗戦の時は現在のソビエト領サハリンである樺太の炭坑で働いていたのだった。当時のソビエト側の政策で、朝鮮人は分割された朝鮮の北へ帰ることは許可されたが、南へ帰ることは許されなかったから、どうしても南の郷里へ帰りたい朝鮮人にとってはとるべき方法は一つしかなかった。それは残留している日本人の女性と結婚し、妻が日本へ引揚げる時に一緒に日本へ来て、そこから郷里へ帰るという辛抱と時間のかかる方法である。問題の青年はそういう両親の間に出来た子供だから日本語も一応出来る。青年は両親と共に昭和三十一年日本へ引揚げ、二年後、両親に連れられて朝鮮へ渡って行ったのだった。ところが永年の苦労で相ついで両親は死亡、身よりのなくなった彼はもちろん土地も財産もなかったから、村の人々の援助をうけて日本へ密航し、東京に在住する日本人である母親の姉のところに身を寄せ、法的身分についてもある手段を講じて、現在、電機電波関係の大学に在学中である。

ところが、最近は「米軍脱走兵」問題やベトナム派遣を忌避して日本へ密入国してくる韓国軍兵士の問題が起こったところから、当局（入国管理局、等）が神経質になり、在日朝鮮人や中国人を追い回し、逮捕しては強制送還することが増えてきて、件の青年も「危うい」状況にあるので、安全なアジトに移動するまでの一週間、圭子の家でかくまってほしいというのである。この状況設定は、一九五〇年代の「火焔壜闘争」等を経験するなど時代の只中に身を置いてきた小林勝らしく、一九七〇年前後の「政治の季節」＝学生叛乱・全共闘運動などが醸し出す疾風怒濤と言っていい「激動の時代」を反映したものと言ってよく、文学が時代を映す鏡となっている好例でもある。

なお、元大学教授「保之」の甥で学徒兵として戦死した「忠雄」の遺児として、保之とその息子で肺外科医の叔父「肇」に育てられた女子大生の圭子は、サークル幹部からの「朝鮮人を一週間かくまってほしい」との申し出に対して、同居している叔父と祖父に相談してから「午後八時」には返事をするということで、「郊外の静かな住宅地」の家に帰宅する。そこで圭子は在宅していた叔父と祖父に「事情」を説明し、「朝鮮人の青年」を預かる許可を求める。その場において、それまで圭子が知らなかった保之と肇の「過去＝戦時下」や「朝鮮（人）」体験が明らかにされる。保之は、入隊を前にして郷里の山村から上京してきた甥の忠雄が妊娠した恋人と共に「一晩泊まらせてくれ」と言ってきた時、次のような対応しかできなかったことを、「生涯の心の傷」として今日まで生きてきていた。

それに若い二人は、実のところ胸の中で何を考えて突然上京してきたか、わからないのである。彼の家で何事か不吉なことでも万一犯したら、彼の、大学での、社会での命とりになりかねない。それればかりか、警察と憲兵隊によって、彼自身がどのような状態につき落とされるかわからないのだ。想像は極端から極端へと走り、そして彼は二人の前にすわってからも混乱した頭のままでいた。その彼の頭の中で、この家だけは、この妻と肇だけは何としても守らねばならぬ、と言い続けていたのだ。そしてその時、保之は、忠雄とその娘を赤の他人よりももっと不吉で危険な存在として、冷酷に、決定的に、つき放してしまっていたのだ。

要するに、保之は「戦時下」における若い二人の「必死の願い＝一夜の自由」を適えてやるよりも

「自分の家・家族」を守ること、つまり「自己保身」しか考えなかった過去があり、その過去に対する「贖罪」意識があって、戦後は「孤児」となった圭子を引き取って育ててきたのである。

そんな保之の「過去」より更に苛烈な体験をしていたのが、作中で「ぼくは、朝鮮人がどうしても好きになれんのですよ」と言い続ける肇であった。一九五一年に始まった朝鮮戦争反対と、同時期に国会に上程されようとしていた破壊活動防止法（破防法）案反対のデモに参加し逮捕され、留置場生活を余儀なくされた経験を持つ肇は、その留置場で出会った朝鮮人青年やその後結核療養所の肺外科医として数多くの朝鮮人を治療してきた経験から、子供の頃に父の保之から受けた「朝鮮人だって（日本人と）同じ人間なんだ」という教えが、実際は「現実」と乖離した「偽善的」「観念的」なものだという思いを強く持っていたのである。また、肇は学生運動に関わっていた時、同じ医大生の活動家が朝鮮人女学生と恋に落ち「結婚」まで考えたが、相手が朝鮮人だということで家族の猛反対にあって別れたこともあって、今は次のような考えを持つに至っていた。

「大袈裟とはちがうんだ」とまた肇は圭子に言った。「朝鮮人と日本人をとことんまで考えざるを得ないような目に何度も逢わざるを得ない、そんな時代に生きてきたんだ、おれは。そして、そういう道を歩きつづけることは、ちっとやそっとの覚悟じゃ出来ない実例をいやというほど見てきたんだ。だから、圭子が、あぶなっかしくも思えるし、羨ましくもあるんだ。ただおれは、子供の時からの差別観だけじゃなくて、いつも、朝鮮人がおれの前に問題をもってあらわれると追いつめられたんだ。おれは、そういう朝鮮人がきらいなんだ。ほんとにきらいなんだ。朝鮮人同盟の崔（友人の結婚を相談に行ったとき、友人や肇の朝鮮人女性と日本人医師との結婚についての考えは、「優越感」や「差別観」を内に秘めたものであるから、その結婚は「やめなさい」と決然と肇たちに告げた朝鮮人同盟S支部の教宣部長――引用者注）なんて、いったい何者だ。なにをおれがしたっていうんだ。何であいつが、えらそうに、あんな言い方が出来るんだ。それだけさ、おれの言いたいことは。

保之、肇、そして「たとえ肺活量が半分になって、ゆるやかな坂道すらあえいで苦しまなくてはならない体になったとしても、今度こそ、わたしは生きた、この体で生きぬいた、と言えるように生きていこう、わたしの行動がどんなにささやかであっても、それが消えうせてしまって記憶に残らないような平凡なものであったとしても、わたしのささやかな行為、わたしの生命そのものが確かに人々の中にあるんだと思えるように私は生きよう」と決意していた圭子、この三人を小林勝の「戦前」と「戦後」、そして「現在」の体験と思想を体現して人物と考える。すると、『午後八時』は小林勝の「朝鮮（人）」体験やそこから導き出された思想の到達点を見事に体現した作品、と言うことができるだろう。別な言い方をすれば、『午後八時』は、一九五二年、小菅の東京拘置所で書いた『ある朝鮮人の話』（「人民文学」一九五二年十二月号）から始まり、作品集『フォード・一九二七年』（一九五七年五月講談社刊）でその地位を確かなものとした小林勝の、それまでの「朝鮮（人）」観とは全く違った世界へと踏み出していくことを宣した作品だったということになる。

〈2〉「懐かしさ」を拒否する植民者（支配者）

小林勝は、没後に刊行された作品集『朝鮮・明治五十二年――いわゆる〝光栄ある明治百年〟のうち』（一九七一年五月　新興書房刊）の「あとがき」において、この作品集に登場する「植民者＝日本人」の心性について次のように書いていた。

> この小説集の中には、朝鮮に長く住み、朝鮮人に直接暴力的有形の加害を加えず、親しい朝鮮人の友人を多く持ち、平和で平凡な家庭生活をいとなんだ、もしくは、いとなもうとした日本人が登場してくる。かつて、下積みの、平凡な日本人の多くがそうだったと思う。それらの人々、あるいはいま中年に達した、それらの人々の子供たちの多くが、二十数年をへだてた今、朝鮮を懐かしがっていることも知っている。
>
> しかし、私は私自身にあっては、私の内なる懐かしさを拒否する。平凡、平和で無害な存在であったかのように見える「外見」をその存在の根元にさかのぼって拒否する。ことは過去としてうつろい去ったのでは決してないのである。敗戦によって、あれらの歴史と生活が断絶されたのでも決してない。その反面証拠に、政府自らが祝典をもよおし、その歴史の連続性をたたえた、例の「明治百年」認識すらあるではないか。（傍点原文）

この「内なる懐かしさを拒否する」との小林勝の宣言に、『朝鮮・明治五十二年』を収録した『小林勝作品集五』（一九七六年三月　白川書院刊）に「『懐かしさ』を拒否するもの」という解説を寄せた在日朝鮮人作家の金石範は、小林勝の「朝鮮（人）」との関りに対して、次のような「疑念」を呈した。

私はいま小林勝のいくつかの作品を読んで重苦しい感動で心が重いが、なぜ彼がこれほど朝鮮にかかわって苦しまねばならなかったのかという気持、あるいは素朴な疑問といってよいものを持った。作家がそれぞれに自分のテーマを担い苦しみながら作品世界の実現に向うのは当然のことであって、何も小林勝一人に限られるものではない。それを知っているつもりでいながら、しかしふと、多くの日本人の、そして作家のなかで、なぜ、たとえば小林勝のような作家が〈朝鮮〉を自分の内部に据えつづけ、それとの苦しいたたかいのなかで自分の実現に向わねばならぬのかという疑問が起こる。

もちろん、たまたま朝鮮で生まれその土地で大きくなった小林勝が、〈朝鮮〉をテーマにしたとしても別に不思議ではあるまい。つまり彼の朝鮮での生活の歴史から〈朝鮮〉とのかかわり方を考えることができる。そして日本人の、よくいわれる「贖罪意識」を朝鮮体験者の小林勝が集中的に表現しているといえないこともない。またあるいは、朝鮮体験を持った多くの日本人とともに小林勝のなかにもある「ノスタルジャ」が彼の創作上のモチーフになったといえないこともないだろう。

しかし、それでも私が先にふれた素朴な疑問は消えない。

確かに、最初の作品集『フォード・一九二七年』（一九五七年五月　講談社刊）に収められた表題作（一九五六年）はじめ、『拉拉屯《ラーラートン》』（同）、『万年海太郎』（同）、『軍用露語教程』（同）、『日本人中学校』（一九五七年）、『太白山脈』（同）や、『牛』（一九五六年）、『鮎』（同）などの植民地の「朝鮮」を舞台にした初期作品には、金石範が指摘する「贖罪意識」を背後に秘した「ノスタルジャ」を前面に出した作品が多い。つまり、金石範がいう「贖罪意識」は、没後に刊行された最後の作品集『朝鮮・明治五十二年』に特に濃厚だが、その「贖罪意識」が朝鮮半島を常に支配下に置こうとしてきた日本の歴史を踏まえてのものであったとしても、朝鮮で生まれ育ったところから派生していた小林勝の朝鮮への「ノスタルジャ」は、本質的に「情緒」的であり、論理（思想）にまで昇華していなかったのではないかということである。そのことを前提に金石範の小林勝文学の評価を考えるならば、戦後の南朝鮮（韓国）を支配していたアメリカ帝国主義と、そのアメリカに同調して権力を恣にしていた李承晩体制に反旗を翻した「四・三済州島蜂起」にこだわり続けていた金石範が、小林勝の作品を覆う「情緒」的な傾向に対して「疑念」を抱いたのは、自然な成り行きだったと言っていいのではないだろうか。

戦後の「火焔壜闘争」の実体験を基に「革命」を希求する青年活動家の苦悩を描いた小林勝の長編『断層地帯』（書き下ろし単行本　全五巻　一九五八年三月～十月　書肆パトリア刊、のち新読書社刊）にその典型が見られるが、小林勝の文学世界はこの国の近代文学の伝統と化している自然主義（私小説）的小説の方法を駆使したものである。そのことを前提に小林勝の作品の特質を考えると、小林勝の文学は、朝鮮で生まれそこで青春の前半を過ごしたことからくる「贖罪意識」と「ノスタルジャ」を濃厚に漂わせているという金石範の指摘は、正しいと言わねばならない。例えば、目的が分からないまま重労働に従事させられた中学生の時の体験を基にした『犬』（一九五九年）という作品に、次のような描写がある。

中学生にとっては、すべてが癪の種だった。彼等は町の裏道を隊を組んで、空腹と疲労で極度に怒りっぽくなっている顔つきで歩いた。向うから歩いてくる朝鮮人の女に、いきなりぶつかったり、戸外に腰をおろして夕涼みをしている朝鮮人を通りがかりに、不意に蹴倒したりした。少しでも相手が反抗的な態度を示すと、たちまち三、四人で地面へおさえつけて服をびりびりに破ってしまったりするのだ。夜、ようやく周囲が静かになり、町の人がほっとする頃、突然、かたいものが空から落ちてきて、瓦をこわしたり、藁屋根をたたいたりする。中学生が小学校の校庭から、町にむかって盲滅法に石を投げるのである。

町の人々は、中学生が作業に出かけて行くとほっとしたし、夕刻に戻ってくると、眼をぎらぎら光らせてうろつきまわる彼等をおそれた。

おそらく小林勝自身の体験を下敷きにした思われる戦前の朝鮮半島のどこでも見られたであろう光

景を、「当たり前」のように叙述する小林勝のメンタリティーについて、磯貝治良のように「日本人における傲慢、蔑視の意識と朝鮮人における拒絶、抵抗の意識との対峙。小林勝は、少年たちの眼をとおして、そのことを描いた」（「植民者の原風景と自己剔抉――小林勝の作品」前掲『戦後日本文学のなかの朝鮮韓国』）と言うことできるし、また先に紹介した『禁じられた郷愁』（「第二章　語り出される植民地の記憶」）の原佑介の以下のような評価も可能である。

朝鮮に対する戦後的な罪責感と、小説「蝌」に織りこまれたような原初的で肉体的な愛着――この二つの感情は、小林勝のなかでつねにはげしくせめぎ合っていたようにみえる。その政治運動においてそうであったように、朝鮮に対して負債があるという意識は、文学活動においてもかれを突き動かす強力なエネルギーになった。しかしながら、社会的、政治的、歴史的人間としての――いわば戦後日本に生きる大人としての罪責観は、むしろ意志的であり、その意味で人工的なものであった。

しかし、小林勝の作家としての出発時をよく知るシベリア抑留からの帰還者である作家の長谷川四郎が、『小林勝作品集1』の「小林勝」という解説で次のように書いていることを考えると、小林勝の「朝鮮」を舞台にした初期作品は本当に「罪責感」から生まれたものなのか、と思わざるを得ない面もある。

戸籍上の本籍地がどこにあるにせよ、小林勝の故郷は朝鮮にあった。おそらく小林勝の書きのこしたもののうちで、最も優しいユーモアにあふれたものと思われるのが『フォード・一九二七年』ではあるまいか。日本にくらべると、あらあらしい風土の中で育ったものの子供時代の思い出から出てきた作品である。（中略）

私は小林勝の生い立ちについて、ぜんぜんといっていいほど、聞いた事は無かった。聞き出そうともしなかったし、小林勝はとくべつ聞かせようともしなかった。しかし、しぜんと、なんとなくわかったような気がしている。当時は、日本人にして朝鮮にあるということは、それだけで支配者としてあったということだ。朝鮮総督府の総督が日本の天皇をバックにして、いちばん上の方にいて、そのずっと下の末端にいたのが小林勝の父だったろう。軍隊でいえば下士官的存在だった。というのは兵隊はいなかったからである。いるとすれば、それは朝鮮の民衆そのものだったのだ。であるから、朝鮮に一家をかまえていた小林家はそのような権力をもつものとして朝鮮の民衆から見られていたことは当然だろう。

父親が警察官（警部）である『日本人中学校』の主人公水鳥五郎は、小林勝の分身と言っていいと思われるが、五郎の父親は「実際、朝鮮人ほど信用の出来ん奴はいないぞ」と確信をもって五郎に言い続けてきた人物として設定されている。まさに長谷川四郎が言うところの「下士官的存在」であり、そうであるならば、自覚していたか否かに関係なく小林勝（をはじめとする日本人）は、紛れもなく朝鮮においては「支配者」以外の何者でもなかったということになる。そのことに関して、小林勝自身が『フォード・一九二七年』などの『小林勝作品集一』に収録の諸作品を書き始めた頃に、「新日本文学」（一九五九年六月号）の「特集　朝鮮」に、「《作家の感想》体の底のイメージ」というエッセイの冒頭で次のように書いていたことを、忘れるわけにはいかない。

朝鮮についてこういう形で書くことは苦痛だ。私のイメージの中で生きつづけている朝鮮は、既に、過去の存在である。日本の植民地としてのそれであって、そのイメージがいまなお生きつづけていることを私は苦痛に感ずる。最近の朝鮮民主主義人民共和国や、いわゆる韓国の模様を私は雑誌やグラビアなどで知ることが出来るのだが、然し、私の体の奥底にひそんでいる朝鮮のイメージはそれらによって破壊されないのだ。私は朝鮮でうまれて、そこで育った。軍の学校へゆく時まで私はそこにいたのだったから、私の体の中にある朝鮮の一つのイメージは消えることがないのだ。それを私は多くの人がそうするように、懐古的に、喋ることを好まない。私は、私のイメージを分析し、そして現在の新しい朝鮮のイメージによって破壊し、乗りこえたいのだが、論理的には十分なっとく出来、理解しうることが、さてイメージとなると、私のそれは依然として生きつづけているのだ。

ここから伝わってくるのは、小林勝の「誠実さ」「正直さ」である。特に、「（朝鮮を）懐古的に、喋ることを好まない」という言葉からは、生まれてから十五年間朝鮮でどのような生活をしてきたかを十分に踏まえた上での、「自戒」を内に秘めた「覚悟」さえ感じられる。それだけ朝鮮への「思い」が強いのだろうと推測されるが、『小林勝作品集一』に収められた「朝鮮」を舞台にした初期作品を見る限り、先のエッセイ「体の底のイメージ」が伝える小林勝の「自戒」も「覚悟」も十分に表現されていないのではないか。言い方を換えれば、果たして小林勝が同じ「体の底のイメージ」で次のように言うことが実作で生かされていたか、先に指摘した金石範が小林勝作品に抱いた「疑念」は、当然の「疑問」だったのではないかということである。

私が朝鮮でうまれたのは、私の責任ではない。しかし、私は十五年間、日本人として朝鮮にいた。植民地としてそこにいた。私は子供だったのだから、ということは弁解にならない。私は多分、朝鮮人たちにとって無害だったろう、ということもまた何の弁解にもならない。アメリカの軍人の中にもいい人間がいる、といってみたところで、彼がまぎれもなくアメリカの軍隊を構成している一員で、日本に存在しているという事実の前には、それは何ほどの意味もないことと同一である。歴史とはつまりそういうもので、私が子供で、無害だったとしても、一人だけ、日本帝国主義と植民地の歴史から除外されるわけにはいかない。歴史とはそういうきびしいものだ、それくらい重いものだ、そして私を含めて全日本人はこの歴史を体の一番深いところで背負ってゆかねばならない。

私は、朝鮮人と相対した場合、痛みとひけめを常に感ずる。常に、である。植民地は消滅し、あの歴史は終ったが、それは日本人の一人一人の心の中ではまだ終っていないのだ。あの歴史に対して、真正面からこたえていないのだ。日本人の一人として、そのことに痛みをおぼえる。

確認しておきたいのだが、ここに示された小林勝の「歴史認識」や朝鮮人に相対した時に感じる「痛み」が虚偽だと言うのではない。小林勝は、戦後の革命運動や政治闘争を通じて、自分は引用のような歴史認識を持ち、また一人の人間として朝鮮人に相対した時に「痛み」を感じざるを得ない、と素直におのれの内部に湧出する感情について言っているだけである。その小林勝の感情に「嘘偽り」はない。しかし私が言いたいのは、繰り返すことになるが、この「体の底のイメージ」に示されている小林勝の「歴史観」と「傷み」、それ「罪責感」と言っていいものだが、それが作品集『フォード・一九二七年』に収録されている短編や、単行本未収録の『鮎』とか『赤いはげ山』などの「朝鮮体験」に基づく作品には反映されていないのではないか、ということである。例えば、『日本人中学校』で主人公水鳥五郎が、東京高等師範学校出の「梅原健太」と名乗る青年教師が実は朝鮮人ではないかという「噂」に対して、次のような認識を基に梅原健太の「正体」を暴こうと決意する姿に、果たして先の引用のような「歴史観」と「心の痛み」が反映していただろうか、ということである。五郎は、梅原先生の姿に巷間言われている「朝鮮人の後頭部は絶壁だ」「朝鮮人は子供の頃から甘いものを食べられないから、白い歯をしている」「朝鮮人は巻き舌を使えない」に当て嵌めようとして、該当することが少ないことに気付き、次のよう思う。

五郎は心の中で我を忘れて呟きながら、角度を変え、焦点を変えて梅原健太を眺めつづけた。だが、彼の個々の疑いにもかかわらず、全体としてみると、梅原健太は、どう考えても、洗練された一個の個性ある人間であり、街の日本人の青年の中にすら発見することがむずかしい程立派に見えるのだ。五郎は考えつづけた、もし彼が朝鮮人だとしたら、もし本当にそうだとしたら、彼はぼくらをだましていることになる。ぼくはだまされて、朝鮮人を尊敬していたことになる。彼は息苦しさのあまり、とうとう決心したのだった。ぼくは自分自身の方法で、この教師の正体を確かめてやろう、と。

たぶん、小林勝は植民者＝支配者の大多数の子弟と少数の「エリート朝鮮人」の子弟が通う「旧制中学校」で、この作品に登場するような教育系大学の最高学府である「高師（東京高等師範学校）」出身の、いかにも日本人らしく見える朝鮮人教師に教わったことがあるのだろう。だとしても、「朝鮮人教師・梅原健太」という存在は、明らかに日本帝国主義が「植民地」朝鮮で打ち出した「皇民化政策」「内鮮一体政策」を具現した典型的な人物として設定されており、このことを考えれば五郎に梅原健太が朝鮮人であるか日本人であるかを「詮索」させるような物語の展開は、小林勝の「朝鮮」観が十分に「歴史」を踏まえていないことの証になっていると考えていいのではないか。つまり、先のエッセイ「体の底のイメージ」で述べた「朝鮮」体験と『日本人中学校』等の実作とは乖離しているのではないかということである。さらに言えば、小林勝の初期作品には、「懐古的」になることと日本と朝鮮との関係を歴史的に捉えることとの間に「ずれ」があり、そのことに対して作家自身が「自覚的」ではなかったのではないか、という印象を受けるということである。まとめて言えば、ここに示されている小林勝の朝鮮（人）に対する「イメージ」や「歴史観」が明らかにしていることは、小林勝が自らの「朝鮮」体験によってもたらされた「罪責感」を「自己剔抉」（磯貝治良前掲書）できるようになるまで、もう少し時間が必要であったということである。

〈3〉「チョッパリ」と呼ばれた少年は今——「自己剔抉」への道

小林勝の二冊目の創作集『チョッパリ』は、小林勝自身の「飛躍」を告知する作品集であると同時に、植民者＝支配者であった日本人は「朝鮮」に対してどのように向き合うべきなのか、作家が確信をもって読者に提示した小説集であった、と言っていいだろう。『チョッパリ』の最初に置かれている『蹄の割れたもの』（「文藝」一九六九年二月号）は、中学生まで朝鮮を過ごした結核療養所の医師「河野」の語りで進行するが、そこに以下のような場面がある。

何を言うか、という鋭い叫びがその時ぼくの体をつらぬいたのだった。なんにもおれのことを知りやがらないくせに、貴様はいったい何を言うか。

最後の梨山のその言葉が、優柔不断なぼくの心を突き破ったのだった。彼のその言葉で、医師としてのぼくの義務感のようなものをぼくは捨てた。ぼくは、いまだかつて誰にも、ぼくの妻にさえも、開いてみせたことのないぼくの内側に存在する黒々とした力に突きとばされ、まったく突然に、実に簡単に、退院許可を梨山に与えたのだった。梨山の声よりももっと冷たい声で。（傍点原文）

ここにある「内側に存在する黒々とした力」とは何か。言い方を換えれば、何故「河野」は「梨山玉烈」と日本人名を名乗る朝鮮人の「なんにもおれのことを知りやがらないくせに」という言葉に突き動かされ、自分の内部に巣食う「内側に存在する黒々とした力」の存在を改めて気付かされたのかということになる。そのことは、「河野」の以下のような内白によって明らかにされる。

梨山玉烈が七月に退院して行った時、とぼくは機械的に魚のフライを噛みながら思った。あの時おれは挨拶に来た梨山の顔を見ながら、これでわずらわしいものがやっとおれの前から消えてしまうと思っていた、やれやれこれで終りだと思っていた、なんという単純で愚かな考え方だったのだろう、おれは梨山そのものが格別嫌いだったわけではない、しかし、おれにとっての梨山は単純に梨山一個人というものではなかった、それは梨山によって代表される彼等、だったのだ、おれはかつて、朝鮮人たちの中で、おれが河野という一人の中学生ではなくて、何時だって、何処でだって、河野という中学生によって代表される日本人という存在でしかあり得なかったのと同じだ。梨山に代表されるものは、一個の鏡のような存在となって、そこへおれの胸の奥底にひそんでいる過去をうつし出そうとするような不安をおれに与えるのだった、それを考えるのも思い出すのも嫌な出来事なのだ、だから、この二十年間、おれは朝鮮と名が付く如何なるものにも顔をあわせたり、たとえどんな些細なことであろうとも関係と名のつく関係を持つことを避けようとしてきたのだ、(傍点原文)

「河野」は、かつての自分が朝鮮において、そして戦後の日本にあっても朝鮮人に対して植民者＝支配者でしかなく、また「差別者」以外の何者でもなかったとの自覚を得ている。が、この「覚醒」こそ小林勝が『フォード・一九二七年』から『チョッパリ』に至る過程で大きく「変化＝思想の進化」したことを物語るものだったのではないか。それは、「河野」が小林勝の「朝鮮」体験における「負」の意識を代弁する人物として設定されていることからもわかる。例えば、看護婦たちは病院中から毛嫌いされている朝鮮人「梨山玉烈」が、日本人妻に対して「チョッパリ」と罵って殴りつけていることを知り、朝鮮からの引揚者でもある「河野」に、「チョッパリ」というのはどういう意味を持った言葉なのかを聞くが、自分が植民者＝差別者であったことに自覚的な「河野」は、次のように心の中で思うだけで、明確に答えることをしない。

チョッパリ、それをぼくはぼくの知っている範囲で看護婦たちに教えてやることは可能だった。チョッパリとは最終的に日本人を指すとしても、日本人という文字をあてはめることは出来ない。チョッパリの直接的な意味は、蹄の割れたもの、というので、人間の姿をしていながら、犬畜生にもおとるけだものをいうのだろう。（中略）いずれにしても、犬にも劣るけだものという言葉は、まことに長い歴史を通じて常にその進んだ文化を日本へ伝えてきた誇り高い朝鮮人にとってみれば、何とも無念やる方ない憎悪と呪いの中から生みだされた痛切なさげすみの炎であるにちがいないのだった。かりに、同性の間で、あるいは男と女とが争う時に、はっきりと、「この、けだもの！」という言葉を投げつけた場合を考えてみればよい。しかも、これは単なるののしり言葉ではなく、歴史そのものの重みを背負った言葉なのだ。――こんな具合にぼくは、看護婦たちに教えたっていいのだ。しかし、ぼくには出来なかった。

ここで「河野」（小林勝自身を擬している）が「チョッパリ」という言葉は、「単なるののしりの言葉ではなく、歴史そのものの重みを背負った言葉なのだ」と言い切っているのは、かつて日本と朝鮮が植民地宗主国と被植民地の関係にあったという「歴史」を指していると同時に、小林勝が植民者の一人として朝鮮で「チョッパリ」という言葉を投げつけられたことがあり、「日本人＝蹄の割れたもの＝チョッパリ」としての扱いを陰に陽に受けた経験があったことを示唆するものでもあった。その意味で、作品集『チョッパリ』は、まさに小林勝がようやく自らの「朝鮮」体験を客観的・歴史的に見ることができるようになり、そのような明確な歴史観を持って創作するようになったことを証する作品集だったのである。別な言い方をすれば、朝鮮半島において、支配者、つまり植民者である「日本人という存在」が被植民者=被支配者である朝鮮人から「反抗・叛逆」の眼差しを向けられていた事実に小林勝は改めて気付き、そのことについて批判的に捉え返すことを目的に創作集『チョッパリ』所収の諸短編は書かれたということである。
『蹄の割れたもの』の中に置かれた「汚染の夏」という朝鮮での体験を綴った節に、中学四年生になっていた「河野」が、開業医であった父から「エイコ」という日本名を付けられ「女中」として雇われていた若い朝鮮人女性に、蔑みの眼差しをもって「チョッパリ」と言われたことや、アジア太平洋戦争での日本の敗戦が明らかになった一九四五年八月十五日の直後に、自分が住んでいた町に帰る途中、「朝鮮」が日本の植民地でなくなったことをまざまざと知らされる光景に出くわす場面が描かれている。

僕は汽車を降り、そして、ゆっくり堤防を歩いて行ったが、足がすくんで、立ちどまらなければならなかった。そこから見える簡易裁判所の上にも、警察の上にも、拓殖銀行支店の上にも、そして、ぼくが六年間育てられた懐しい日本人小学校の上にすらも、朝鮮人たちの旗がひるがえっていたのだ。ぼくはそこに立ってその小学校の上の旗を見ていた。ぼくはながいこと立って眺め、そしてほんの少し涙を流した。それから歩き出した。五十メートルもいかないうちに、ぼくはまた立ちどまった。前方から手に手に旗を持った男や女や子供たちの一団が、歌いながら、わめきながら、笑いながらやって来るのだったが、その中にぼくはエイコの顔をみつけたのだった。エイコはとっくにぼくに気付いていたようだった。一団とすれちがう時急にエイコは顔を固くすると、するするとぼくの方へやってきた。能の面だ、とぼくは思った。はじめて逢った時のあの能の面だとぼくは思った。エイコ、と思わずぼくは言った。するとエイコは強く首をふった。

そして、「エイコ」は、「ぼく」に対して次のような態度を示したのである。

わたしは、オクスニ、と女はゆっくり言った。不意に聞きおぼえのある喉の奥の含み笑いがぼくをふるわせた。彼女はきらきら光る眼で、ぼくの顔をじっと見た。その時、ぼくは電光のように、彼女の眼の中の言葉を読みとった。わたしはオクスニ、そして、あんたは、チョッパリ、と。そのまま彼女はぼくから離れて行った。ぼくが見送っていると、オクスニがぼくを指さし、女たちがどっと笑う声が聞こえた。

一夜にして「絶対的支配者」から「敗者」へ立場が逆転したその経験が、終生の「トラウマ」となって「河野」の思想と生き方を掣肘することになる。その意味で、『蹄の割れたもの』は小林勝にそのような「歴史のダイナミズム」を思い知らせた作品、ということになる。さらに言えば、創作集『チヨッパリ』に収録の『架橋』は、小林勝の「体験・経験」に頼るだけの「朝鮮」認識が、戦前はもちろん戦後においても朝鮮（人）に対して、日本（人）は植民者＝加害者でしかなかったとの自覚を獲得した上で書かれた『蹄の割れたもの』や『目なし頭』などへと、文字通り「架橋」する過程を描いた作品と言うことができるだろう。しかし、植民者・日本（人）と被植民者・朝鮮（人）との間に「架橋」が可能であるとするならば、それは一九四五年八月十五日の日本の「敗戦」を境に立場が逆転した日本人と朝鮮人とが、共に「新たな世界」に向かって、文字通り「別個に進んで共に撃つ」（トロツキー）ことを選択するしかなかったところに生まれるものだったのではないか。その新たな関係性に気付いた小林勝は、『架橋』の最後に、敗戦時にソ連兵によって父親を殺された日本人青年「朝雄」と共に、「朝鮮戦争反対」を目的とした米軍基地へ火焔壜攻撃を行った朝鮮人青年に、次のように語らせていた。

「中国人は中国人としての道を見つけるだろう」と青年は言った。「おれたち朝鮮人は朝鮮人としての道を見つけるだろう。日本人である君は日本の歴史と切り離れて道を見つけることは出来ないだろう。それが民族の歴史というものだろう。君の今夜の行動の衝動となったところはわかるような気がするけど、俺はそれについて何も言えないよ。日本人の中には、そういう参加の仕方もあるのか、と思うだけだ。俺は違う。俺は朝鮮人だからね。俺の祖国はいま戦争をしていて、おれもまた何処にいようと、その戦争に参加しているのだからね。火焔壜なんて、ほんの子供だましの武器だということは百も承知しているよ。しかし日本人が同じ日本人のその火焰𤏐をひやかして、批判して、嘲笑しても、それはおれにとっては関係はないよ。おれは戦争をしている民族の一員だからね、こんな貧弱な武器でも、これしかなければ、これでもってたたかう以外にないんだ。そこが君と違うのだろうな」

その朝鮮人青年は「朝雄」と別れる時に、「ぼくの父も日本人に殺されたんだよ」と告げるが、ここからは共に「戦争犠牲者」である日本人と朝鮮人の「連帯」の可能性を信じたいとする小林勝の必死の思いが伝わってくる、と言っていいだろう。

〈4〉「憤怒」の行方

小林勝は、〈1〉節でも引用した生前最後の作品集『チョッパリ』のあとがき「私の『朝鮮』」の締め括りとして、次のような「決意」を述べていた。

己れの国の醜悪さに対して、じりじりと強大になってゆく権力と軍事力に対して、そして、朝鮮人に対する感度が少しも変わっていなかったこと、これからも変わらないだろうことに対して、それらに迂闊であった己れの怠惰に対して、死へひき渡される朝鮮人にどのような手もさしのべられない己れの無力さに対して、連帯を叫びながら真の連帯の内容を極める努力の無かった退廃に対して――私は憤怒にかられたのであります。

その時から私の文学がはじまったのだ、と私は言うことが出来ます。その時に、私の内にあり、また、私の国の背負っている「過去」は過ぎ去り、完了した「過去」であることをやめて、現在そのものの中に生き、未来へつづいていく、生きた一つの総体の一部分となって私に迫りはじめたのです。

深い空隙に阻まれた二つの民族の間に橋を架け、血をかよわせあうための方法をまさぐり、表現の刃をみがき、それらを内に包みこむ己れ独自の思想を現実そのものからつかみとってくるという仕事は、私にはとても困難なことなのですが、私はさきに述べた憤怒におし動かされながら、それをやりつづけていくのだ、と心に定めています。

その文学的成果の一つが、『蹄の割れたもの』であり『日なし頭』だったと思うが、この二作で示された被植民者＝被支配者の側から植民者＝日本（人）の言動を批判的に見るということと、日本と朝鮮との関係を「歴史的」に捉えるという小林勝が『フォード・一九二七年』の時代から約十年かけて獲得した思想と方法は、没後に刊行された『朝鮮・明治五十二年』所収の『万歳・明治五十二年――いわゆる『光栄ある明治百年』のうち』（「新日本文学」一九六九年二月号　傍点原文）や『全員蒸発』（「思想運動」一九七〇年二月号）、『夜の次の風の夜――『光栄ある明治七十一年』』（「新日本文学　同一九

六七年五月号　傍点原文）、『瞻星《せんせい》——『光栄ある明治七十八年』』（同　一九六五年八月号　傍点同）にも結実していたと言える。もっとも、日本の朝鮮への侵略史を背景に、朝鮮で朝鮮語（ハングル）を廃し日本語を強制した事実についての論議が展開する『夜の次の風の夜』や、小林勝の陸軍士官学校時代の「反省録」が使われていると言われる『瞻星』は、小林勝の歴史観が等身大で反映されており、その意味で『蹄の割れたもの』や『目なし頭』に至る「過渡的」な作品とも考えられる。例えば、『夜の次の風の夜』に、「玉泉書院」という書房（私塾のようなもの）に集まった朝鮮人学生たちが次のような会話を行うが、ここで明らかなのは、朝鮮における「皇民化政策」に対する作者小林勝の認識（歴史観）が本当に十分なものであったか、「甘さ」はなかったのか、という自己認識の点検を含むものだったということである。

「しかし、日本の文字と言葉で教育をするということは」と金元明が頬を紅潮させて言った。「朝鮮人を朝鮮人として育てることには絶対ならないじゃないですか。日本の文字と言葉は、日本の歴史であり、日本人の感情そのものなのだから」
「その通りだよな」と朴晋が強くうなずいて羅力根を見た。（中略）
「日本語を学ぶのではないですよ」と金元明が言った。「学ぶというのではなくて、朝鮮人から朝鮮語が、朝鮮の文字が、朝鮮の教育が、朝鮮の思想そのものが根こそぎとりあげられるということなんですよ」（中略）

「言葉は民族の思想だし、魂だ。うばわれたことのない日本人は、だから言語というものに対して実に薄っぺらな認識しか持っていない。それだから、奴等は、朝鮮の興隆にすぐ役に立つというふうに教育を考えたし、言葉をとりあつかったんだ」

このような「言語（朝鮮語）」に対する意識は、朝鮮で生まれそこで十五年間生活することで、自分もその一員である植民者＝支配者日本が「内鮮一体」のスローガン下で、「日本語の強制」や「宮城遥拝の強制」、「皇国臣民の誓詞の強要」、「創氏改名」、「徴兵制の施行」等々の植民地政策（皇民化教育）を行ってきたことを対象化するところに生まれたもの、と言っていいだろう。このような歴史観は、「故郷朝鮮」への「懐かしさ」を封印して自らの経験を客観的に検証してきた小林勝であったが故に獲得できたのではないか。

もちろん、『フォード・一九二七年』から『チョッパリ』所収の『蹄の割れたもの』や『目なし頭』、あるいは作品集『朝鮮・明治五十二年』まで、小林勝は一直線に進んできたのではない。行きつ戻りつ、おのれの「朝鮮」体験と一九五〇年代初めから続く「政治」体験を繰り返し点検することで、ようやく手に入れた「歴史観」「世界観」だったのではないか。詩人の金時鐘は、「新日本文学」一九七一年七月号の「時評・意識」欄において、「この苦き対話」と題する文章を書き小林勝の死を追悼したが、そのなかで次のような言葉を書きつけていた。

その日――からはや五十日が経った。その間私は小林勝の『チョッパリ』を読み直し、森崎和江の『ははのくにとの幻想婚』と呉林俊の『朝鮮人のなかの日本』を読み合わせた。やはり小林勝には哀惜以上の痛恨が残った。彼のどの作中人物も感じの好い朝鮮人ではなかったが、それでいて私の同胞意識に決して不快を押しつけるといったものでもなかった。それは自己と部厚く対峙しているところの、「自己」としての朝鮮人だった。私の深部そのものを見透かしているようで恐く、またいとおしい朝鮮人であり、日本人であった。

そして、最後に、次のように書いた。

対極からのばしあった手が、小林の死によって消えてしまったとは言うまい。だが、結びあえる手が接点であるなどとは、なおさら言うまい。握手のもつつながりを、私たちは往々にして知っているから。過去と現在の朝鮮の隣人を前にして、「運動」の隊列に戻ってゆけない無力感にうちひしがれる回復期の『目なし頭』の主人公沢木が、彼の少年期にむごい死を見せつけられた李景仁への苦い対話を、私流の結びとしよう。

生きていさえいれば、あなたは朝鮮人から投げつけられたそれらを回収し、信頼と憎悪を足下にふまえた、新しい信頼を持つ可能性があったのだ。生きてさえいたら！　私は、書き足しようのない白いノートを凝然と見つめ、閉じた。

「済州島四・三民衆蜂起」への弾圧から日本（大阪）に逃れてきて、その経験を詩作の根源に置き続けてきた金時鐘らしい小林勝への「追悼」文であった。「嫌韓本」「反韓本」が書店の棚にあふれかえっている今日、私たちはもう一度「原点」に戻って日本と「朝鮮」との関係を見直す必要があるのではないか。「朝鮮」で生まれ育ち、戦後の日本社会に未だ残る「朝鮮人差別」に「怒り」を抑えることなく、日本人と朝鮮人の「共生」を希求するところに成った小林勝の小説は、ストレートにそのことを私たちに訴えかけてくる。小林勝の文学を正当（正統）に「評価」し直し、戦後文学史の中に位置付けること、そのことこそ今急がれるのではないだろうか。

終章　今、何故、在日朝鮮人文学か

〈1〉「歴史修正主義」の跋扈

一〇一年目を迎える関東大震災記念日を前に、先に三選されたばかりの小池百合子東京都知事は、一〇一年前に何千人もの朝鮮人が官憲や住民らによって虐殺された「事件」について、「そのような事件があったかどうかについては、研究会が検討していると聞いている」というようなコメントを発し、あたかも関東大震災時に朝鮮人や中国人、あるいは大杉栄や伊藤野枝、平沢計七らといった社会主義者・文学者の「虐殺」があったかなかったかを「ぼかす」言説を相変わらず垂れ流して恬として恥じることがない。だがしかし、いつから小池百合子のような「事実＝歴史」を蔑ろにするような言説が罷り通るようになったのか。

自公政権も、関東大震災時において朝鮮人や中国人を官憲や日本人が虐殺したという「記録」は残っていない（故に、朝鮮人らに対する虐殺があったかなかったか明言できない）、と第二次安倍晋三政権成立（二〇一二年）以来言い続けてきた。しかし、「記録がない」というのは詭弁で、ジャーナリズムなどから開示請求のあった書類を「海苔弁（黒塗り）」状態で提出して一向に恥じることのない政府（官僚）の態度を見ればわかるように、「あっても、ない」と答えるのが、霞が関話法であって、権力の言うことを妄信して「安堵」するのは「怠惰」の極みと言うしかないだろう。つまり、関東大震災時における朝鮮人らへの暴行虐殺の記録がないなどというのは、長期保守政権の驕りとしか言いようがなく、ジャーナリズム・批評の世界が「退廃」している証でもある。小池百合子東京都知事が江戸川区亀戸で毎年行われてきた「追悼式典」へ追悼文を、「震災時における他の犠牲者を追悼しているので、特別に朝鮮人に対する追悼文は出さない」という、自然災害による犠牲者と官憲や住民による虐殺の犠牲者を同類に扱う姿勢も、保守（ナショナリストを標榜する）政治家に共通するものであって驚くことではないのかもしれない。しかし「事実＝歴史」を蔑ろにしていると、エジプト大学首席卒業という「偽りの学歴」と同じように、いつかしっぺ返しを食らうのではないか。

言葉を換えれば、この保守派（ナショナリスト）による朝鮮人虐殺をなかったものとする昨今の言説は、アジア太平洋戦争時における「南京大虐殺」をはじめとして、マレー半島における「華人（中国系住民）」虐殺や、フィリピンにおける住民虐殺事件――「マニラの悲劇」として、戦後ナガサキの被爆者である永井隆の被爆体験記『長崎の鐘』を刊行する際に、占領軍（アメリカ軍）によって「併載」を強要された――などの日本軍による「蛮行」を「なかったもの」とする言説と同じ発想から出たものであった。

しかし、関東大震災時における官憲や住民による朝鮮人や中国人、主義者・文学者の虐殺の「記録」や「証言」は、「ネットワーク愛知」の事務局長小野政美の報告「関東大震災、朝鮮人・中国人大虐殺から一〇〇年」（『さようなら！　福沢諭吉』第十六号　二〇二四年一月十九日刊）や安田浩一の最新刊『地震と虐殺　1923―2024』（二〇二四年六月　中央公論新社刊）のような、虐殺のあった場所や人数まで詳しく述べた論考や書籍を見ればわかるように、数え切れないほど存在する。

例えば、「文学」に関して古いもので言えば、かつて「大正期」の文学、特に「労働文学」や「宮嶋資夫」について調べていた時、宮嶋資夫が関東大震災時に「自警団」が朝鮮人に対して「虐殺」に繋がる「差別的」かつ「不穏」な行動を起こしていたことを、『真偽』（「改造」一九二三年十二月号）と『悪夢』（「虚無思想」一九二六年六月号）という二つの作品で活写していたということを知った。また、宮嶋資夫を含む労働文学の書き手たちが挙って期待を寄せた「種蒔く人」（一九二一〈大正十〉年二月二十五日創刊）という初期プロレタリア文学の雑誌は、大震災が起こると直ちに「帝都震災号外」（大正十二年十月一日付）を出し、また旬日を置かず「種蒔き雑記――亀戸の殉難者を哀悼するために　第一冊」（一九二四年一月二十日刊）という号を刊行し、そこに労働運動の仲間平沢計七や河合義虎らの死（官憲による虐殺）を悼む文章と共に、「朝鮮人虐殺」の具体的な事例が載っていた。例えば、「地獄の亀戸署」という「報告」に、次のような言葉が記されている。

身の危険を感じたので、私は九月三日亀戸署に保護を願い出で《ママ》た。自分のゐた室は広い室で、行つた当日は二十人位全部鮮人の人であつたが、四日ぞく／＼増して忽ち百十名いじようの大人数になり足を伸ばすことさへ出来なくなつた。

四日の朝便所へ行つたら、入り口の所に兵士が立番をしてゐて其処に七八人の死骸や〇〇〇〇〇〇に筵をかけてあつた。また横手の演武場には血をあびた鮮人が三百人位縛されてゐたし、その外の軒下に五六十人の支那人が悲しさうな顔をして座つてゐた。

四日夜は凄惨と不安にみちてゐた。銃声がぼんぼん聞えて翌朝つゞいた。しんとして物音一つ聞こえない。たゞ一人の鮮人が悲しい声をあげて泣いてゐた。

『自分が殺されるのは国に妻子をおいて来た罪だらうか、私の貯金は何うなるだらう。』

この怨言は寂しく、悲しく、聞くに忍びがたいものであつた。

翌日立番の巡査が言つた。

『昨夕は鮮人十六名日本人七八名殺された。鮮人ばかり殺すのでない。悪いことをすれば日本人も殺す。おとなしくしてゐて悪いことをもなければ殺されないぞ。』

その時子と私は（南葛労働組合の河合）と言ふ言葉をきゝつけた。三人ばかりの巡査が立話をしてゐたのだ。（やられたな）と私は急に自分の身がおそろしくなつた。（傍点引用者　本文中の〇は、検閲による伏字――引用者注）

この「種蒔き雑記」の記事は、近代文学の研究者にはよく知られたものである。また、本書の第四章「金達寿論」でも言及したように、金達寿も埼玉県神保原村で起こった朝鮮人虐殺事件――関東大震災が引き起こした未曾有の「被害」からトラックに乗って避難しようとした朝鮮人を、群馬県へ入る直前の神保原村で阻止し、トラックの荷台に乗っていた成人の男女はもちろん老人、子供ら数十人を日本刀や鎌で斬殺した事件。後に、自分たちの行為の暴虐性に気づいた一部の神保原村民が被害に遭った朝鮮人たちの墓を建立し、今もなお供養している――について、短編の『中山道』（「新日本文学」一九六二年十二月号）で詳しく紹介している。埼玉県神保原村は、神流川を挟んで群馬県と接しているが、群馬県県側でも朝鮮人虐殺が行われていたことを、金達寿は志賀直哉の「震災見舞」（日記）の次のような個所を引用して、紹介している。

軽井沢、日の暮れ。駅では乗客に氷の接待をしていた。東京では、××が××を持って暴れ回っているというような噂を聞く。が自分は信じなかった。

松井田で。××二三人に弥次馬十人余りで一人の××を追いかけるのをみた。

「×した」直ぐ引き返して来た一人が車窓の下でこんなにいったが、余りにも簡単過ぎた。今もそれは半信半疑だ。

高崎では一体の空気が甚だ険しく、××人を七八人連れて行くのを見る。（本文中の×印は、伏字――同）

金達寿は、伏字部分の「××」に「鮮人」とか「朝鮮」が入る、と説明している。が、関東大震災からの避難経路の一つであった「中山道」（現国道一八号線）の各所、浦和や大宮、熊谷、等々において避難してきた朝鮮人への「暴行・虐殺」事件が起こっていたことは、各自治体に「記録」されており、そのことを踏まえて二〇二四年九月には埼玉県知事が「哀悼」の談話を発表した。

神流川を境に埼玉県と接している群馬県でも、先の神保原村に近い倉賀野町で一人の東京から避難してきた朝鮮人が「九月四日」に住民に惨殺されるという「倉賀野事件」が起こり、また「九月五日・六日」には神保原村に近い藤岡市で警察署に保護を求めてきた「十七人」の朝鮮人を住民が日本刀や竹やりで斬殺した「藤岡事件」が起きている。

これらの「事件」は、すべて警察や自治体に記録として残されている。そのことを考えれば、岸田自公政権の松野博一官房長官（当時）が「政府として調査した限り、政府内で事実関係を把握することのできる記録が見当たらない」と言い続けてきたのは、明らかに事実を「隠蔽」しようとする意図があってのことであったとしか思われない。このような保守政権による「事実の隠蔽」、「歴史の歪曲」は、第二次安倍晋三政権が発足し中学や高校の社会科の教科書から「南京大虐殺」や「従軍慰安婦」の記述が消えたり、記事がぼかされるようになったことと深く関係していると考えていいだろう。

〈2〉「隠蔽」や「歪曲」に抗する

では、前記のような在日朝鮮人に関わる権力による「歴史＝事実の歪曲」はいつごろから始まったのか。古墳時代以前に遡ることのできる日朝関係史を考えると、いつから時の権力による日朝関係に関わる「歴史の歪曲」が起こったのか、具体的にその在り様を指摘するのは難しい。しかし、少なくとも明治維新以後の近代史においては、西郷隆盛や板垣退助らの武力によって李氏朝鮮に開国を迫った「征韓論」（一八七三〈明治六〉年）、あるいはそれより十年ほど後の福沢諭吉の「脱亜論」――一八八五（明治十八）年三月十六日付の「時事新報」（福沢が創刊した日刊紙）は、その社説で「文明は猶麻疹の如くだから、その蔓延を助け、国民をして早くその気風に浴せしめることが肝要である」、「不幸なるは近隣に国あり」として、中国（清朝）と朝鮮（李氏朝鮮）を指摘した――まで遡ることができるのではないか。福沢は、いくつかの別な文章で中国人に対して「チャンコロ」と差別的な表現を行ったり、朝鮮人に対しては「牛馬豚犬に等しい。頑迷倨傲、無気力無定形」で、「未開の民、極めて頑愚、狂暴」である、と決めつけていた。

故に、このような明治新政府の要人や当時の世論をリードする知識人のアジア人（中国人・朝鮮人）蔑視があって、その結果として日清・日露戦争に象徴される中国大陸、朝鮮半島への「侵略」が実現した、と言うこともできる。そのような近代の「歴史」を無視ないしは蔑ろにしたところに、例えば群馬県高崎市の県立公園「群馬の森」に建立されていた「記憶 反省 そして友好」と刻まれた「朝鮮人追悼碑」の撤去を訴え、保守派の知事の賛同を得て撤去を成功させた「そよ風」（代表涼風由喜子）などという「ヘイト集団」の、「関東大震災における六〇〇〇人の朝鮮人虐殺などなかった、」「不逞在日朝鮮人たちによって身内を殺され、家を焼かれ、財物を奪われ、女子供を強姦された多くの日本人たち」などという根も葉もないデマ（主張）があるのだろう。

そんな在日朝鮮人をめぐる「ヘイト＝差別的言辞」の現在における在り様を考える時、金達寿や許南騎らを先導者として出発した戦後の在日朝鮮人文学者たちの仕事を概観すると、以下のような文学史の事実が浮かび上がってくる。つまり、戦後祖国の朝鮮が「分断」を余儀なくされたということもあって、日本国内でも在日の組織が「北＝朝鮮総連」と「南＝在日本朝鮮居留民団」に分裂するという現実を前にして、在日朝鮮人文学者たちはそれでも否応なく「朝鮮人差別」に正対させられ、「言葉」を武器に、――『〈在日〉文学全集』などに寄せられた「履歴」を見ると、多くの文学者たちがその初期において「朝鮮語」での創造を試みていたことがわかる。この母語＝朝鮮語での創作の試みこそ、在日朝鮮人文学の一つの特徴を表していた――、おのれのアイデンティティを獲得すべく苦戦苦闘してきた歴史が浮かび上がる。創作方法に関しても、先駆者の一人金達寿が志賀直哉の大きな影響の下で出発したと語っているように、日本の近代文学の「伝統」と化していた自然主義―私小説に頼らざるを得なかった、という現実が存在するということである。

そんな在日朝鮮人文学者の心底にあったのは、戦後間もなくの時代に、八月十四日の大阪大空襲で瓦礫の山と化した大阪造兵廠跡の鉄骨やらを盗んで暮らしを立てていた「日本アパッチ族」の生き様を活写した梁石日の『夜を賭けて』（一九九四年）や、朝鮮半島から日本へ「出稼ぎ」のつもりで渡って来た父親の在り様を赤裸々に描いた『血と骨』（一九九八年）等に顕著に見られた、在日朝鮮人特有の「恨《ハン》」の感情であったと言える。

「恨」の思いと感情は、梁石日だけでなく、在日朝鮮人で初めて芥川賞を受賞したり李恢成にも、また「四・三済州島蜂起」にこだわって戦後文学最長の物語である『火山島』（全七巻）を書いた金石範にも、そしてついに最期まで韓国人にも日本人にもなれなかった『由熙』（一九八九年）で芥川賞を受賞した李良枝にも、更には『家族シネマ』（一九九七年）で同じく芥川賞を受賞した柳美里にも、厳然と存在していた。

そしてそれは、その出発当時は濃密に存在していた戦後文学者たちの「日本＝ヤマト」への「違和感」や「異化」意識が、高度経済成長の成功によって――「見せかけ」としか思えないが――「豊かさ」と「平和」を保証される社会へと変貌したことによって「稀薄化」するのと反比例するように、「日本＝ヤマト」の在り様を撃ち続ける文学として、その存在感を強固なものにしていったのではないか。在日朝鮮人文学の根底に日本＝ヤマトとの「共生」を願う気持ちが根強く存在することを承知しながら、李恢成が「二十一世紀の、『在日』の生命力」（『可能性としての「在日」』「著者から読者へ」講談社文芸文庫　二〇〇二年四月刊）の中で、次のように言っていることの意味を私たちは真剣に考えなければならないのではないか、と考える。

この間の三十余年をふりかえると、自分が曲りなりにつねに時代と向き合ってきたのを実感しないわけにはいかない。南北祖国の現状や日本とのかかわり、「在日」の問題等にたいして、私は話し、書き、行動してきた。

そうした自分を衝き動かしてきたものの根底にあるものは何か。私の場合、「サハリン棄民」と呼ばれる辺境の同胞やパレスチナに表徴される離散《ディアスポラ》民族へのシンパシーではなかったかとおもっている。

これまでの道は決して平坦ではなかった。七二年に、「北であれ南であれ　わが祖国」を発表した前後から、どうやら私は「在日」の体制組織や在野の知識人の一部——右であれ左であれ——から異端とみなされるようになったようだ。「異端」、おおいにけっこう。当時の私には、南北両政府が、それぞれつけているコロモはちがっていても、コインの表と裏をなす独裁政権だとしか思えなかった。それゆえ、「左」の組織を離れた。人権を擁護しない社会主義は虚偽であり、共和国とは呼びがたい。他方、人権を守らない自由民主主義というのも偽善でしかない。したがって、わたしは分断政権の前近代的体質を批判する立場にたつしか道はなかった。私たちはイデオロギーを絶対化する立場をこえ、何よりも人権の普遍性について考えるべき時代に生きている。

二十年以上前の、在日朝鮮人に対する「ヘイト」は今日のように熾烈を極めておらず、また「新しい歴史教科書をつくる会」のような保守派の「歴史修正主義」の運動が、やはり今日ほど盛んに言われるようになる以前の言辞でありながら、「いかに生きるか」を主軸とした李恢成の主張は、「内へ、内へ」とその傾向を強めてきた現代文学への、一種の警告のように思える。

しかし、思い返してみれば、私が在日朝鮮人文学について興味・関心を持つようになったのは、二軒長屋の我が家の隣に住んでいた「木村さん」（本名はたぶん「金」さん）が、突然日本人の妻と娘さんを連れて北朝鮮に帰って行ったということもあって、子供心に何故朝鮮人が日本に住んでいるのかといった素朴な疑問を長いあいだ持っていたということがあった。しかし、より具体的には二つの出来事があって、在日朝鮮人文学に興味を持ったのである。一つは、小学校の教員を辞めて入学した法政大学の大学院ゼミで、指導教員の小田切秀雄が何度も何度も「北朝鮮」へ帰って行った文学者の安否を気にしていたということがあり、日本の戦後文学者たちと「祖国」に帰国した在日朝鮮人文学者の「仲間意識」に関して、いつかその理由について知りたいと思っていたということがある。もう一つは、一九八〇年代の初頭に起こった「文学者の反核運動」（正確には一九八一年の秋に始まった「核戦争の危機を訴える文学者の署名」運動）の事務方を手伝っている時に、小田実を介して知り合った李恢成に依頼され、創刊されたばかりの「民濤」（一九八七年冬号）に、「在日朝鮮人文学の現在――〈在日する〉ことの意味」を書いたということがある。

「在日朝鮮人文学の現在」を書くにあたって、日本の近現代文学における「政治から文学へ」という転回（転向）を軸に「批評の可能性」を探っていた者として、当然李恢成の芥川賞受賞作品『砧を打つ女』や、金石範の初期短編集『鴉の死』などは当たり前のように読んでいたが、金達寿の長編『玄界灘』(一九五四年)や『太白山脈』(一九六九年)、李恢成の長編『見果てぬ夢』(全六巻　一九七七年〜七九年)、あるいは金石範の長編『火山島』(三巻まで　一九八四年)などは、その時読んでおらず、いつか読まなければならない作品として眼前にあった。そして、それらの長編を読み進めて行くうちに、在日朝鮮人文学(者)の多くは大江健三郎や小田実、高橋和巳など「焼跡派」の文学者、あるいは団塊世代の立松和平や中上健次らが悪戦苦闘しながら引き継いできた戦後文学の主要なテーマであった「政治と文学(の関係)」という難問《アポリア》に対する、最も根源的な解答を内に孕んだ文学を生み出す作家や詩人たちだったのではないか、と思うようになった。

勉誠出版から「在日文学全集」を編集してくれないかという話があった時、すぐ「在日朝鮮人文学を読む会」を長年主宰してきた磯貝治良氏を思い出し、磯貝氏と一緒の編集ならば引き受けると即答したのも、それまでに相当数の「在日文学」作品を読んできて、自分なりの『全集』の構想ができていたからであった。

その意味で、本書の第一章の「在日朝鮮人文学の現在」から第六章の金石範『火山島』論までは、明治以来の近代文学や戦後の文学がどのような在り様を見せてきたのかをテーマとする文学研究と批評を考える合間に、依頼されて書いたものである。常に、在日朝鮮人文学は戦後文学の在り様と「合わせ鏡」のような存在であると見做してきたが、それらの論考は果たして論者の意図をどれだけ実現しているか。また、それらの論考は、先行する「在日朝鮮人文学」論と比べてどれほどの違いがあるか。判断は読者にまかせるしかない。

〈3〉戦後文学者たちの「朝鮮（人）像」

また、『焼跡世代の文学』（二〇二二年　アーツアンドクラフツ刊）を書いている時、小田実が十七歳の高校生の時に書いた処女作『明後日の手記』（一九五一年）に次ぐ二作目の『わが人生の時』（一九五六年）から晩年の大長編『河』（全三巻　二〇〇八年）に至るまで、その主要な作品には必ずと言っていいほどに「朝鮮人」が登場してくることに、改めて気づかされた。小田実の履歴を調べると、高校生になった小田は学校をサボり、まだ十分にその形を整えていなかった大阪鶴橋の朝鮮人部落でアルバイトをして小遣いを稼いでいたという経歴を持っていた。そのような若かりし頃の在日朝鮮人との接触や、もともと関西地方に朝鮮人が多く移住していたということもあり、さらに言えば小田の「人生の同行者」（小田の言葉、つまり「妻」）が北朝鮮系の在日朝鮮人だったことを加えれば、小田実の作品に朝鮮人が主要な役割を持って登場するのは「自然」であったと考えられる。

そんな小田実の作品を再読しているうちに、そう言えば井上光晴の「炭鉱」を描いた初期の作品『トロッコと海鳥』（一九五六年）や『虚構のクレーン』（一九六〇年）にも、やはり朝鮮人が重要な役割を持って登場してきていたなと思い起こし、更には一九五〇年代から六〇年代にかけて「新日本文学」を拠点に活躍した小林勝の「朝鮮」へのこだわりは、長編『断層地帯』（一九五八年）や作品集『チョッパリ』（一九七〇年）を見ればわかるように、並大抵のものではなかったことなども思い出した。

在日朝鮮人文学者が戦後文学者の作品を「鏡」のようにしておのれの文学世界を構築してきたように、戦後文学者たちも「朝鮮（人）」の存在と在り様を自らの「鏡」に映し出すことで、おのれの文学世界を強化していったのではないか。例えば、井上光晴は『岸壁派の青春——虚構伝』（一九七三年）という「私の青春にとって、文学はそれほど根本的な生き方と結びついていたのだ。生きる意味を求めて小説を書こうとし、小説を書くために真実を問う」と書かれた「自伝」と称する書物の「I」の中で、「我が青春」を彩っていた「朝鮮（人）」に対して、炭鉱で働いていた時、そこで働く朝鮮人の友人に「朝鮮独立＝朝鮮解放」を指嗾したことがあったとして、次のように書いていた。

「自分タチノ国ニ帰リ、独立運動ヲヤレト示唆シタ」とは、過大な表現だが、短いゴムベルトで気絶するまで殴りつけられる朝鮮人坑夫を目の前で見ていると、普通の人間ならそういう気持になる。張成伊が机に顔を伏せて激しく泣きじゃくった時、私は確かに「泣くな張、こうなりゃ何としてでも上級学校に行くより仕方がないぞ。そして日本人の労務を見返せ」といったことがある。張成伊にはきっとそれが「朝鮮に帰って自分たちの国を作れ」というふうにきこえたのであろう。

「独」という一文字だけの檄文を張成伊がどんな気持ちで貼っていたかは知らぬが、専検受験を目的とする「独学同盟」を私が組織していたのは事実であった。

この「独（立）」という文字に『岸壁派の青春　虚構伝』を書いた井上光晴は、占領期を経てもなお「日米安保条約」やそれに伴う「日米地位協定」によってアメリカの圧倒的支配下にあった戦後日本の「独立」を重ねていたのではないか、と想像するのはさほど無理なことではないだろう。

また、小田実は韓国の政府機関から招待されて帰国した後に書いた「一人の『人間』」（「世界」一九七四年九月号）で、次のように書いていた——「一人の人間」とは、当時の韓国大統領朴正熙と長いあいだ監獄暮らしを余儀なくされていた詩人の金芝河のことを指している。小田実はこの文章で日本人文学者の作品を読むと「アクビが出る」が、金芝河の詩を読んでも「アクビが出ることはない」と明言していた——。


それは、そこには、金芝河の詩にみられるような外面と内面の緊張関係がないからだろう。なるほど、文学は人間の内面を描き出すものだ。社会のもろもろにあいわたることがあっても、かんじんカナメは、そのあいわたる主体である人間の内面のことで、そこのところを忘れてしまえば、そんなものは政治紙芝居である。「社会主義リアリズム」をヒョウボーする文学作品にそういうものが多かったのは事実だが、ただ、ここで、逆のことも考えてみる必要がある。社会のもろもろにあいわたることがなければ、どういうことになるかということだ。

私はここで、世の文学者諸氏よ、すべからく社会的事件、あるいは、事象に関心をもてよ、と声高に叫ぶつもりはない。そんなことは人びとそれぞれむきむきのことがらであって、勝手にしたまえ、と言うほかないが、ただ、そういうぐあいにことをいったんおさえた上で、あえて、そう声高に叫んだほうがよいなと私は思う。それほどわが日本語の文学者諸氏の「社会ばなれ」ははなはだしいものがあって、早い話、これほどのインフレーションの世の中だというのに、このごろ物価が上がって困りますわね、というような会話の切れはしひとつが作品のなかになかなか見当たらぬのである。まして、ベトナム戦争のことも公害の問題も、はたまた、金芝河をはじめとする韓国の政治犯のことも、そうした社会的事件、事象は作品御世界に入って来さえしない。

この小田実の文章に遡ること三年、小田切秀雄は一九七〇年前後から顕著になってきた文学傾向に対して「満州事変から40年の文学上の問題（上）」（「東京新聞」一九七一年三月二十三日号）の中で「内向の傾向を強めている」と言い、戦後文学史の構造変化について論じていた。小田実は、そのような「内向」への傾斜を強める現代文学の在り様を念頭に置いて、引用のような文章を書いたのだろう。

以上のような井上光晴や小田実の言説を視野に戦後文学（史）を見回した時、在日朝鮮人文学がいかに戦後文学の在り様と切り結んできたかがわかる。故に、その「事実」を了承すれば、「歴史修正主義」がどれほどの「害毒」を垂れ流すことになるか、これもすぐに了解できるのではないだろうか。

あとがき

ここ七、八年、私は私なりに従来の第一次戦後派文学─第二次戦後派文学─第三の新人─「内向の世代」の文学、といった「戦後文学史」を見直す作業を行ってきた。

『「団塊世代」の文学』（二〇二〇年六月　アーツアンドクラフツ刊）に次いで、それに先行する『「焼跡世代」の文学――高橋和巳　小田実　真継伸彦　開高健』（二〇二二年五月　同）を上梓し、そして二〇二三年十一月には歴史的にも文化的にも「本土＝ヤマト」とは異なる位相にある「沖縄文学」に関して、『ヤマトを撃つ沖縄文学――大城立裕・又吉栄喜・目取真俊』（同）をまとめた。これら三冊の著書で「戦後文学史」の見直しは済んだのではないかと思ったのだが、そんな時、浮上してきたのが、戦後の文学史において「沖縄文学」と同じように独特な位置にある「在日朝鮮人文学」について、自分なりの「まとめ」を行うことが必要ではないか、という思いであった。幸い、私はこれまで「序章」をはじめとしていくつかの「在日朝鮮人文学論」を求めに応じて書いてきていたので、それらの論考にこれまで書こうと思いながら書いてこなかった「金達寿論」などを加えれば、これまでとは異なる一編の「在日朝鮮人文学論」ができるのではないか。そんな思いで成ったのが、本書である。

それにしても、私はこれまでアメリカの大学（州立ワシントン大学アジア文学言語学部大学院）や中国の大学（華中師範大学・北京外国語大学）、スロベニアの大学（リュブリャナ大学日本語科大学院）で戦後文学史を講じた経験を持ったが、いずれの大学の学生も日本文学の専門家（教員）も「在日朝鮮人文学」についての知識をほとんど持っていないのではないか、という思いを否定することができなかった。「終章」でも書いたように、「在日朝鮮人文学」は戦後文学の歴史において日本人作家たちの「鏡」になっていたにもかかわらず、である。

ことほど左様に、「在日朝鮮人文学」は、個々の作家や作品についてさておき、「正当／正統」に戦後文学史の中に位置づけられていないのではないか、というのが私の率直な感想である。本書を上梓したいと切望してきた、それが所以でもある。

私と在日朝鮮人文学との関係については「終章」で記したので、ここでは各論考の初出を記しておく。

序　章　在日朝鮮人文学の現在《一九八七年》……「民濤」創刊号（一九八七年十一月）

第一章　「日本」を撃つ尹健次《ユン・コオンチャ》の思想……「情況」（二〇〇八年十二月号）

第二章　アイデンティティー・クライシス――「在日」文学の今日的在り様（原題「アイデンティティー・クライシス――『在日』文学が直面する一つの問題」）……「社会

文学」第二六号（二〇〇七年六月二十日）

第三章　〈在日〉文学の現在とその行方――「民族」と「言語＝日本語」の問題を乗り越えて……「抗路」二号（二〇一六年五月二十日）

第四章　金達寿論――根を植える人……書き下ろし

第五章　「北」と「南」の狭間で――金鶴泳の口を凍えさせたもの……『〈在日〉文学全集』第六巻「解説」（二〇〇六年六月　勉誠出版刊）

第六章　「延命」と「自爆」の彼方へ――『火山島』（金石範）を読み直す……「抗路」八号（二〇二一年三月二十五日）

補論Ⅰ　井上光晴文学における「朝鮮（人）」……書き下ろし

補論Ⅱ　「共苦」する魂――小林勝と「朝鮮」……書き下ろし

終　章　今、何故、在日朝鮮人文学か……書き下ろし

各章とも、本書収録に当たって、論全体の整合性を鑑み、若干の加筆・訂正を行った。

本書はまた、前記した戦後文学史を読み直す三冊の拙著を刊行してくれたアーツアンドクラフツの小島雄社長のお世話になった。「硬い本」が売れなくなっている現在、小島社長には感謝の気持ちしかない。

最後に、佐渡金山や長崎端島（軍艦島）の世界文化遺産登録の際に問題になった日本の近代

史から「朝鮮人強制連行」の事実を「無きもの」にしたいという勢力に対して、本書がどれだけ「異議申し立て」になっているか、それは、「活字離れ」が著しい現代にあって、どのくらいの人が本書を手に取ってくれるかに係っている。結果を楽しみにしたいと思う。

なお、本書の最終校正中に李恢成の訃報（本年一月五日逝去、享年八十九）に接した。かねて体調を崩し療養中とは聞いていたが、親からもらった頑丈な身体を誇っていた李恢成の「激しさ」を内に秘めたあの物静かな語り口をもう聞けなくなったのかと思うと、一入淋しさを覚える（合掌）。

二〇二五年一月

著者記

黒古一夫（くろこ・かずお）
1945年12月、群馬県に生まれる。群馬大学教育学部卒業。法政大学大学院で、小田切秀雄に師事。1979年、修士論文を書き直した『北村透谷論』（冬樹社）を刊行、批評家の仕事を始める。文芸評論家、筑波大学名誉教授。
主な著書に『立松和平伝説』『大江健三郎伝説』（河出書房新社）、『林京子論』（日本図書センター）、『村上春樹』（勉誠出版）、『増補　三浦綾子論』（柏艪社）、『『1Q84』批判と現代作家論』『葦の髄より中国を覗く』『村上春樹批判』『立松和平の文学』『「団塊世代」の文学』『「焼跡世代」の文学』『ヤマトを撃つ沖縄文学』『黒古一夫　近現代作家論集』全6巻（アーツアンドクラフツ）、『辻井喬論』（論創社）、『祝祭と修羅―全共闘文学論』『大江健三郎論』『原爆文学論』『文学者の「核・フクシマ論」』『井伏鱒二と戦争』（彩流社）、『原発文学史・論』（社会評論社）、『蓬州宮嶋資夫の軌跡』（佼成出版社）他多数。

在日《ざいにち》朝鮮人文学論《ちょうせんじんぶんがくろん》
【附 I 井上光晴文学と「朝鮮（人）」
II「共苦」する魂―小林勝と「朝鮮」】

2025年2月28日　第1版第1刷発行

著　者◆黒古一夫《くろこかずお》
発行人◆小島　雄
発行所◆有限会社アーツアンドクラフツ
東京都三鷹市下連雀4-1-30-306
〒181-0013
TEL. 0422-71-1714　FAX. 0422-24-8131
http://www.webarts.co.jp/
印刷　シナノ書籍印刷株式会社

落丁・乱丁本はお取り替えいたします。
ISBN978-4-911356-03-6　C0095